Na mesa do lobo

Rosella Postorino

Na mesa do lobo

Um romance de dor, medo e esperança, baseado na poderosa história real das provadoras de comida de Hitler

Tradução
Flavia Baggio

Planeta

Título original: *Le Assaggiatrici*

Preparação: Max Welcman
Revisão: Marina Castro e Laura Vecchioli
Diagramação: Vivian Oliveira
Capa: Rafael Brum
Imagens de capa: udra11/Shutterstock e David M. Schrader/Shutterstock

DADOS INTERNACIONAIS DE CATALOGAÇÃO NA PUBLICAÇÃO (CIP)
ANGÉLICA ILACQUA CRB-8/7057

Postorino, Rosella
Na mesa do lobo: um romance de dor, medo e esperança, baseado na poderosa história real das provadoras de comida de Hitler / Rosella Postorino; tradução de Flavia Baggio. – São Paulo: Academia, 2020.
272 p.

ISBN 978-65-5535-031-9
Título original: *Le Assaggiatrici*

1. Ficção italiana 2. Ficção histórica I. Título II. Baggio, Flavia

20-1801 CDD 852

Índices para catálogo sistemático:
1. Ficção italiana

2021
Todos os direitos desta edição reservados à
Editora Planeta do Brasil Ltda.
Rua Bela Cintra, 986, 4º andar – Consolação
São Paulo – SP – 01415-002
www.planetadelivros.com.br
faleconosco@editoraplaneta.com.br

Num mundo como este, o homem sobrevive apenas sob uma condição: se puder esquecer a própria humanidade.

Bertolt Brecht, *Ópera dos três vinténs*

PRIMEIRA PARTE

1

Entramos uma de cada vez. Depois de horas de espera, em pé no corredor, precisávamos nos sentar. A sala era grande; as paredes, brancas. No meio, uma mesa de jantar de madeira comprida já estava posta para nós. Fizeram sinal para que nos sentássemos.

Sentei-me e cruzei as mãos sobre a barriga. À minha frente, um prato de cerâmica branco. Eu estava faminta.

As outras mulheres se acomodaram sem fazer barulho. Éramos dez. Algumas tinham a postura ereta e pareciam impecáveis, com os cabelos presos em um coque. Outras olhavam ao redor. A moça à minha frente tirava pedacinhos de pele dos lábios com os dentes e os triturava sob os incisivos. Tinha bochechas macias e manchadas de rosácea. Ela estava faminta.

Onze da manhã, e já estávamos famintas. Não era por causa do ar do campo ou da viagem no micro-ônibus. Aquele buraco no estômago era medo. Havia anos que sentíamos fome e medo. E, quando o perfume dos pratos chegou ao nosso nariz, o coração bateu nas têmporas e a boca se encheu de saliva. Olhei para a moça com rosácea, que parecia estar tão esfomeada quanto eu.

A vagem estava temperada na manteiga. Eu não comia manteiga desde o dia do meu casamento. O cheiro dos pimentões assados atiçava minhas narinas, meu prato transbordava, e eu só conseguia olhar para ele. Já no prato da moça à minha frente, havia arroz e ervilhas.

— Comam — disseram do canto da sala, e era mais um convite que uma ordem. Viam a vontade em nossos olhos. Bocas abertas, respiração acelerada. Hesitamos. Ninguém havia nos desejado bom apetite, então talvez eu ainda pudesse me levantar e agradecer, as galinhas naquela manhã haviam sido muito generosas, mas para mim um ovo só era o suficiente.

Contei novamente as convidadas. Éramos dez. Não era a última ceia.

— Comam — repetiram do canto da sala, mas eu já havia sugado uma vagem e havia sentido o sangue correr da raiz dos cabelos até os dedos dos pés; senti os batimentos diminuírem. Que refeição é essa que prepararam para mim – esses pimentões estão tão doces –, que refeição é essa, servida em uma mesa de jantar de madeira, sem nem uma toalha, com cerâmicas de Aachen e dez mulheres; se estivéssemos de véu, pareceríamos freiras, um refeitório de freiras que fizeram voto de silêncio.

No começo, levávamos à boca pequenas porções, como se não fôssemos obrigadas a engolir tudo, como se pudéssemos recusar aquela comida, aquele almoço que não era destinado a nós, que chegara a nós por acaso, e por acaso éramos dignas de participar daquela refeição. Mas logo o alimento escorregou pelo esôfago, aterrissando naquele buraco do estômago, que quanto mais cheio maior fica, e mais apertamos os garfos. O *strudel* de maçã era tão gostoso que de repente meus olhos se encheram de lágrimas, tão saboroso que coloquei na boca pedaços cada vez maiores, engolindo um após o outro, até tombar a cabeça para trás para recuperar o fôlego, sob os olhos dos meus inimigos.

Minha mãe me dizia que quando se come se combate a morte. Dizia isso antes de Hitler, quando eu ia à escola elementar na Braunsteingasse, 10, em Berlim, e não havia Hitler. Ela amarrava um laço no meu uniforme, entregava-me a pasta e me pedia para prestar atenção durante o almoço, para não me engasgar. Em casa, eu tinha o hábito de falar o tempo todo, até com a boca cheia. Você fala demais, me dizia, e eu me engasgava porque me fazia rir, aquele tom de voz mágico, o seu método educativo fundado na ameaça de extinção. Era quase como se todo gesto de sobrevivência se expusesse ao risco do fim: viver era perigoso; o mundo inteiro, uma emboscada.

Quando a refeição chegou ao fim, dois SS se aproximaram, e a mulher à minha esquerda se levantou.

— Sente-se! Volte para o seu lugar!

A mulher caiu sem que ninguém a houvesse empurrado. Uma de suas tranças retorcida em caracol se soltou, balançando ligeiramente.

— Vocês não têm permissão para se levantar. Ficarão aqui, sentadas à mesa, até segunda ordem. Em silêncio. Se a comida estiver contaminada, o veneno vai entrar em circulação rapidamente. — O SS encarou uma por uma para ver nossa reação. Ninguém disse uma palavra. Depois se dirigiu mais uma vez à mulher que havia se levantado: vestia um *dirndl*, talvez fizesse isso por consideração. — Só mais uma hora, fique tranquila — disse-lhe. — Uma hora e estarão livres.

— Ou mortas — retrucou um camarada.

Senti a caixa torácica encolher. A moça com rosácea escondeu o rosto entre as mãos, sufocando os soluços.

— Pare com isso — sussurrou a morena ao seu lado, mas naquele momento as outras também estavam chorando, como crocodilos saciados, talvez fosse um efeito da digestão.

— Posso perguntar seu nome? — eu disse em voz baixa. A moça com rosácea não entendeu que estava falando com ela. Estiquei o braço, toquei-lhe o pulso, ela se esquivou, olhou-me com uma expressão obtusa, os seus vasos sanguíneos se dividiram. — Como você se chama? — repeti. A moça levantou a cabeça em direção ao canto da sala; não sabia se tinha permissão para falar, os guardas estavam distraídos, era quase meio-dia e demonstravam um pouco de apatia. Talvez não estivessem prestando atenção ao que ela dizia, então balbuciou: — Leni, Leni Winter —, como se fosse uma pergunta, mas era seu nome. — Leni, eu sou Rosa — disse-lhe —, você vai ver que daqui a pouco vamos para casa.

Leni era bem jovem, como se podia intuir por suas articulações rechonchudas; tinha o rosto de uma moça que nunca fora tocada em um celeiro, nem mesmo na inércia exausta de um fim de colheita.

Em 1938, depois da partida de meu irmão Franz, Gregor me havia trazido para Gross-Partsch para conhecer seus pais:

— Eles vão se apaixonar por você — dizia-me, orgulhoso por haver conquistado a secretária berlinense que se tornara noiva do chefe, como num filme.

Foi bonita aquela viagem para o leste com *sidecar*. "Rumo ao leste cavalgamos", dizia a canção. Os alto-falantes a difundiam não apenas no dia vinte de abril. Todo dia era aniversário de Hitler.

Pela primeira vez, eu pegava uma balsa e partia com um homem. Herta me acomodou no quarto do filho e o mandou dormir no sótão. Quando seus pais foram dormir, Gregor abriu a porta e se enfiou debaixo das minhas cobertas.

— Não — sussurrei, — aqui não.

— Então venha para o celeiro.

Meus olhos ficaram embaçados.

— Não posso, e se sua mãe desconfiar?

Nunca havíamos feito amor. Eu nunca havia feito com ninguém.

Gregor acariciou-me os lábios bem devagar, desenhou seu contorno, depois começou a apertá-los cada vez mais forte com as pontas dos dedos, até descobrir os dentes, abrir minha boca e colocar os dois dedos dentro. Senti-os secos na minha língua. Eu poderia ter fechado a mandíbula, tê-lo mordido, mas Gregor nem havia pensado nisso. Sempre confiara em mim.

Na madrugada, não resisti, subi até o sótão e abri a porta. Gregor dormia. Encostei meus lábios entreabertos nos seus para misturar as respirações, e ele acordou.

— Queria saber que cheiro tenho quando estou dormindo? — disse-me, sorrindo.

Coloquei um, depois dois, depois três dedos em sua boca, senti-a enchendo-se, a saliva me molhando. O amor era isto: uma boca que não morde. Ou a possibilidade de uma mordida de traição, como um cachorro que se rebela contra o dono.

Eu usava um colar de pedras vermelhas quando, durante a viagem de volta, ele agarrou minha nuca. Não aconteceu no celeiro de seus pais, mas em uma cabine sem janela.

— Preciso sair — murmurou Leni. Só eu escutei.

A mulher morena ao seu lado tinha as maçãs do rosto ossudas, os cabelos brilhantes e um olhar duro.

— Shhh. — Acariciei o pulso de Leni; dessa vez ela não se esquivou. — Faltam vinte minutos, está quase acabando.

— Preciso sair — insistiu.

A morena olhou-a de lado:

— Você não quer mesmo ficar quieta, né? — disse, puxando-a.

— Mas o que você está fazendo? — quase gritei.

Os SS se voltaram na minha direção.

— O que está acontecendo?

Todas as mulheres se voltaram para mim.

— Por favor — disse Leni.

Um SS parou na minha frente. Pegou em seu braço e lhe disse alguma coisa no ouvido, alguma coisa que não ouvi, mas que fez seu rosto contrair-se até desfigurá-lo.

— Está passando mal? — perguntou outro guarda.

A mulher com o *dirndl* levantou-se em um pulo:

— O veneno!

As outras também se levantaram; enquanto Leni sentia ânsia, o SS só teve tempo de se afastar. Leni vomitou no chão. Os guardas saíram correndo, chamaram o cozinheiro, o interrogaram: o Füher tinha razão, os ingleses queriam envenená-lo. As mulheres se abraçaram, outras choraram contra a parede, a morena caminhava para trás e para a frente com as mãos na cintura, fazia um barulho estranho com o nariz. Aproximei-me de Leni e apertei sua testa.

As mulheres colocavam as mãos no estômago, mas não porque sentiam dor. Elas haviam saciado a fome, e não estavam acostumadas com isso.

Prenderam-nos ali por mais de uma hora. O chão foi limpo com jornais e um pano úmido, mas ainda ficou um cheiro azedo. Leni não morreu, apenas parou de tremer. Depois adormeceu com a mão segurando a minha e a bochecha sobre o braço, apoiada na mesa; parecia uma menina. Eu sentia o estômago revirando e queimando, mas estava cansada demais para me importar.

Gregor se alistou. Ele não era nazista, nunca fomos nazistas. Quando era menina, eu não queria entrar na Liga das Moças Alemãs, não gostava do lenço preto que passava por baixo da gola da camisa branca. Nunca fui uma boa alemã.

Quando o tempo opaco e imensurável da nossa digestão fez tocar novamente o alarme, os guardas acordaram Leni e nos colocaram em fila para o micro-ônibus que nos levaria de volta para casa. O meu estômago não revirava mais: deixara a comida se acomodar. O meu corpo havia absorvido a comida do Führer, a comida do Führer circulava no meu sangue. Hitler estava salvo. Eu estava faminta novamente.

2

Entre as paredes brancas do refeitório, naquele dia me tornei uma provadora de Hitler.

Era outono de 1943, eu tinha vinte e seis anos, cinquenta horas de viagem, setecentos quilômetros de bagagem. De Berlim, vim para a Prússia Oriental, o lugar onde Gregor nasceu, mas Gregor não estava ali. Para fugir da guerra, havia me mudado para Gross-Partsch fazia uma semana.

Eles apareceram no dia anterior na casa dos meus sogros, sem avisar, procurando por Rosa Sauer. Não os escutei porque estava no quintal de trás. Não ouvi nem o barulho do jipe que estacionava na frente da casa, mas vi as galinhas correrem para o galinheiro, amontoando-se umas sobre as outras.

— Estão te procurando — disse Herta.

— Quem?

Ela se virou sem responder. Chamei Zart, não veio: era um gato do mundo, de manhã ia passear pela vila. Depois segui Herta, pensando em quem me procurava: *Aqui ninguém me conhece, acabei de chegar, meu Deus, será que Gregor voltou?*

— Meu marido voltou? — perguntei, mas Herta estava na cozinha, de costas para a porta, bloqueando a luz. Joseph também estava em pé, uma mão apoiada na mesa, a postura inclinada.

— Heil Hitler! — duas silhuetas lançaram o braço direito na minha direção.

Eu levantei o meu braço também, ultrapassando a soleira. A sombra de seus rostos não estava muito nítida. Na cozinha, havia dois homens em uniformes verde-acinzentado.

— Rosa Sauer — disse um deles. Acenei com a cabeça. — O Führer precisa de você.

Nunca tinha me visto, o Führer. Mas precisava de mim.

Herta enxugou as mãos no avental e o SS continuou falando, se dirigia a mim, olhava só para mim, me encarava avaliando o meu valor como mão de obra de constituição saudável e robusta; é verdade que a fome tinha me deixado um pouco debilitada, as sirenes noturnas me haviam roubado o sono, a perda de tudo, de todos me havia arruinado os olhos. Mas o rosto estava redondo, os cabelos, volumosos e loiros: uma jovem mulher ariana já domada pela guerra, é ver para crer, produto cem por cento nacional, um ótimo negócio.

O SS retirou-se.

— Podemos oferecer-lhes alguma coisa? — perguntou Herta com imperdoável atraso. As pessoas do campo não sabem acolher os hóspedes importantes. Joseph endireitou a postura.

— Estaremos aqui amanhã às oito da manhã, esteja pronta — disse o SS que até aquele momento não havia dito nada, e se retirou.

Os Schutzstaffel faziam cerimônia, ou não gostavam de café de bolota torrada, mas talvez tivesse vinho, uma garrafa conservada na adega para quando Gregor retornasse, o fato é que não haviam levado em consideração o convite de Herta: que era, aliás, tardio, precisamos admitir. Ou seria apenas porque não queriam ceder ao vício, fortalecendo o corpo com renúncia: o vício enfraquece, e eles tinham força de vontade. Gritaram "Heil Hitler" levantando o braço – apontavam para mim.

Quando o automóvel partiu, aproximei-me da janela. As faixas das rodas sob o cascalho traçavam o caminho para a minha condenação. Fui até outra janela, em um outro cômodo, indo de um lado da casa para o outro, em busca de ar, de uma escapatória. Herta e Joseph me seguiam. *Por favor, me deixem raciocinar. Me deixem respirar.*

Pelo que os SS disseram, foi o prefeito que indicou meu nome. O prefeito de uma cidadezinha no campo conhece todo mundo, até mesmo os recém-chegados.

— Precisamos encontrar uma forma — Joseph segurou a barba, apertando-a tanto como se dali pudesse arrancar uma solução.

Trabalhar para Hitler, sacrificar a vida por ele: não era isso que faziam todos os alemães? Mas e se ingerisse comida envenenada e morresse assim, sem nem um disparo de fuzil, sem uma explosão? Joseph não o aceitava. Uma morte na surdina, fora de cena. Uma morte de rato, não de herói. As mulheres não morrem como heroínas.

— Preciso ir embora daqui.

Aproximei o rosto do vidro; tentava respirar fundo, mas uma pontada na clavícula me interrompia toda vez. Trocava de janela. Uma pontada na costela, a respiração não conseguia sair.

— Eu vim para cá para melhorar e em vez disso corro o risco de morrer envenenada — ri amargamente: uma censura dirigida para meus sogros, mesmo que não houvessem dado meu nome aos SS.

— Você precisa se esconder — disse Joseph —, se refugiar em algum lugar.

— Na floresta — sugeriu Herta.

— Na floresta onde? Para morrer de frio e de fome?

— Nós te levaremos comida.

— É claro — confirmou Joseph —, não vamos te abandonar.

— E se eles me procurarem?

Herta olhou para seu marido.

— Você acha que eles voltarão a procurá-la?

— Eles não aceitarão bem esse "não"... — Joseph não se descontrolou.

Eu era uma desertora sem exército, sentia-me ridícula.

— Você pode voltar para Berlim — propôs.

— Sim, você pode voltar para casa — rebateu Herta —, não vão te seguir até lá.

— Eu não tenho mais casa em Berlim, lembra? Se eu não tivesse sido obrigada, nunca teria vindo para cá.

A feição de Herta endureceu. Em um segundo eu havia rompido todo o pudor relativo aos nossos papéis, à escassa convivência que tínhamos uma com a outra.

— Me desculpe, eu não quis dizer...

— Deixa para lá — ela interrompeu.

Eu faltei ao respeito com ela, mas, ao mesmo tempo, escancarei a porta da confidência entre nós. Eu a senti tão perto que tive vontade de me agarrar nela: *fique comigo, cuide de mim.*

— E vocês? — perguntei. — Se eles vierem e não me encontrarem, e se eles descontarem em vocês?

— Nós nos viramos — respondeu Herta, e se afastou.

— O que você quer fazer? — Joseph havia soltado a barba, a solução não estava ali.

Eu preferia morrer em um lugar estrangeiro a morrer na minha cidade, onde eu não tinha mais ninguém.

No segundo dia como provadora, levantei-me ao alvorecer. O galo cantou e as rãs pararam de repente de coaxar, como se todas houvessem caído juntas no sono; então me senti sozinha, depois de uma noite inteira acordada. No reflexo da janela, vi os círculos em volta dos meus olhos, e me reconheci. Não era culpa da insônia, ou da guerra, aqueles sulcos escuros sempre estiveram presentes em meu rosto. Minha mãe dizia: "Fecha esses livros, olha essa cara", meu pai dizia: "Será que ela não tem carência de ferro, doutor?". E meu irmão esfregava a minha testa na sua porque aquele deslizar de seda o fazia pegar no sono. No reflexo da janela vi os mesmos olhos com os círculos em volta de quando era criança, e senti que era um presságio.

Saí para procurar Zart, que cochilava encolhido ao lado da cerca do galinheiro como se fosse responsável pelas galinhas. Aliás, não é prudente deixar senhoras sozinhas – Zart era um macho das antigas. Gregor, ao contrário, fora embora, queria ser um bom alemão, não um bom marido.

Na primeira vez que saímos juntos, ele combinou de me encontrar em frente a um café perto da catedral e chegou atrasado. Nos sentamos em uma mesinha na parte de fora, o ar estava um pouco frio apesar do sol. Eu me encantei decifrando no coro dos pássaros um motivo musical, e em seu voo, uma coreografia feita especialmente para mim, para aquele momento que finalmente chegara e se assemelhava ao amor, como eu esperava desde muito nova. Um pássaro se destacou do bando, sozinho e corajoso, descia de bico até quase mergulhar no rio Spree, tocando ligeiramente a água com as asas estendidas, e de repente subia novamente: era apenas um improvisado desejo de fuga, uma brecha de inconsciência, o gesto impulsivo de uma euforia que entorpecia. Eu sentia aquela euforia queimando em minhas panturrilhas. De frente para o meu chefe, o jovem engenheiro sentado no bar comigo, eu me descobria eufórica. A felicidade estava apenas começando.

Eu havia pedido um pedaço de torta de maçã e nem havia experimentado ainda. Gregor apontou:

— Você não gosta?

Eu ri:

— Eu não sei.

Aproximei o prato dele para que a comesse e, quando o vi engolir a primeira mordida, mastigando rapidamente, com um entusiasmo rotineiro, senti vontade também. Então peguei um pedacinho, depois outro, depois outro, nos vimos comendo no mesmo prato, conversando sem nem ter um assunto de verdade, sem nos olharmos, como se aquela intimidade já fosse demais, até que nossos garfos se cruzaram. Naquele instante, paramos, levantamos a cabeça. Ficamos nos olhando por muito tempo, enquanto os pássaros continuavam a dar voltas ou se empoleiravam cansados nos galhos, nas balaustradas, nas lâmpadas das ruas, ou quem sabe apontavam o bico para o rio para atirarem-se na água e nunca mais emergirem. Depois Gregor encostou seu garfo no meu de propósito, e foi como se ele me tocasse.

Herta veio pegar os ovos mais tarde que o habitual: talvez houvesse passado a noite acordada também e não conseguira levantar-se. Encontrou-me imóvel na cadeira enferrujada, Zart em cima dos meus pés; sentou-se ao meu lado, esquecendo-se do café da manhã. A porta rangeu.

— Já estão aqui? — perguntou Herta.

Joseph, encostado no batente, fez sinal de não.

— Os ovos — disse, apontando o indicador na direção da eira.

Zart foi atrás dele, caminhado um pouco torto; senti falta do seu calor. O clarão da alvorada já havia se retirado como uma ressaca, despindo o céu da manhã: pálido, sem vida. As galinhas começaram a bater as asas, os pássaros, a cantar e as abelhas, a zumbir contra aquela luz de causar dor de cabeça, mas o ruído do freio de um veículo os silenciou.

— Levante-se, Rosa Sauer! — ouvimos gritarem.

Herta e eu ficamos de pé em um pulo, Joseph voltou com os ovos que apanhara nas mãos. Ele não percebeu que os havia apertado um pouco forte, e quebraram-se entre seus dedos, nos quais se entrecruzavam viscosos filetes cor de laranja brilhante. Não pude deixar de seguir o caminho que faziam: soltaram-se da pele e tocaram o chão sem fazer barulho.

— Rápido, Rosa Sauer! — insistiram os SS.

Herta apertou minhas costas, e me mexi. Preferia esperar Gregor voltar. Acreditar no fim da guerra. Preferia comer.

No micro-ônibus, dei uma olhada rápida e me ajeitei no primeiro lugar livre, longe das outras mulheres. Havia quatro: duas estavam sentadas perto uma da outra e as outras estavam cada uma por si. Não me lembrava de seus nomes. Sabia só o de Leni, que ainda não estava ali.

Ninguém respondeu ao meu bom-dia. Olhei Herta e Joseph do lado de lá da janela manchada pela chuva. Da porta, ela levantava o braço apesar da artrose, ele tinha um ovo quebrado nas mãos. Olhei a casa – as telhas escuras de musgo, o reboco rosa e as flores de valeriana crescidas em tufos pelo terreno vazio – até desaparecer atrás da curva. Eu me lembraria da vista dessa casa todas as manhãs, como se não fosse mais vê-la. Mas logo isso deixaria de ser um pesar.

O quartel-general de Rastenburg ficava a três quilômetros de Gross-Partsch, escondido na floresta e invisível de cima. Quando os operários começaram a construí-lo, contava Joseph, as pessoas dos arredores se perguntavam sobre aquele vaivém de furgões e caminhões. Os aviões militares soviéticos nunca o haviam localizado. Mas nós sabíamos que Hitler estava ali, que dormia não muito longe, e talvez no verão se revirasse na cama tentando matar os pernilongos que atrapalhavam seu sono; talvez ele também coçasse as picadas vermelhas, vencido pelo desejo conflitante que a coceira gera: embora não suporte aquele arquipélago de calombos na pele, uma parte de você não quer se curar, porque é muito intenso o alívio de se coçar.

Chamavam-na de Wolfsschanze, Toca do Lobo. Lobo era o seu apelido. Ingênua como a Chapeuzinho Vermelho, vim parar na sua barriga. Uma legião de caçadores o procurava. Se o tivessem em mãos, acabariam comigo também.

3

Chegando a Krausendorf, em frente à escola de tijolos vermelhos feita de quartel militar, nos encaminhamos em fila, uma atrás da outra. Atravessamos a entrada com a docilidade das vacas, os SS nos pararam no corredor, nos revistaram. Era horrível sentir suas mãos demorando-se em nossas cinturas, debaixo das axilas, e não poder fazer nada a não ser prender a respiração.

Respondemos à chamada enquanto assinávamos um registro; descobri que a morena que tinha puxado Leni se chamava Elfriede Kuhn. Fizeram-nos entrar duas por vez em uma sala que tinha cheiro de álcool; as outras ficaram lá fora, esperando sua vez. Apoiei o cotovelo na carteira escolar; um homem de jaleco branco amarrou bem apertado o torniquete e deu batidinhas na pele com o indicador e o médio unidos. A coleta de sangue sancionou definitivamente nosso *status* de cobaias: se no dia anterior poderia ter parecido uma inauguração, uma prova geral, a partir daquele momento a nossa atividade de provadoras se tornava obrigatória.

Quando a agulha furou minha veia, me virei para o outro lado. Elfriede estava do meu lado, absorta pela agulha que lhe sugava o sangue e se enchia de um vermelho cada vez mais escuro. Nunca consegui olhar meu sangue: reconhecer aquele líquido escuro como uma coisa que vem do meu interior me dá vertigem. Assim, olhava para ela, com sua postura de eixo cartesiano, sua indiferença. Sentia a beleza de Elfriede, mas não conseguia vê-la ainda – um teorema matemático prestes e ser resolvido.

Antes de que me desse conta, seu perfil se transformou em um rosto severo que me encarava. Abriu as narinas, como se o ar não lhe bastasse, e eu abri a boca para recuperar o fôlego. Não disse nada.

— Mantenha pressionado — advertiu o sujeito de jaleco, esmagando um chumaço de algodão sobre minha pele.

Ouvi o torniquete liberar Elfriede com um estalo e sua cadeira que arrastava no chão. Também me levantei.

No refeitório esperei as outras se sentarem. A maioria tendia a ocupar a mesma cadeira do dia anterior; a de frente para Leni ficara livre, então era minha.

Depois do café da manhã – leite e fruta – nos serviram o almoço. No meu prato, uma torta de aspargos. Com o tempo, eu perceberia que administrar combinações diferentes de comida a grupos diferentes era mais um procedimento de controle.

Estudei o cômodo do refeitório – as janelas com grades de ferro, a saída constantemente vigiada por um guarda, as paredes sem nenhum quadro – como se estuda um ambiente desconhecido. No primeiro dia de escola, quando minha mãe me deixou na classe e foi embora, o pensamento de que poderia acontecer algo de ruim comigo sem que ela soubesse me enchia de tristeza.

O que me comovia não era tanto a ameaça do mundo sobre mim, mas a impotência de minha mãe. Que minha vida passasse sem que ela soubesse me parecia inaceitável. Tudo que ficava escondido dela, mesmo que não fosse de propósito, já era uma traição. Na classe, eu havia procurado uma rachadura na parede, uma teia de aranha, uma coisa que pudesse ser o meu segredo. Os olhos vagaram pela sala, que parecia enorme; depois acabei notando um pedaço de rodapé que estava faltando e me acalmei.

No refeitório de Krausendorf, os rodapés estavam inteiros. Gregor não estava ali, e eu estava sozinha. As botas dos SS ditavam o ritmo da refeição, fazendo a contagem regressiva da nossa morte horrível. Que iguaria esses aspargos, mas o veneno não é amargo? Eu engolia e o coração parava.

Elfriede também comia aspargos, e me observava; eu bebia um copo de água atrás do outro para diluir a angústia. Talvez fosse o meu vestido que a intrigava, talvez Herta tivesse razão, com aquela fantasia xadrez eu estivesse deslocada, eu não estava indo para o escritório, não trabalhava mais em Berlim, "tire esse ar da cidade", havia dito minha sogra, "ou todos vão te olhar torto". Elfriede não me olhava torto, ou talvez sim, mas eu tinha colocado a minha roupa mais confortável, a mais usada – o uniforme, como a chamava Gregor.

Com aquela roupa não precisava perguntar nada, nem se me caía bem nem se me traria sorte; era um abrigo, também para Elfriede, que me interrogava e não se preocupava em esconder, vasculhava os quadrados do xadrez com tal veemência que os fazia saltar, com tal veemência que fazia desfiar a barra, desamarrar os cadarços dos meus sapatos de salto alto, desmanchar a onda que meus cabelos desenhavam sob meu rosto, enquanto eu continuava bebendo, e sentia a bexiga se enchendo.

O almoço não havia terminado ainda, e eu não sabia se era permitido sair da mesa. Minha bexiga estava doendo, como na adega de Budengasse, onde minha mãe e eu nos refugiamos de madrugada com os outros condôminos, quando começaram os alarmes. Mas aqui não havia um balde no canto, e eu não conseguia segurar. Antes mesmo que eu decidisse, me levantei e pedi para ir ao banheiro. Os SS consentiram; enquanto um homem muito alto e com os pés muito compridos me escoltava no corredor, ouvi a voz de Elfriede:

— Eu também preciso.

Os azulejos estavam gastos, os rejuntes, escuros. Duas pias e quatro portas. O SS ficou de guarda no corredor, entramos, me escondi em um dos gabinetes. Não ouvi nenhuma outra porta se fechando nem água escorrendo. Elfriede tinha ido embora, ou se pôs a escutar. O barulho do meu xixi me humilhou. Quando abri a porta, ela a segurou com a ponta do sapato. Pôs uma das mãos no meu ombro, colocando-me contra a parede. Os azulejos tinham cheiro de desinfetante. Aproximou seu rosto do meu, quase com doçura.

— O que você quer? — me perguntou.

— Eu?

— Por que estava me olhando durante a coleta?

Tentei me soltar, mas ela me impediu.

— Te aconselho a pensar nas suas coisas. Aqui dentro, é melhor que cada uma pense nas próprias coisas.

— É que não suporto olhar meu sangue.

— Mas o sangue dos outros você suporta?

Um ruído metálico na madeira nos fez estremecer: Elfriede recuou.

— O que vocês estão tramando? — perguntou de fora o SS, depois entrou. Os azulejos estavam úmidos e frios, ou era o suor nas minhas costas. — Estão confabulando? — Ele vestia botas enormes, perfeitas para esmagar cabeças de cobras.

— Eu tive uma tontura, deve ser por causa da coleta de sangue — murmurei, tocando a picadinha vermelha na articulação do cotovelo, em cima da veia saltada. — Ela me socorreu. Agora estou melhor.

O guarda avisou que, se nos pegasse mais uma vez em atitudes íntimas, nos daria uma lição.

— Aliás, não, eu vou aproveitar — disse. E, naquele momento, inesperadamente, riu.

Voltamos ao refeitório, enquanto o Varapau controlava nossos passos. Ele estava errado. Não era intimidade entre Elfriede e mim, era medo. Medíamos os outros e o espaço ao nosso redor com o mesmo terror inconsciente daqueles que acabaram de chegar ao mundo.

De noite, no banheiro da casa Sauer, o cheiro de aspargos que exalava da minha urina me fez pensar em Elfriede. Provavelmente ela, sentada no vaso, sentia o mesmo cheiro. E Hitler também, em seu *bunker* em Wolfsschanze. Naquela noite, a urina de Hitler fedia como a minha.

4

Nasci em vinte e sete de dezembro de 1917, onze meses antes de terminar o que chamariam de "a Grande Guerra". Um presente de Natal atrasado. Minha mãe me dizia que Papai Noel tinha se esquecido de mim, depois me ouviu gritando no trenó, tão embrulhada nos cobertores que nem dava para me ver, e voltou para Berlim contra sua vontade: suas férias tinham acabado de começar e aquela entrega não programada era um incômodo.

— Ainda bem que ele percebeu — dizia papai —, naquele ano você foi o nosso único presente.

Meu pai era ferroviário, minha mãe, costureira. O chão da sala estava sempre coberto de novelos e linhas de todas as cores. Minha mãe lambia as pontas para colocar na agulha com mais facilidade, eu a imitava. Escondida, sugava o pedaço de linha e brincava com a língua testando sua consistência no palato; depois, quando virava um caroço molhado, não conseguia resistir à ideia de engolir e descobrir se, uma vez dentro de mim, me mataria. Passava os minutos sucessivos tentando adivinhar os sinais da minha morte iminente, mas, como não morria, acabava esquecendo. Porém guardava o segredo assim mesmo, e depois de madrugada me lembrava, certa de que a hora tinha chegado. O jogo da morte começou muito cedo. Eu não contava nada a ninguém.

De noite meu pai ouvia rádio, enquanto minha mãe varria as linhas jogadas no chão e ia para a cama com o *Deutsche Allgemeine Zeitung* aberto, ansiosa para ler um novo episódio do seu romance de folhetim preferido. Minha infância foi assim, o vapor nos vidros das janelas que davam para o Budengasse, as tabuadas decoradas antes do tempo, a estrada para a escola a pé com os sapatos muito grandes e depois muito apertados, as formigas decapitadas com a unha, os domingos em que, no ambão, mamãe lia os salmos, papai, as Epístolas aos Coríntios, e eu os escutava do banco, orgulhosa ou entediada, uma moeda de um Pfennig escondida na boca – o metal era salgado, pinicava, fechava os olhos de prazer, com a língua a empurrava até a entrada da garganta, cada vez mais equilibrada, pronta para rolar, depois a cuspia de uma vez.

Minha infância foram os livros debaixo do travesseiro, as rimas que costumava cantar com meu pai, cabra-cega na praça, o Stollen no Natal, os passeios ao Tiergarten, o dia em que apareci diante do berço de Franz, escorreguei entre os dentes sua mãozinha e a mordi, forte. Meu irmão gritou como os recém-nascidos sempre gritam quando acordam, ninguém ficou sabendo o que eu fiz.

Foi uma infância cheia de culpas e de segredos, e eu estava muito empenhada em escondê-los para perceber os outros. Não me perguntava onde meus pais arranjavam leite, que custava centenas, depois milhares de marcos, se assaltavam os mercados desafiando a polícia. Nem, anos depois, me perguntei se eles também se sentiram humilhados com o Tratado de Versalhes, se odiavam os Estados Unidos como todos, se se sentiam injustamente condenados por serem culpados de uma guerra da qual meu pai havia participado – passou uma madrugada inteira dentro de um buraco com um francês, e, a um certo ponto, pegou no sono ao lado do cadáver.

Naquele tempo em que a Alemanha era um amontoado de feridas, minha mãe lambia a ponta da linha com os lábios puxados e ficava com uma cara de tartaruga que me fazia rir, meu pai escutava rádio depois do trabalho fumando cigarros Juno e Franz cochilava no berço com o braço dobrado e a mão perto da orelha, os pequenos dedos fechados na palma da mão de carne macia.

No quarto, eu fazia o inventário das minhas culpas e dos meus segredos, e não sentia nenhum remorso.

5

— Não entendo nada — resmungou Leni. Estávamos sentadas à mesa desfeita do refeitório após o jantar, com os livros abertos e os lápis que os guardas nos deram. — Tem muitas palavras difíceis.

— Por exemplo?

— Alima, não, amila, espera — Leni consultou uma página —, amilase salivar, ou aquela outra, pepsi, hum, pep-sino-gênio.

Uma semana depois do primeiro dia, o cozinheiro veio ao refeitório e distribuiu uma série de textos sobre alimentação, nos convidando a ler: a nossa tarefa era muito séria, disse, e deveria ser executada com rigor. Apresentou-se como Otto Günther, mas nós sabíamos que todos o chamavam Krümel, Migalha. Os SS, quando diziam seu nome, se referiam a ele dessa forma, talvez porque fosse baixo e franzino. Quando chegávamos ao quartel, ele já estava com seu pessoal cuidando do café da manhã, que tomávamos imediatamente, enquanto Hitler tomava em torno das dez, depois de ter tido notícias da frente. Em seguida, por volta das onze, comíamos o que ele iria comer no almoço. Terminada a hora de espera, nos levavam para casa, mas às cinco da tarde vinham nos buscar para nos fazer provar o jantar.

Na manhã em que Krümel nos entregara os livros, uma mulher tinha folheado algumas páginas e bufado sacudindo os ombros. Tinha ombros largos, quadrados, desproporcionais se comparados aos tornozelos finos descobertos pela saia preta. Chamava-se Augustine. Já Leni estava pálida como se lhe houvessem anunciado alguma prova iminente e ela tivesse a certeza de que não iria superá-la. Para mim era uma espécie de consolação: não que eu achasse útil memorizar as fases do processo digestivo, nem que quisesse fazer bonito com isso. Aqueles esquemas, as tabelas, eram uma forma de lazer. Eu podia me reconhecer no meu antigo gosto pelo aprendizado a ponto de me iludir que não iria me perder.

— Eu não aguento mais — disse Leni. — Você acha que vão perguntar coisas para nós?

— Os guardas que ficam sentados nas cadeiras e nos dão notas? Sério? — eu disse, sorrindo para ela.

Ela não retribuiu.

— Será que o médico na próxima coleta nos perguntará algo difícil?

— Seria divertido.

— O que tem de divertido?

— Para mim parece que podemos espiar as tripas de Hitler — eu disse, com uma alegria incompreensível. — Se fizermos um cálculo aproximado, podemos até deduzir em qual momento o seu esfíncter vai se dilatar.

— É nojento!

Não era nojento, era humano. Adolf Hitler era um ser humano que fazia digestão.

— A professora terminou a aula? Não, só para saber. Assim, quando a conferência terminar, vamos aplaudir.

Foi Augustine quem falou, a mulher vestida de preto e com os ombros quadrados. Os guardas não nos mandaram ficar quietas. Por vontade do cozinheiro, o refeitório tinha assumido de novo uma aparência de sala de aula, e aquela vontade deveria ser respeitada.

— Me desculpe — eu disse, abaixando a cabeça —, não queria incomodar.

— Nós sabemos que você estudou na cidade.

— E o que importa pra você onde ela estudou? — interveio Ulla. — Agora ela está aqui, comendo como nós: pratos deliciosos, pelo amor de Deus, temperados com apenas um toque de veneno — riu sozinha.

A cintura fina, os seios altos, Ulla era um pedaço de mau caminho, assim a chamavam os SS. Recortava fotos de atrizes das revistas e colava em um caderno, às vezes o folheava apontando uma por uma: as bochechas de porcelana de Anny Ondra, que havia se casado com Max Schmeling, o boxeador; os lábios de Ilse Werner: macios e carnudos, que enrolados assobiavam na rádio o refrão de "Sing ein Lied wenn Du mal traurig bist" – porque bastava uma música para não se sentir triste e sozinho, era preciso dizer isso aos soldados alemães; mas a preferida de Ulla era Zarah Leander, com as sobrancelhas de asa de gaivota e o pega-rapaz na moldura do rosto no filme *Habanera*.

— Faz bem de vir assim toda elegante para o quartel — ela me disse. Eu estava com um vestido vinho com gola francesa e mangas bufantes, minha mãe que tinha costurado. — Se você morrer, pelo menos já está com roupa boa. Nem vão precisar te arrumar.

— Por que vocês continuam falando coisas horríveis? — protestou Leni.

Herta tinha razão, as moças estavam incomodadas com minha aparência. Não apenas Elfriede, que no segundo dia havia vasculhado o xadrez do meu vestido e naquele momento lia com as costas na parede e o lápis entre os lábios como se fosse um cigarro apagado. Parecia que lhe era pesado ficar sentada. Parecia sempre estar prestes a ir embora.

— Você gosta desse vestido?

Ulla hesitou, mas depois me respondeu.

— Está um pouco castigado, mas tem um corte quase parisiense. É sempre melhor do que os *dirndl* que Frau Goebbels quer nos fazer usar — abaixou a voz — e que ela usa — acrescentou, apontando com os olhos a minha vizinha de lugar, aquela que no final do primeiro almoço havia levantado. Gertrude não a escutou.

— Ah, quanta besteira — Augustine bateu as mãos na mesa quase para pegar impulso e se afastou. Ela não sabia como fechar aquela saída teatral da conversa, ocorreu-lhe de aproximar-se de Elfriede. Mas ela não tirou os olhos do manual.

— Então, você gosta ou não? — repeti.

Como se lhe custasse, Ulla admitiu:

— Sim.

— Certo, te dou de presente.

Uma pancada fraca me fez levantar a cabeça. Elfriede havia fechado o livro e cruzado os braços, com o lápis ainda na boca.

— Vai fazer o quê? Se despir como São Francisco bem na frente de todo mundo e dar o vestido para ela? — Augustine riu, procurando o apoio de Elfriede. Ela permaneceu impassível.

Aproximei-me de Ulla:

— Te trago amanhã, se você quiser. Na verdade, no tempo de lavá-lo.

Um burburinho se propagou pela sala. Elfriede desencostou-se da parede e sentou-se na minha frente. Deixou cair ruidosamente o manual em cima da mesa, apoiou os dedos nele, batendo-os sobre a capa enquanto me encarava. Augustine a seguiu, certa de que de uma hora para outra emitiria uma sentença para mim, mas Elfriede ficou calada, os dedos parados.

— Veio de Berlim para nos dar esmolas — Augustine acrescentou —, aulas de Biologia e caridade cristã: faz questão de nos mostrar que é melhor do que nós.

— Eu quero — disse Ulla.

— Será seu — lhe respondi.

Augustine estalou a língua. Depois descobri que sempre fazia assim quando queria expressar que discordava de algo.

— Mas que inferno...

— Em fila! — ordenaram os guardas. — A hora já terminou.

As moças levantaram-se com pressa. Augustine amava seu teatrinho, mas o desejo de deixar o refeitório era mais forte; por hoje também voltaríamos para casa sãs e salvas.

Enquanto eu ia para a fila, Ulla tocou levemente meu cotovelo.

— Obrigada — ela disse, e correu para frente.

Elfriede estava atrás de mim:

— Não é um colégio feminino berlinense. É um quartel.

— Pense nas suas coisas — rebati, com minha nuca já queimando. — Foi você que me ensinou, né? — parecia mais uma desculpa que uma provocação.

Eu queria agradar Elfriede, e não a ferir, mas não sabia por quê.

— De qualquer forma — disse ela —, a pequenininha tem razão: naqueles livros não há nada de bom. A menos que você goste de ser instruída sobre os sintomas causados pelos vários tipos de envenenamento. Se preparar para a morte lhe dá prazer?

Continuei caminhando sem responder.

Naquela mesma noite lavei o vestido vinho para Ulla. Dá-lo de presente não era um ato de generosidade, nem um modo de conquistar sua simpatia. Vê-lo nela seria como transferir a Gross-Partsch a minha vida na capital, e, então, dissipá-la. Era resignação.

Três dias depois, levei-o para ela, seco e passado, embrulhado em folhas de jornal. Nunca a vi usando no refeitório.

Herta tirou minha medidas e ajustou algumas peças do seu guarda-roupa para que eu pudesse usar, apertando na cintura e encurtando um pouco por insistência minha: é a moda, eu explicava, a moda de Berlim, ela replicava, com os alfinetes entre os lábios como minha mãe e sem nenhuma linha no chão da sua casa de campo.

Coloquei o vestido xadrez no armário que fora de Gregor, junto de todas as minhas roupas de trabalho. Os sapatos eram os mesmos. — Onde você vai com esses saltos? — advertia Herta, mas só com eles reconhecia meus passos, por mais incertos que houvessem se tornado. Nas manhãs mais nebulosas, tinha vontade de agarrar o cabide com raiva, não havia nenhum motivo para me confundirem com as provadoras, eu não tinha nada a ver com elas, por que eu precisava aceitar?

Depois encarava as minhas olheiras no espelho e a raiva se transformava em desânimo. Mantinha o vestido xadrez no escuro do armário e fechava a porta. Aquelas olheiras eram um aviso, e eu não soube entendê-lo, para antecipar o destino, pará-lo no meio do caminho. Agora que aquela temida prostração havia chegado, estava claro que não havia mais espaço para a menina que cantava no coral da escola, que patinava de tarde com as amigas, que lhes passava as lições de geometria. Não havia mais a secretária que havia feito o chefe perder a cabeça, mas uma mulher que a guerra havia envelhecido de repente, porque assim estava escrito em seu sangue.

Na noite de março de 1943 em que meu destino mudou de direção, a sirene começou com o gemido usual, um mínimo de aceleração inicial após o impulso, o tempo de minha mãe sair da cama:

— Levante-se, Rosa! — chamava-me. — Estão bombardeando.

Desde a noite em que meu pai morreu, eu dormia em seu antigo lugar para ficar com ela. Éramos duas mulheres adultas, as duas haviam conhecido a vida cotidiana do leito conjugal e a haviam perdido, o cheiro tão parecido de nossos corpos debaixo dos lençóis tinha algo de obsceno. Mas eu queria fazer-lhe companhia quando acordava de madrugada, mesmo que a sirene não tocasse. Ou talvez eu tivesse medo de dormir sozinha. Por isso, depois que Gregor partiu, deixei nosso apartamento alugado em Altemesseweg e me mudei para a casa de meus pais. Ainda estava aprendendo a ser esposa e já tinha de voltar a ser filha.

— Mexa-se — me disse, vendo-me procurar uma roupa qualquer para colocar. Ela colocara o casaco sobre a camisola e descera de pantufas.

O alarme não foi diferente dos anteriores: um longo grito que soava como se fosse durar para sempre, mas no décimo primeiro segundo diminuía o tom, esmorecia. Depois continuava.

Todos os alarmes até então haviam sido falsos. Todas as vezes corríamos pelas escadas com as lanternas acesas, ainda que houvesse ordens vigentes para que não se acendessem luzes. No escuro, tropeçaríamos e machucaríamos os outros condôminos, que estavam indo direto para o porão também, cheios de cobertas, e filhos, e cantis de água. Ou sem nada: em choque. Todas as vezes, encontrávamos um lugar apertado e nos sentávamos no chão, debaixo de uma pequena lâmpada acesa que pendia nua do teto. O chão era frio, as pessoas amontoadas, a umidade entrava pelos ossos.

Abarrotados um por cima dos outros, nós, que vivíamos na Budengasse, 78, chorávamos, rezávamos, pedíamos ajuda, urinávamos em um balde muito perto do olhar dos outros ou segurávamos, apesar das dores na bexiga; um menino havia mordido uma maçã e um outro a roubou, deu mais mordidas do que podia antes de a tomarem com um bofetão, tínhamos fome e ficávamos em silêncio ou dormíamos, e ao amanhecer saíamos com as caras amarrotadas.

Logo a promessa de um novo dia seria derrubada pelo gesso azul de um prédio senhoril na periferia de Berlim, até fazê-lo brilhar. Escondidos dentro daquele mesmo edifício, não perceberíamos tanta luz, e de forma nenhuma teríamos acreditado.

Naquela madrugada, correndo pelas escadas, de braços dados com a minha mãe, eu me perguntava que nota era o som da sirene antiaérea. Quando era menina, eu havia cantado no coral da escola, a professora elogiava a minha entonação, meu timbre vocal, mas eu não havia estudado música e não sabia distinguir as notas. No entanto, enquanto me acomodava ao lado de Frau Reinach com seu lenço marrom na cabeça, enquanto olhava os sapatos pretos de Frau Preiß deformados pelo dedão, os pelos que saíam das orelhas de Herr Holler e os dois minúsculos incisivos de Anton, o filho dos Schmidt, enquanto o hálito de minha mãe, que me sussurrava: "Está com frio? Se cobre", era o único cheiro obsceno e familiar a que poderia me agarrar, nada me importava, a não ser saber qual nota correspondia ao toque prolongado da sirene.

O zumbido dos aviões afastou em um lampejo todos os pensamentos. Minha mãe me apertou a mão, a unhas serraram minha pele. Pauline, três anos recém-completados, levantou-se. Anne Langhans, sua mãe, tentou puxá-la para si, mas, com a obstinação de seus noventa centímetros de altura, ela se desvencilhou. Olhava para cima, jogando a cabeça para trás e girando-a, como se procurasse a origem daquele som ou seguisse a trajetória do avião.

Depois o teto tremeu. Pauline caiu e o chão balançou, um assobio agudo encobriu todos os outros barulhos, até os nossos gritos, o seu choro. A pequena lâmpada se apagou. O estrondo encheu o porão o suficiente para lhe curvar as paredes, e o movimento do ar nos jogou de um lado para o outro. No fragor da explosão, os nossos corpos se debatiam, se retorciam, escorregavam, enquanto as paredes lançavam escombros.

Quando o bombardeio cessou, os soluços e os gritos chegaram abafados aos tímpanos afetados. Alguém empurrou a porta do porão: estava bloqueada. As mulheres gritavam, os poucos homens que havia encheram a porta de chutes até conseguirem abri-la.

Estávamos surdos e cegos, o pó havia mudado nossas feições, tornara-nos estranhos até mesmo aos nossos pais. Procurávamos por eles, repetindo: "Mamãe, papai", incapazes de pronunciar qualquer outra palavra. Eu vi apenas fumaça. Depois, Pauline: seu rosto sangrava. Rasguei a bainha da minha saia com os dentes e estanquei, amarrei a faixa de pano ao redor de sua cabeça, procurei sua mãe, procurei a minha, não conseguia reconhecer ninguém.

O sol chegou quando todos já haviam se arrastado para fora. O nosso prédio não tinha se destroçado no chão, mas no topo havia um buraco enorme; já o prédio da frente tinha sido destelhado. Uma fila de feridos e mortos jazia na rua. Com as costas contra a parede, as pessoas tentavam respirar, mas a garganta queimava por causa do pó. O nariz tampado. Frau Reinach tinha perdido o lenço, os cabelos eram tufos de um nevoeiro denso germinados na cabeça como praga. Herr Holler mancava. Pauline tinha parado de sangrar. Eu estava inteira, não sentia dor nenhuma. Minha mãe estava morta.

6

— Eu daria a minha própria vida pelo Führer — disse Gertrude, com os olhos semicerrados para dar solenidade à declaração. Sua irmã Sabine assentiu. Por causa do queixo afundado, não conseguia distinguir se era mais nova ou mais velha que ela. A mesa do refeitório estava limpa, faltava uma meia hora para a saída. No céu de chumbo emoldurado pela janela, se delineava uma outra provadora, Theodora.

— Eu também daria a minha vida a ele — confirmou Sabine. — Para mim é como um irmão mais velho. É como se fosse o irmão que nunca tivemos, Gerti.

— Eu preferia como marido — brincou Theodora.

Sabine franziu a testa como se Theodora tivesse faltado com o respeito ao Führer. As molduras da janela vibraram: Augustine estava apoiada em cima.

— Segurem firme o Grande Consolador de vocês: é ele quem manda seus irmãos, pais e maridos ao matadouro. Mas se eles morrerem, vocês sempre podem fingir que ele é o irmão de vocês, né? Ou podem sonhar que se casam com ele — disse Augustine enquanto passava o indicador e o dedão nas bordas da boca, limpando a saliva branca, espumosa. — Vocês são ridículas.

— Reza pra ninguém te ouvir — Gertrude se alterou. — Ou você quer que chamem os SS?

— Se tivesse sido possível — disse Theodora –, o Führer teria evitado a guerra. Mas não havia outro jeito.

— Me desculpem, vocês são mais do que ridículas. Estão possuídas.

Eu ainda não sabia que, a partir daquele momento, "Possuídas" se tornaria o apelido para se referir a Gertrude e seu grupinho. Augustine o havia inventado, enquanto espumava de raiva. Seu marido morreu na frente, por isso ela sempre estava de preto, me contou Leni.

As mulheres haviam crescido na mesma cidade, as que tinham a mesma idade haviam ido para a escola juntas: pelo menos de vista, todas se conheciam. Exceto Elfriede. Ela não era de Gross-Partsch nem dos arredores, e Leni me disse que antes de se tornar provadora nunca a havia visto. Elfriede também era uma forasteira, mas ninguém a atormentava por isso. Augustine não ousava incomodá-la; me tratava mal não tanto porque eu vinha da capital, mas porque via a minha necessidade de me ambientar: isso me deixava vulnerável. Nem eu nem as outras havíamos perguntado a Elfriede de que cidade havia vindo, e ela nunca mencionou. A sua distância inspirava admiração.

Perguntava-me se Elfriede também se refugiara no campo em busca de tranquilidade e, assim como eu, fora recrutada imediatamente. Com base em que eles nos escolheram? A primeira vez que subi no micro-ônibus esperava encontrar um antro de nazistas fanáticas, com cantos e bandeiras; então logo entendi que a fé no Partido não era o critério de seleção, exceto, talvez, pelas Possuídas. Teriam escolhido as mais pobres, as mais necessitadas? Aquelas com mais filhos para alimentar? As mulheres sempre falavam de seus filhos, exceto Leni e Ulla, as mais jovens, e Elfriede. Elas não tinham filhos, como eu também não. Mas elas não tinham o anel no dedo, e eu, ao contrário, era casada havia quatro anos.

Assim que cheguei em casa, Herta me pediu para ajudá-la a dobrar os lençóis. Quase não me cumprimentou: parecia estar impaciente, como se houvesse esperado por horas para poder dobrar as roupas secas e agora que eu havia chegado não pretendesse me conceder nem um minuto a mais.

— Pegue o cesto, por favor.

Geralmente me perguntava sobre o trabalho, me dizia: "Vai descansar, deita um pouco" ou me preparava um chá. Aquela aspereza me deixou desconfortável. Levei o cesto para a cozinha, apoiei-o sobre a mesa.

— Força — disse Herta —, vamos logo.

Puxei um pedaço de pano, com cuidado para tirá-lo do emaranhado sem virar a cesta, um pouco desajeitada por causa da pressa com que me pressionava. Dei um último puxão para tirar completamente o lençol, e um retângulo branco pulou pelo ar, girando. Me parecia um lenço: será que caiu no chão e minha sogra tinha ficado brava? Só no momento em que chegou ao chão me dei conta de que não era um lenço, mas um envelope. Olhei para Herta.

— Até que enfim! — Herta riu. — Você não a encontrava nunca!

Eu também ri: de surpresa, de gratidão.

— E aí? Não vai pegá-la do chão?

Enquanto me abaixava, sussurrou:

— Se quiser, pode ir ler para lá. Mas depois volta para me contar como está meu filho.

Minha Rosa,

Finalmente posso te responder. Viajamos muito, dormindo nos caminhões, não tiramos o uniforme por uma semana. Quanto mais atravesso as estradas e os vilarejos desse país, mais descubro que aqui só existe pobreza. As pessoas estão debilitadas, as casas parecem barracos, não paraísos bolcheviques, o paraíso dos trabalhadores... Agora paramos; abaixo, você vai ver o novo endereço para me mandar suas cartas. Muito obrigado por me escrever tanto, e me desculpe se eu escrevo menos que você, mas no fim do dia estou destruído. Ontem passei a manhã tirando neve da trincheira, depois de madrugada fiquei de guarda por quatro horas (eu estava com duas blusas debaixo do uniforme), enquanto a trincheira se enchia de neve outra vez.

Depois, quando me deitei no saco de palha, sonhei com você. Você estava dormindo no nosso antigo apartamento em Altemesseweg. Quer dizer, eu sabia que era aquele apartamento, mesmo que o quarto estivesse um pouco diferente. O que era estranho era que em cima do tapete tinha um cachorro, um cão pastor, que também dormia. Eu não me perguntava o que um cachorro estava fazendo na nossa casa, se era seu, sabia só que tinha de tomar cuidado para não o acordar porque era perigoso. Queria me deitar de lado com você, então me aproximava bem devagarinho, para não incomodar o cachorro, que, no entanto, acordava e começava a rosnar. Você não ouvia nada, continuava dormindo, e eu te chamava, tinha medo de que o cachorro te mordesse. Chegou um momento em que começou a latir forte, pular, e foi aí que acordei. Fiquei muito tempo de mau humor. Talvez porque eu estivesse sofrendo por causa da sua viagem. Agora que você está em Gross-Partsch estou mais calmo, os meus pais vão cuidar de você.

Saber que você estava sozinha em Berlim, com aquilo que te aconteceu, me atormentava. Pensei em quanto brigamos há três anos, quando decidi me alistar. Eu te dizia que não podíamos ser egoístas, covardes, que nos defender era uma questão de vida ou morte. Eu me lembrava do período pós-guerra, você não, você era muito pequena, mas eu me lembrava daquela miséria. O nosso povo foi ingênuo, se deixou humilhar. Tinha chegado o momento de endurecer. Eu tinha de fazer a minha parte, mesmo que isso significasse ficar longe de você. Mas hoje não sei mais o que pensar.

Os próximos parágrafos haviam sido riscados: aquelas linhas por cima das frases para deixá-las ilegíveis me deixaram inquieta. Em vão tentei decifrá-las. "Mas hoje não sei mais o que pensar", Gregor tinha escrito. Geralmente ele evitava dizer coisas comprometedoras, tinha medo de que a correspondência fosse aberta e censurada; suas cartas eram breves, tanto que às vezes me pareciam frias. Se não conseguiu se controlar, devia ser culpa daquele sonho, depois não tinha o que fazer a não ser riscar com violência; em alguns trechos, a folha estava rasgada.

Gregor nunca sonhava, ele dizia, e tirava sarro de mim pela importância que atribuía aos meus sonhos, como se tivessem um poder revelador. Estava sofrendo por minha causa, por isso tinha escrito uma carta tão melancólica. Por um momento, pensei que a frente tivessem me devolvido um homem diferente, e me perguntei se suportaria. Estava fechada no quarto em que ele sonhava quando criança, mas seus sonhos infantis eu não conhecia, e estar rodeada de tudo o que lhe pertencia não era suficiente para senti-lo próximo. Não era como quando dormíamos juntos em nosso apartamento alugado e ele adormecia de lado esticando o braço para segurar meu punho. Eu, que sempre lia na cama, folheava o livro com uma mão apenas para não me soltar de suas garras. Às vezes, durante o sono, ele disparava, seus dedos agarravam meu pulso como se fossem movidos por um mecanismo de mola, depois se relaxavam. Em que se agarrava agora?

Uma noite, senti o braço dormente, queria mudar de posição. Lentamente, para não o acordar, me acomodei bem perto dele. Vi seus dedos fechando sem pegar nada, agarrando o vazio. O amor que sentia por ele subiu pela minha garganta.

É estranho saber que você está na casa dos meus pais sem que eu esteja. Eu não sou do tipo que se comove, mas nestes dias tem me acontecido, se te imagino passando pelos cômodos, tocando os velhos móveis de sempre, preparando a marmelada com minha mãe (obrigado por tê-la mandado, dê um beijo nela por mim, e diga um oi ao papai).

Agora me vou, amanhã acordo às cinco. O órgão Katyusha toca a qualquer hora, mas nós estamos acostumados. A sobrevivência, Rosa, é resultado de um acaso. Mas não tenha medo: pelo assobio das balas já consigo intuir se vão cair perto ou longe. E depois tem uma superstição que aprendi na Rússia, que diz que enquanto sua mulher lhe é fiel, você soldado não será morto. Enfim, tenho que contar com você!

Para receber o seu perdão pelo longo silêncio, escrevi bastante, não tem do que reclamar. Me conte sobre seus dias. Não consigo imaginar alguém como você vivendo no campo. No final, você vai ver, vai se acostumar e até gostar. Me conte sobre esse novo trabalho, por favor. Você me disse que me explicaria falando, que por carta seria melhor não. Devo me preocupar?

Deixei a surpresa por último: vou tirar licença no Natal, devo ficar uns dez dias aí. Vamos festejá-lo juntos pela primeira vez no lugar em que cresci, eu não vejo a hora de te beijar.

Desci da cama. A folha nas mãos, li novamente: eu não estava enganada, ele havia realmente escrito isso. Gregor viria a Gross-Partsch!

Olho sua foto todos os dias. Por mantê-la no bolso, está cada vez mais amassada. Formou-se uma dobra que corta a sua bochecha como uma ruga. Quando eu estiver aí, me dê alguma outra, porque nessa você parece mais velha. Mas sabe o que eu te digo? Que você é linda mesmo velha.

Gregor

— Herta! — Saí do quarto sacudindo a carta e entreguei-a à minha sogra. — Leia aqui! — Indiquei a parte em que Gregor mencionava a licença. Só aquela, o resto dizia respeito a mim e meu marido.

— Vai passar o Natal aqui! — disse ela, incrédula. Estava ansiosa para que Joseph voltasse para lhe dar a boa notícia.

A inquietude que eu sentia minutos antes se dissipou, a felicidade havia coberto qualquer outro sentimento possível. Eu cuidaria dele. Dormiríamos juntos novamente, e eu o apertaria tão forte que ele não teria mais medo de nada.

7

Sentados ao lado da lareira, fantasiamos sobre a chegada de Gregor.

Joseph planejava matar um galo para a ceia de Natal, e eu me perguntei se deveria comer no refeitório naquele dia também. O que Gregor faria enquanto eu estivesse no quartel? Tinha os seus pais, ele ficaria com eles. Eu tinha ciúmes do tempo que Herta e Joseph iriam passar com ele sem mim.

— Talvez ele possa vir para Krausendorf, ainda é um soldado da Wehrmacht.

— Não — me disse Joseph –, os SS não o deixariam entrar.

No fim estávamos falando de Gregor pequeno, isso acontecia com frequência. Minha sogra contou que até os dezesseis anos era um menino um pouco acima do peso.

— Tinha as bochechas rosadas, mesmo quando não corria, parecia sempre que tinha bebido.

— E de fato — disse Joseph —, uma vez ficou bêbado.

— É verdade! — exclamou Herta. — Olha o que você me fez lembrar... Escuta essa, Rosa. Ele devia ter uns sete anos, não mais. Era verão, voltávamos dos campos e o vimos deitado sobre o arquibanco, bem ali — indicou o arquibanco de madeira junto da parede –, todo contente. "Mamãe", ele disse, "esse suco que você fez é muito gostoso".

— Em cima da mesa estava a garrafa de vinho aberta — explicou Joseph —, quase pela metade. Eu perguntei para ele: "Meu Deus, por que você bebeu isso?". E ele: "Porque estava com muita sede" — e riu.

Herta também riu, até chorar. Vi suas mãos deformadas pela artrose enxugando os olhos, e pensei em todas as vezes que haviam acariciado Gregor ao acordar, afastado os cabelos do rosto enquanto tomava o café da manhã, em todas as vezes que haviam esfregado as dobras de seu corpo sujo de noite, quando voltava exausto das guerras à beira do pântano, o estilingue que pendia do bolso das calças curtas. Em todas as vezes que o havia esbofeteado e depois, sentada em seu quarto, teria cortado a mão que tinha sido motivo de escândalo: o escândalo de haver batido em alguém que já fora você, e agora era um outro ser humano.

— Depois, de repente, cresceu — disse Joseph. — Ficou bem alto, da noite para o dia, antes mesmo de se levantar da cama.

Imaginei Gregor como uma planta, um choupo muito alto igual àqueles que beiravam a estrada para Krausendorf, o tronco largo e reto, a casca clara salpicada de manchas, e tive vontade de abraçá-lo.

Comecei a contar os dias riscando-os com um x no calendário; cada x encurtava um pouquinho a espera. Para preenchê-la, me obriguei a uma série de hábitos.

De tarde, antes de subir no micro-ônibus, ia com Herta pegar água no poço e quando voltava dava de comer às galinhas. Deixava a comida no galinheiro, e elas corriam para bicar, empurrando-se nervosas. Tinha sempre uma que não conseguia se enfiar no grupo e balançava a cabeça para a direita e para a esquerda, indecisa sobre o que fazer ou apenas desalentada. A cabeça pequena me impressionava. Produzindo um pio interno, profundo, a galinha rodava à procura de um espaço para si, até conseguir se inserir entre duas companheiras, com tanta força que expulsava uma. Depois a balança mudava novamente. Havia comida para todas, mas as galinhas nunca acreditavam nisso.

Eu as observava chocando no ninho, hipnotizada pelo bico que vibrava, o pescoço levantado, abaixado, para um lado, depois para o outro, dando trancos. De repente, o pescoço parecia se quebrar debaixo do piado sufocado que escancarava o rosto da galinha e seus olhos redondos de esmeralda. Perguntava-me se estava gemendo de dor, se havia para ela também a condenação de um parto doloroso, e por qual pecado deveria pagar. Ou se eram, pelo contrário, gritos de vitória: a galinha assistia ao seu milagre todos os dias, e eu nunca recebera um.

Uma vez surpreendi a mais nova bicando um ovo que tinha acabado de botar, ameacei dar um chute nela, mas não fui rápida o suficiente, ela já o havia comido.

— Ela comeu o próprio filho — disse a Herta, alarmada.

Ela explicou que pode acontecer, por engano as galinhas quebram um ovo e por instinto o experimentam. E, como é gostoso, o comem inteiro.

No refeitório, Sabine contou à sua irmã Gertrude e a Theodora sobre quando seu filho pequeno, escutando a voz de Hitler no rádio, ficou com medo. O queixo, furado com covinhas, começou a tremer, e o menino se pôs a chorar.

— É o nosso Führer — disse-lhe a mãe —, por que está chorando? — E as crianças gostam tanto do Führer, comentou Theodora.

Os alemães amavam crianças. As galinhas comiam os próprios filhos. Nunca fui uma boa alemã, e às vezes as galinhas me horrorizavam, assim como os seres vivos.

Um domingo fui com Joseph à floresta colher lenha. Entre as árvores, uma sinfonia de assobios ecoou. Transportávamos troncos e galhos com uma carriola para empilhá-los no celeiro que por um tempo serviu para reservar as forragens para os animais. Os avós de Gregor haviam cultivado a terra e criado vacas e bois, como os seus bisavós, aliás. A certa altura, Joseph acabou vendendo tudo para pagar os estudos de Gregor e começou a trabalhar como jardineiro no castelo von Mildernhagen.

— Por que você fez isso? — perguntou-lhe o filho.

— Porque já somos velhos — ele lhe respondeu —, precisamos de pouco para viver.

Gregor não tinha irmãos: sua mãe havia dado à luz duas outras crianças, mas as duas morreram, ele nem as havia conhecido. Ele veio por acaso, quando seus pais já estavam resignados a envelhecer sozinhos.

No dia em que disse que iria estudar em Berlim, seu pai ficou decepcionado. Aquele filho que eles não haviam esperado havia não apenas crescido repentinamente, da noite para o dia, como também havia decidido abandoná-los.

— Brigamos — me confessou Joseph. — Eu não entendia, ficava bravo. Eu disse que ele não iria embora, que eu não iria permitir.

— E aí? — Gregor nunca tinha me contado essa história. — Ele fugiu de casa?

— Ele nunca teria feito isso. — Joseph parou a carriola. Contraiu o rosto em uma careta, massageou-se as costas.

— Está doendo? Deixa que eu empurro.

— Estou velho — rebateu —, mas não tanto assim. — Recomeçou a caminhar. — Veio um professor falar conosco. Sentou-se à mesa comigo e com Herta e disse que Gregor era muito bom aluno, que merecia. O fato de um estranho conhecer meu filho melhor do que eu me deixou em fúria. Fiquei muito bravo com aquele professor, o tratei de maneira rude. Depois, no estábulo, Herta me fez pensar melhor, e eu me senti um idiota.

Após a visita do professor, Joseph decidiu vender os animais, menos as galinhas, e Gregor se mudou para Berlim.

— Ele se dedicou e conseguiu o que queria, uma ótima profissão.

Revi Gregor em seu estúdio, sentado à sua prancheta, equilibrado no banquinho: mexia a régua em cima da folha e coçava a nuca com o lápis. Eu gostava de espiá-lo no trabalho, espiá-lo sempre que fazia alguma coisa com que se esquecia de tudo o que havia em volta, de mim. Ele era sempre ele quando eu não estava?

— Se ao menos não tivesse ido para a guerra... — Joseph parou novamente, dessa vez não para massagear-se as costas. Olhou à frente, sem falar, como se precisasse repassar os eventos mais uma vez. Ele havia feito a coisa certa para seu filho, mas a coisa certa não fora o suficiente.

Arrumamos a lenha no celeiro em silêncio. Não foi um silêncio triste. Sempre falávamos de Gregor, era tudo o que tínhamos em comum, mas depois de haver falado dele precisávamos ficar um pouco calados.

Assim que entramos em casa, Herta nos advertiu de que o leite tinha acabado. Eu disse que no dia seguinte à tarde iria buscar, já tinha aprendido o caminho.

O cheiro do esterco me confirmou que havia chegado, bem antes de ver a fila de mulheres com garrafas de vidro vazias. Eu havia trazido um cesto cheio de vegetais para trocá-los.

Um mugido ecoou pelo campo como um pedido de ajuda, parecia uma sirene antiaérea, o mesmo desespero. Eu fui a única a ficar inquieta, as mulheres avançaram conversando entre si ou em silêncio, segurando seus filhos pelas mãos ou os chamando se houvessem se distanciado.

Vi duas moças saindo, e me pareciam familiares. Quando chegaram perto, me dei conta de que eram duas provadoras. Uma, com o cabelo joãozinho e a pele do rosto seca, chamava-se Beate. A outra comprimia os seios e os quadris largos em um casaco marrom e em uma saia godê. Seu rosto era em baixo-relevo, e chamava-se Heike.

Em um impulso mexi um braço para cumprimentá-las, mas freei o gesto imediatamente. Não sabia quão secreto era o nosso serviço, se era preciso fingir que não nos conhecíamos. Eu não era da cidade, e nunca as havia encontrado naquele estábulo. Além disso, no refeitório nunca havíamos tido uma conversa de verdade, talvez cumprimentá-las não fosse apropriado, talvez elas não retribuíssem.

Passaram por mim sem acenar. Beate estava com os olhos vermelhos, e Heike dizia:

— Vamos dividir esse, aí da próxima vez você me dá um pouco do seu.

Fiquei com vergonha de ter escutado. Beate não podia comprar o leite? Ainda não havíamos recebido nosso primeiro salário, mas seríamos retribuídas pelo nosso trabalho, foi o que disseram os SS, ainda que não houvessem especificado o valor. Por um instante duvidei de que aquelas mulheres fossem duas provadoras, ainda que as tivesse visto de perto. Como era possível que não tivessem me reconhecido? Segui-as com os olhos esperando que se virassem; mas não viraram. Distanciaram-se até desaparecer, e um pouco depois foi a minha vez.

No caminho para casa começou a chover. A água grudou os meus cabelos no rosto e ensopou meu casaco, tremi de frio. Herta me havia avisado para pegar a capa, mas eu me esqueci. Com os meus sapatos de cidade, corria o risco de cair na lama; a visão comprometida pela água, eu podia errar o caminho. Comecei a correr, apesar dos saltos. A um certo ponto, não longe da igreja, notei a silhueta de duas mulheres de braços dados. Reconheci-as pela saia godê de Heike ou talvez pelas costas que meus olhos registram todos os dias na fila do refeitório. Se elas tivessem esticado suas capas, daria para as três. Chamei-as, um trovão encobriu a minha voz. Chamei de novo. Não se viraram. Talvez eu estivesse errada, não eram elas. Parei lentamente, fiquei imóvel debaixo da chuva.

No dia seguinte, no refeitório, espirrei.

— Saúde — disse alguém à minha direita.

Era Heike. Fiquei surpresa em reconhecer sua voz para além do corpo de Ulla, que nos dividia, sentada entre nós.

— Você também tomou friagem ontem?

Então elas tinham me visto.

— Sim — respondi —, estou resfriada.

Será que elas não me ouviram chamando?

— Leite quente com mel — disse Beate, como se estivesse esperando uma autorização da Heike para falar comigo. — Se tivesse tanto leite assim para usar, seria um santo remédio.

As semanas passaram, e a suspeita em relação à comida enfraqueceu, como acontece com um pretendente quando você dá cada vez mais confiança. Nós, servas, já comíamos com vontade, mas, depois, o inchaço abdominal diminuía o entusiasmo, o peso no estômago parecia pesar no coração, e, por causa desse equívoco, a hora seguinte ao banquete era repleta de desconforto.

Cada uma de nós ainda temia a possibilidade de ser envenenada. Isso acontecia se uma nuvem escondia de repente o sol, acontecia naqueles segundos de desorientação que geralmente precedem o crepúsculo. No entanto, ninguém conseguia esconder o conforto que a Griessnockerlsuppe dava, com aqueles nhoques de sêmola que derretiam na boca, nem a total devoção ao Eintopf, ainda que não tivesse porco, boi nem frango. Hitler não comia carne, e no rádio recomendava que os cidadãos comessem ensopado de legumes pelo menos uma vez por semana. Pensava que fosse fácil encontrar verduras na cidade durante a guerra. Ou não estava preocupado: um alemão não morre de fome, e se morresse não era um bom alemão.

Eu pensava em Gregor e tocava minha barriga, agora que estava cheia e não tinha mais o que fazer. A minha batalha contra o veneno tinha uma aposta muito alta em jogo para que minhas pernas não tremessem toda vez que a saciedade abaixava as defesas. "Poupe-me até o Natal, pelo menos até o Natal", recitava para mim mesma, e com o indicador desenhava um sinal da cruz clandestina no ponto em que o esôfago terminava – ou assim achava, imaginando o interior do meu corpo como uma massa de pedaços cinzas, igual ao que havia visto nos livros de Krümel.

Bem devagar, as lágrimas apareceram, patéticas, para Leni também; se ela entrava em pânico, eu apertava sua mão, acariciava suas bochechas manchadas de rosácea. Elfriede nunca chorava. Na hora de espera, escutava o barulho da sua respiração. Quando se distraía com alguma coisa, o seu olhar se esquecia da dureza e ela ficava bonita. Beate mastigava com a mesma fúria que usaria para esfregar os lençóis. Heike se sentava de frente para ela, sua vizinha desde quando eram crianças, Leni tinha me contado, e, cortando com a mão esquerda a truta na manteiga e salsa, levantava o cotovelo, que esbarrava no braço de Ulla. Ulla não se importava, continuava a lamber os cantos da boca. Deve ter sido aquele gesto infantil, repetido distraidamente, que chamara os SS para uma varredura.

Eu observava as iguarias nos pratos das outras, e a moça que tinha a mesma comida que a minha naquele dia se tornava para mim mais cara que um parente próximo. Sentia uma doçura repentina por aquela espinha que despontara na bochecha, pela energia ou pela indolência com que lavava o rosto pela manhã, pelas bolinhas na lã das meias velhas que talvez colocasse antes de ir para a cama. A sua sobrevivência me importava tanto quanto a minha, porque dividíamos um único destino.

Com o tempo, os SS também relaxaram. Se estavam de bom humor, conversavam durante o almoço sem prestar muita atenção em nós, e nem mesmo nos intimidavam nos mandando ficar caladas. Mas, se estavam atacados, plantavam suas pupilas em nós e nos examinavam. Observavam como nós olhávamos a comida, como se estivessem a ponto de nos morder, andavam entre as cadeiras com os braços no coldre calculando mal o espaço, as pistolas esbarravam em nossas costas, nos faziam esquivar. Às vezes se curvavam sobre uma de nós, por trás: geralmente era Ulla, o belo pedaço deles. Esticavam um dedo na direção do peito, murmurando: "Você se sujou", e imediatamente Ulla parava de comer. Parávamos todas.

Mas era Leni a preferida deles, porque os seus olhos verdes reluziam na pele transparente, muito fina para disfarçar qualquer hesitação que o mundo provocasse nela, e porque era tão indefesa. Um guarda lhe dava um beliscão na bochecha, dizendo-lhe em falsete:

— Olhão! — E Leni sorria, não de vergonha. Acreditava que a ternura que suscitava nos outros a protegeria. Estava disposta a pagar o preço da própria fragilidade, e isso os SS já haviam percebido.

No quartel de Krausendorf todos os dias corríamos o risco de morrer – mas não mais do que qualquer um que estivesse vivo. *Minha mãe tinha razão sobre isso*, eu pensava enquanto sentia o repolho crocante entre os dentes, e a couve-flor impregnava as paredes com seu odor doméstico, reconfortante.

8

Certa manhã, Krümel anunciou que iria nos paparicar. Disse assim mesmo, *paparicar*, a nós, que acreditávamos não ter mais o direito a paparicos. Iria nos fazer provar Zwieback, disse, tinha acabado de tirar do forno para fazer uma surpresa ao seu chefe: "Ele adora, preparava-o até nas trincheiras durante a Grande Guerra".

— Claro, como não, na frente era muito fácil encontrar os ingredientes — sussurrou Augustine. — Manteiga, mel, levedura, ele mesmo os produzia, suando.

Por sorte os SS não a ouviram, e Krümel já havia ido para a cozinha com seus ajudantes.

Elfriede deixou escapar um som pelo nariz, uma espécie de risada. Nunca tinha ouvido Elfriede rir, e a surpresa foi tamanha que eu também tive vontade de rir. Tentei me conter, mas ela fez de novo aquele breve grunhido, e me saiu uma risada afônica.

— Berlinense, será que você não consegue se controlar? — disse ela, e naquele momento ouvi fermentar no refeitório uma mistura de gemidos e soluços, cada vez mais forte, até nos rendermos. Caímos todas na risada diante da incredulidade dos SS.

— Estão rindo do quê? — Os dedos sobre o coldre. — O que vocês têm? — Um guarda deu um soco na mesa.

— Devo fazer a vontade de vocês passar?

Ficamos em silêncio com muito custo.

— Ordem! — disse o Varapau, quando a graça da situação já tinha se diluído.

Mas havia acontecido: ríramos juntas pela primeira vez.

O Zwieback era crocante e perfumado, saboreei a doçura impiedosa do meu privilégio. Krümel estava satisfeito: com o tempo descobri que ele sempre estava. Era orgulho, orgulho da própria profissão.

Ele também era de Berlim, havia começado na Mitropa, a empresa europeia que fazia a gestão dos vagões-leitos e restaurantes. Em 1937 fora contratado pelo Führer para paparicá-lo durante as viagens com o trem especial. O trem era armado com canhões antiaéreos leves para responder aos ataques de baixa altitude e era dotado de suítes elegantes, dizia Krümel, tanto que Hitler dizia brincando que era "o hotel do frenético chanceler do Reich". Chamava-se Amerika, pelo menos até a América entrar na guerra. Depois foi rebaixado para Brandenburg, o que para mim parecia menos épico, mas não lhe disse nada. Agora, alojado na Wolfsschanze, Krümel cozinhava mais de duzentos pratos por dia, paparicando a nós, as provadoras, também.

Não tínhamos permissão para entrar na cozinha, e ele saía de lá só se tinha algo a nos dizer ou se os guardas o chamavam, por exemplo, porque Heike sinalizava um sabor estranho na água e, por consequência, Beate também o notava. As mulheres saltavam em pé – dor de cabeça, náusea, vômitos de angústia. Mas era a Fachingen, a preferida do Führer! Chamavam-na de "água do bem-estar", como podia fazer mal?

Em uma quarta-feira, dois ajudantes de cozinha não foram trabalhar, estavam com febre. Krümel veio ao refeitório e me pediu para ajudá-lo. Não sei por que pediu a mim, talvez porque era a única que havia estudado os livros sobre alimentação, enquanto as outras tinham ficado entediadas; ou talvez porque eu era de Berlim como ele.

Diante de sua escolha, as Possuídas torceram o nariz: se alguém tinha de ter acesso à cozinha eram elas, as perfeitas donas de casa. Uma vez escutei Gertrude dizer à irmã:

— Você leu sobre a jovem mulher que entrou na loja de um judeu e foi sequestrada?

— Não, o que aconteceu? — perguntou Sabine, mas Gertrude continuou:

— Imagine você, os fundos da loja davam para um túnel subterrâneo. Passando por ele, o lojista levou-a à sinagoga com a ajuda de outros judeus e depois a violentaram todos juntos.

Sabine tampou os olhos como se estivesse assistindo ao estupro:

— É verdade, Gerti?

— Sim — rebateu a irmã —, eles as violentavam sempre antes de oferecê-las em sacrifício.

— Você leu no *Der Stürmer*? — perguntou Theodora.

— Fiquei sabendo, e pronto — respondeu Gertrude —, agora nós donas de casa não estamos mais seguras nem quando vamos fazer compras.

— Isso é verdade — disse Theodora —, ainda bem que fecharam essas lojas.

Ela defendia com unhas e dentes o ideal alemão de esposa-mãe-dona de casa e, precisamente porque era uma representante digna, pediu para falar com Krümel. Contou-lhe sobre o restaurante que sua família gerenciava antes da guerra: ela tinha experiência na cozinha e queria provar. O cozinheiro estava convencido.

Entregou a ela um avental e uma caixa de verduras. Lavei-as na pia grande enquanto Theodora cortava-as em cubinhos ou em rodelas. No primeiro dia não me dirigiu a palavra a não ser para reclamar que ainda havia terra nos vegetais ou que eu havia feito um pântano no chão. Como uma estagiária, passava o tempo observando os ajudantes de cozinha, estava tão colada neles que até impedia seus movimentos.

— Saia daí! — ordenou-lhe Krümel, quando quase tropeçou em seus pés. Theodora se desculpou e acrescentou:

— O ofício se aprende com os olhos! Quase não estou acreditando que estou trabalhando lado a lado de um chef do seu calibre.

— Lado a lado? Eu falei para você sair daí!

Nos dias seguintes, no entanto, persuadida de já ser um membro regular da equipe, decidiu, por ética profissional, me levar em consideração: eu também era uma funcionária, aliás, a minha incompetência declarada me tornava uma subordinada sua. Assim, me contou sobre o restaurante de seus pais, um local pequeno, com menos de dez mesas:

— Mas encantador, você precisava ver.

A guerra os tinha obrigado a fechar: ela planejava reabrir quando a guerra terminasse, e com muitas mesas mais. As rugas desenhavam no lado externo de seus olhos uma minúscula barbatana caudal, fazendo-os parecer dois peixinhos. Seus sonhos de restaurante a animavam, falava empolgada, e, assim, as barbatanas deslizavam em seu rosto, tanto que eu ficava esperando vê-los saltar, aqueles olhos, traçar uma breve parábola e mergulhar na panela de água fervente.

— Mas se os bolcheviques vierem, não será possível — disse —, não vamos abrir nenhum restaurante, será o fim de tudo. — As barbatanas pararam subitamente, os olhos não nadavam mais, eram fósseis milenares. Quantos anos Theodora teria?

— Espero que não seja o fim de tudo — arrisquei —, porque não sei se vamos vencer essa guerra.

— Nem pense nisso. Se os russos vencerem, nosso destino será destruição e escravidão, o Führer também disse isso. Colunas de homens marchando em direção à tundra siberiana, você ouviu?

Não, não tinha ouvido.

Lembrei-me de Gregor, quando, em nossa sala de estar em Altemesseweg, levantou-se da poltrona que havíamos comprado em uma loja de antiguidade e aproximou-se da janela, suspirando:

— Tempo de russos.

Explicou-me que aquela expressão era usada entre os soldados, porque os russos atacavam sempre nas piores condições meteorológicas.

— E não sofrem nada.

Ele estava de licença e me falava da frente; às vezes acontecia o Morgenkonzert, por exemplo, assim chamavam o espetáculo de explosões que o Exército Vermelho fazia ao acordar.

Uma noite, entre os lençóis, disse:

— Se os russos vierem, não terão piedade.

— Por que você pensa assim?

— Porque os alemães tratam os prisioneiros soviéticos de forma diferente dos outros. Os ingleses e os franceses recebem ajuda da Cruz Vermelha, e à tarde até jogam bola, enquanto os soviéticos têm que cavar trincheiras sob a vigilância dos militares do próprio exército.

— Do próprio exército?

— Sim, pessoas atraídas pela promessa de uma fatia de pão ou uma concha de caldo a mais — respondeu, apagando a luz. — Se eles fizerem conosco o que nós fizemos com eles, será terrível.

Fiquei muito tempo me revirando na cama, não conseguia dormir, e em um certo momento Gregor me abraçou.

— Me desculpe, não devia te falar essas coisas, você não precisa saber. Pra que serve saber disso? Pra quem?

Ele caiu no sono e eu permaneci acordada.

— Vamos merecer o que eles fizerem — eu disse.

Theodora olhou para mim com desdém e voltou a me ignorar. A sua hostilidade me aborreceu. Não havia motivo para eu me aborrecer, não era uma pessoa com quem eu queria compartilhar nada, e, na verdade, não tinha nada para compartilhar nem com as outras. Nem com Augustine, que me cutucava:

— Você fez uma nova amiga?

Nem com Leni, que esbanjava apreço pela comida como se tivesse sido eu a cozinhá-la. Eu não tinha nada para compartilhar com aquelas mulheres, somente um trabalho que nunca havia pensado em exercer na minha vida. O que você quer ser quando crescer? Provadora de Hitler.

No entanto, a hostilidade da Possuída me deixou desconfortável. Eu andava pela cozinha mais desajeitada que o habitual e, por distração, queimei meu pulso: soltei um grito.

Diante do espetáculo da minha pele que se enrugava ao redor da queimadura, Theodora abdicou do propósito de silêncio, pegou meu braço e abriu a torneira:

— Deixe cair água fria por cima!

Depois descascou uma batata, enquanto os cozinheiros continuavam com suas manobras. Secou-me com um pano e colocou uma fatia de batata crua em cima da ferida:

— Vai acalmar a irritação, você vai ver.

Aquela preocupação materna me enterneceu.

Em pé em um canto, com a fatia de batata no pulso, vi Krümel jogar um ingrediente na sopa e logo depois rir consigo mesmo. Notando que o havia surpreendido, colocou o indicador na boca.

— Não é sadio privar-se completamente de carne — ele disse —, você também aprendeu isso nos livros que dei a vocês, né? Aquele cabeça-dura não quer entender, então eu coloco banha escondido na sopa. Você não sabe como ele fica bravo quando percebe! Mas ele quase nunca percebe — completou, morrendo de rir. — Se põe na cabeça que engordou, não consigo fazer com que coma nada.

Theodora, que estava colocando farinha em uma tigela, se aproximou.

— Acreditem, nada — disse o cozinheiro, olhando-a. — Espaguete de sêmola com quark? Ele digere tão bem... mas não quer. Torta de maçã bávara, a sua preferida: pensem, eu a sirvo todas as noites para o chá noturno; mas juro, se ele estiver de dieta, não toca nem em uma fatia. Em duas semanas pode perder até sete quilos.

— O que é o chá noturno? — disse a Possuída.

— Uma reunião noturna entre amigos. O chefe bebe chá ou chocolate quente. Ele é louco por chocolate quente. Os outros bebem Schnapps até não aguentarem mais. Não que ele goste, digamos que ele tolera. Só com Hoffmann, o fotógrafo, uma vez ficou nervoso: aquele é um bêbado. Mas em geral o chefe não liga, escuta *Tristão e Isolda* com os olhos fechados. E sempre diz: quando eu morrer, gostaria que fosse a última coisa que meus ouvidos escutassem.

Theodora estava em êxtase. Eu tirei a fatia de batata do pulso, a escoriação tinha se estendido. Queria mostrar para ela, esperava que gritasse comigo, que viesse até mim para colocar a fatia no lugar, "fique com ela aí e não faça graça". De repente senti falta da minha mãe.

Mas a Possuída estava pendurada nos lábios de Krümel, não cuidava mais de mim. Da forma como o cozinheiro falava de Hitler, ficou claro que se importava muito com ele, e era evidente que se importava conosco também, comigo também. Aliás, eu me disponibilizei a morrer pelo Führer. Todos os dias o meu prato, os nossos dez pratos alinhados evocavam a sua presença como em uma transubstanciação. Nenhuma promessa de eternidade: duzentos marcos por mês, era essa a nossa recompensa.

Eles nos haviam dado algumas noites antes, dentro de um envelope, na saída. Nós o colocamos no bolso ou na bolsa, ninguém ousou abri-lo no micro-ônibus. Contei as notas fechada no meu quarto, espantada: era mais do que o meu salário em Berlim.

Joguei a fatia de batata no cesto de lixo.

— O chefe diz que, se come carne ou bebe vinho, transpira. Mas eu lhe digo que transpira porque está muito agitado.

Krümel não conseguia parar quando começava a falar dele.

— "Olhe os cavalos", repete para mim, "olhe os touros. São animais herbívoros e são fortes e resistentes. Agora olhe os cães: basta uma corrida e já estão com a língua para fora."

— É verdade — comentou Theodora –, nunca tinha pensado nisso: ele tem razão.

— Ah, se tem razão ou não, eu não sei. De qualquer forma, ele diz também que não pode suportar a crueldade dos matadouros — Krümel já estava se dirigindo somente a ela.

Peguei um pão em um cesto grande e separei a casca do miolo.

— Uma vez, no jantar, contou a seus convidados que estivera em um matadouro e ainda se lembrava das galochas pisando em sangue fresco. Imagina que o pobre Dietrich teve de afastar o prato... Ele é uma pessoa sugestionável.

A Possuída riu com gosto. Eu fiz uma bola com o miolo, manipulei-o até obter formatos: círculos, tranças, pétalas. Krümel me repreendeu pelo desperdício.

— São para você — eu disse —, são como você, Migalha.

Mexeu o caldo sem me dar ouvidos, pediu para Theodora verificar o cozimento dos rabanetes no forno.

— Aqui tudo é um desperdício — prossegui. — Nós, as provadoras, somos um desperdício. Ninguém conseguiria envenená-lo com esse sistema de segurança, é um absurdo.

— Desde quando você é uma especialista em segurança? — perguntou a Possuída — Ou talvez de estratégia militar?

— Parem com isso — advertiu Krümel: um pai com as filhas brigando.

— E como vocês faziam antes de nos contratar? — eu provoquei. — Antes não temiam que o envenenassem?

Bem naquele momento um guarda entrou na cozinha para nos chamar à mesa. Os miolos ficaram secando no balcão de mármore.

No dia seguinte, enquanto andava entre a coordenação impecável dos ajudantes e a solicitude da Possuída, Krümel nos deu um presente inesperado: escondido, deu a mim e a Theodora fruta e queijo. Foi ele mesmo que colocou na minha bolsa, a bolsa de couro que levava para o escritório em Berlim.

— Por quê? — perguntei.

— Vocês merecem — disse.

Levei tudo para casa. Herta não pôde acreditar no que seus olhos viam quando desembrulhou o pacote que Krümel me havia dado. Eram graças a mim aquelas guloseimas para o jantar. Eram graças a Hitler.

9

Augustine percorreu o corredor do micro-ônibus tão velozmente que a bainha de sua saia escura parecia espumar, colocou a mão no encosto, tocando os cabelos de Leni, e disse:

— Vamos trocar? Só por hoje.

Lá fora estava escuro. Leni me olhou confusa, depois se levantou e se deixou cair em um banco vazio. Augustine pegou o seu lugar ao meu lado.

— Sua bolsa está cheia — ela disse.

Todas estavam nos olhando, não só Leni. Beate também, Elfriede também. As Possuídas não, estavam sentadas na frente, logo depois do motorista.

De maneira espontânea, nos dividimos em grupos. Não que dentro de um grupo se esperasse afeto. Rupturas e proximidades foram simplesmente criadas com a mesma inexorabilidade com que as placas terrestres se movem. Quanto a mim, a necessidade de proteção denunciada por cada batida de cílios de Leni havia-me atribuído uma responsabilidade. Depois tinha Elfriede, que havia me empurrado no banheiro. Naquele gesto adivinhei meu medo. Era uma tentativa de contato. Íntimo, sim: talvez o Varapau não estivesse errado. Elfriede havia procurado uma briga, como aqueles meninos que só depois de um quebra-pau conseguem saber em quem podem confiar. A briga havia sido interrompida pelo guarda, e então tínhamos uma conta pendente, ela e eu, um crédito recíproco de proximidade corporal que gerava entre nós um campo magnético.

— Está cheia? Responda.

Theodora se virou, uma reação automática à voz rouca de Augustine.

Algumas semanas antes dissera que o Führer era um homem que agia pelos próprios instintos.

— Sim, sim, é um cérebro — comentou Gertrude, segurando dois grampos entre os dentes, sem perceber que havia acabado de contradizer a amiga. — Mas sabe quantas coisas não dizem a ele? — continuou, depois de ter colocado os grampos bem apertados na trança enrolada em um lado da cabeça. — Ele não sabe de tudo o que acontece, nem sempre é culpa dele.

Augustine fingiu estar cuspindo nela. Agora estava sentada ao meu lado, com as pernas cruzadas, um joelho preso na cadeira da frente.

— Há uns dias o cozinheiro te deu coisas a mais para levar para casa.

— Sim.

— Bem, nós também queremos.

Nós quem? Eu não sabia o que dizer. A solidariedade entre as provadoras não era algo previsto. Éramos torrões que flutuavam e colidiam, passando uma ao lado da outra ou se afastando.

— Você não vai querer ser egoísta. Seja simpática com ele, faça-o te dar mais.

— Pegue o que tem aqui — ofereci-lhe a bolsa.

— Não é o suficiente. Queremos leite, pelo menos duas garrafas: temos filhos e precisamos de leite.

Tinham um salário mais alto que o de um operário médio, não se tratava de necessidade.

— Trata-se de justiça — replicou Augustine. — Por que você tem que receber mais do que nós? Peça para Theodora, eu poderia desafiá-la.

Ela sabia que Theodora se negaria. Mas por qual motivo esperava que eu aceitasse? Não era uma amiga. No entanto, ela sentia a minha ânsia de consenso, ela a tinha sentido desde o início.

Como nos tornamos amigos? Agora que eu reconhecia as expressões, que até mesmo as podia prever, os rostos das minhas colegas me pareciam diferentes do que havia visto no primeiro dia.

Isso acontece na escola, ou no trabalho, nos lugares em que se é obrigado a passar tantas horas da própria existência. Tornamo-nos amigos por coerção.

— Está bem, Augustine. Amanhã tento perguntar.

Na manhã seguinte, Krümel nos informou que os ajudantes estavam de volta, não havia mais necessidade de nós duas. Expliquei a Augustine e às outras que a haviam escolhido como porta-voz, mas Heike e Beate não se conformaram.

— Não é justo que você tenha ganhado coisas a mais e nós, não. Nós temos filhos. E você, tem quem?

Eu não tinha filhos. Toda vez que falava sobre isso com meu marido, ele me dizia que não era o momento, que ele iria para a guerra e eu ficaria sozinha. Ele partiu em 1940, um ano depois do nosso casamento. Fiquei sem Gregor no nosso apartamento com os móveis da loja de antiguidade, onde nós gostávamos de ir aos sábados de manhã, mesmo que só para tomar café da manhã na padaria ali perto com *Schnecke* de canela e *strudel* de sementes de papoula, que comíamos direto do saquinho, uma mordida cada um, passeando. Eu estava sem ele e sem um filho, em um apartamento cheio de quinquilharias.

Os alemães adoravam crianças. Durante os desfiles, o Führer acariciava suas bochechas e pedia às mulheres para terem muitos filhos. Gregor queria ser um bom alemão, no entanto não se deixou contagiar. Dizia que colocar uma pessoa no mundo significava condená-la à morte. Mas a guerra vai acabar, eu argumentava. Não é a guerra, respondia, é a vida: todos morrem, de qualquer forma. Você não está bem, eu acusava, desde que foi para a frente está depressivo, e ele ficava bravo.

Talvez no Natal, com a ajuda de Herta e Joseph, eu iria conseguir convencê-lo.

Se eu engravidasse, nutriria o filho em meu ventre com a comida do refeitório. Uma mulher grávida não é uma boa cobaia, pode contaminar o experimento, mas os SS não saberiam – pelo menos até os exames ou a barriga revelarem.

Eu correria o risco de envenenar a criança, morreríamos os dois. Ou sobreviveríamos. Seus ossos fracos e seus músculos tenros criados pela comida de Hitler. Seria antes um filho do Reich do que meu. Além disso, ninguém nasce sem culpa.

— Roube — disse-me Augustine. — Entre na cozinha, distraia o cozinheiro conversando, fale de Berlim, de quando vocês iam às óperas, invente alguma coisa. Aí você vira para o outro lado e pega o leite.

— Está louca? Não posso fazer isso.

— Não é dele. Você não vai estar roubando dele.

— Mas não é justo, ele não merece.

— Por que, Rosa, nós merecemos?

A luz fazia os balcões de mármore que os ajudantes haviam limpado brilharem.

— Mais cedo ou mais tarde os soviéticos vão ceder, você vai ver. — disse Krümel.

Estávamos sozinhos: ele havia mandado os meninos descarregarem as provisões que chegaram com o trem na estação Wolfsschanze, dizendo que se juntaria a eles logo depois, porque lhe pedi explicações sobre um capítulo do livro que eu estava lendo, um livro que ele me deu; eu não havia encontrado uma desculpa melhor para segurá-lo. Depois da explicação – o papel de professor deixava-o vangloriado – eu pediria duas garrafas de leite. Ainda que Krümel nunca tivesse me dado leite. Ainda que fosse indelicado, e rude. Uma coisa é receber um presente, outra é pedir. E para quem, então? Não tenho filhos, nunca amamentei ninguém.

Krümel sentou-se para conversar comigo: em poucos minutos já estava empolgado e me enchendo de conversas, como sempre. O desastre de Stalingrado, em fevereiro daquele ano, desmoralizara a todos.

— Morreram para que a Alemanha pudesse continuar viva.

— É o que o Führer diz.

— E eu acredito. Você não?

Não queria contrariá-lo, caso contrário, não poderia ambicionar a um tratamento especial. Concordei incerta.

— Nós vamos vencer — ele disse —, porque é justo.

Contou-me que à noite Hitler comia em frente a uma parede em que estava pendurada uma bandeira soviética capturada no início da Operação Barbarossa. Naquela sala mostrava aos convidados os perigos do bolchevismo: as outras nações europeias subestimavam-no. Eles não percebiam que a URSS era incompreensível, obscura, perturbadora como o navio fantasma da ópera de Wagner? Somente um homem obstinado como ele conseguiria afundá-la, ao custo de persegui-la até o Dia do Juízo Final.

— Somente ele pode — concluiu Krümel, verificando o relógio. — Oh, preciso ir. Você precisa de mais alguma coisa?

Preciso de leite fresco. Leite para filhos que não são meus.

— Não, obrigada. Aliás, posso retribuí-lo de alguma forma? Foi tão gentil comigo.

— Poderia me fazer um favor: há vários quilos de feijão para descascar. Você poderia começar, pelo menos até eles chegarem para acompanhar? Eu digo aos guardas que você tem de ficar aqui.

Ele me deixaria sozinha em sua cozinha. Eu poderia contaminar a comida, mas Krümel realmente não havia pensado nisso: eu era uma provadora de Hitler, fazia parte do seu time, eu também vinha de Berlim. Ele confiava em mim.

Na fila do micro-ônibus, a bolsa contra a barriga, parecia que dava para ouvir o vidro das garrafas tintilando, tentava impedir com as mãos, caminhar devagar, mas não demais para não despertar suspeitas nos SS. Elfriede estava atrás de mim, geralmente nas filas ficava atrás de mim. Éramos as últimas a nos mover. Não era preguiça, era incapacidade de se adequar. Por mais que estivéssemos dispostas a nos adaptar aos procedimentos, os procedimentos se integravam a nós com dificuldade. Como duas peças de um material incompatível, ou de uma medida errada, mas é tudo o que você tem para edificar a sua fortaleza, você vai encontrar uma maneira de se adaptar.

A sua respiração fez cócegas no meu pescoço:

— Berlinense, pegaram você?

— Silêncio — disse um guarda apático.

Apertei forte as garrafas contra o couro. Seguia lentamente, para evitar o menor impacto.

— Pensei que você tivesse entendido que aqui é melhor cada uma por si — a respiração de Elfriede era uma tortura.

Vi o Varapau vindo na minha direção sem pressa. Passou ao meu lado me observando. Continuei caminhando atrás das outras, até que ele agarrou meu braço, separando-o do couro. Esperei imediatamente o barulho dos vidros em contato, mas as garrafas não balançaram, eu as havia colocado de modo que ficassem firmes na caverna escura da bolsa, fui boa nisso.

— Vocês duas ainda confabulando?

Elfriede parou.

O guarda a agarrou também:

— Eu disse que se pegasse vocês duas de novo eu ia aproveitar.

O vidro frio contra o quadril. Bastava que o guarda esbarrasse por engano na bolsa para me descobrir. Largou meu braço, fechou meu queixo com o polegar e o indicador e inclinou-se em minha direção. Meu queixo vibrou, procurei Elfriede.

— Você está um pouco com cheiro de brócolis hoje. Acho que vamos ter de fazer numa próxima vez — o Varapau começou a rir, até demais, para que seus colegas o acompanhassem. Eles já haviam rido ao máximo, quando ele disse:

— Não faz assim, estava brincando. Nós deixamos vocês se divertirem também aqui dentro. O que mais vocês querem?

A troca aconteceu sob o abrigo dos assentos. Augustine havia trazido uma pequena sacola de lona. Meu queixo ainda vibrava; debaixo da bochecha, um nervo puxava.

— Você foi corajosa e generosa. — O sorriso com o qual me agradeceu parecia sincero.

Como nos tornamos amigas?

Nós e eles. Era isso que Augustine me propunha. Nós, as vítimas, as jovens mulheres sem escolha. Eles, os inimigos. Os prevaricadores. Krümel não era um de nós, isso Augustine sabia. Krümel era um nazista. E nós nunca fomos nazistas.

A única que evitou sorrir para mim foi Elfriede. Estava concentrada nas extensões de campos e celeiros que se seguiam pela janela. Todos os dias percorríamos oito quilômetros de estrada até a curva de Gross-Partsch, o meu exílio.

10

Da cama de Gregor, eu refazia o contorno de uma foto sua, presa na moldura do espelho em cima da cômoda. Devia ter uns quatro, cinco anos, eu não sabia dizer. Ele usava botas de neve e tinha os olhos apertados por causa do sol.

Eu não conseguia pegar no sono. Desde que cheguei a Gross-Partsch não conseguia mais. Nem em Berlim conseguia, por estarmos barricados no porão com os ratos. Herr Holler dizia que chegaríamos a comê-los também, quando acabassem os gatos e os pássaros, até mesmo eles exterminados e sem a glória de um memorial de guerra. Hitler também o dizia, ele que por ansiedade tinha o intestino alvoroçado e, se se retirasse para o canto onde deixávamos o balde, deixaria um fedor insuportável.

As malas estavam prontas, caso fosse necessário fugir às pressas.

Depois da bomba em Budengasse, subi ao apartamento: estava alagado, os canos foram danificados. Com a água nos joelhos, abri a mala em cima do colchão, entre as roupas procurei um álbum de fotos, não estava molhado. Depois abri a de mamãe e cheirei suas peças. Tinham um cheiro muito parecido com o meu. Agora que ela estava morta e eu não, aquele cheiro pelo qual eu era a única responsável, única herdeira, me parecia ainda mais obsceno. Na sua mala, encontrei uma foto de Franz, enviada da América em 1938, poucos meses depois de ter embarcado. Não o víamos desde então, o meu irmão. Não tinha foto minha; se fôssemos obrigadas a fugir, teríamos feito isso juntas, assim acreditava minha mãe. Mas estava morta.

Depois da bomba, enterrei-a e entrei nas casas vazias, vasculhei nos armários das cozinhas, engoli tudo o que podia e roubei xícaras e bules para revender no mercado clandestino de Alexanderplatz com o jogo de porcelana que ela guardava na cristaleira.

Anne Langhans me acolheu, dormíamos na mesma cama, a pequena Pauline no meio. Às vezes fingia que era a filha que nunca tive. O seu hálito me consolava, agora já mais familiar do que aquele de minha mãe. Convencia-me de que um dia Gregor voltaria da guerra, consertaríamos os canos da casa da minha família e faríamos um filho, aliás, dois. Durante o sono, respirariam devagar com a boca aberta, como Pauline.

Gregor era muito alto. Quando caminhou ao meu lado na Unter den Linden, as tílias não estavam mais lá: as pessoas tinham de ver o Führer desfilando, por isso até as árvores foram derrubadas. Eu batia em seu ombro, e, ao longo da avenida, ele pegou na minha mão.

— Não é um pouco velha essa história da secretária com o chefe? — eu disse.

— Se eu a demitir, vou ter o direito de beijá-la — ele disse.

Fez-me rir. Ele parou, apoiou-se na vitrine de uma loja, me puxou para si devagar, eu sufoquei a risada na lã de sua blusa. Depois levantei o rosto e olhei o retrato na vitrine: a auréola pintada em torno da cabeça era amarela, e o olhar, carrancudo, como se tivesse acabado de expulsar os mercadores do templo. Foi Adolf Hitler quem abençoou o nosso amor.

Abri a gaveta do criado-mudo, tirei de lá todas as cartas de Gregor, reli-as uma por uma. Era como se ouvisse sua voz, fingindo que estivesse perto de mim. Os xis assinalados a caneta no calendário me lembravam de que logo isso seria verdade.

Na manhã em que havia partido, tinha me visto prostrada na soleira do quarto, a testa contra o batente.

— O que você tem?

Não respondi.

Parecia que eu havia conhecido a felicidade só depois de tê-lo encontrado. Antes, achava que não era para mim. Aqueles círculos ao redor dos olhos, como um destino. Em vez disso, era radiante, e farta, e era minha, uma felicidade que Gregor havia me trazido de presente como se fosse a coisa mais simples do mundo. Era a sua vocação pessoal.

Mas depois renunciou àquela tarefa, havia encontrado uma mais importante.

— Volto logo — ele disse, e me acariciou o rosto, a bochecha, os lábios, tentou colocar os dedos na minha boca, do nosso jeito de sempre, o nosso pacto silencioso, confia, eu confio, me ame, te amo, faz amor comigo – mas eu cerrei os dentes e ele tirou a mão.

Imaginei-o caminhando rapidamente pelas trincheiras, o hálito condensando nuvens de vapor no gelo.

— Há dois deles que não entenderam que faz frio na Rússia — ele escreveu para mim. — Um é Napoleão — o outro não o mencionara por precaução.

Quando lhe perguntei sobre as ações, ele aduziu a obrigação de sigilo militar: talvez fosse uma desculpa para não me assustar. Talvez naquele momento estivesse jantando perto da fogueira, os soldados com a carne enlatada sobre os joelhos, seus uniformes cada vez mais largos porque emagreciam; e eu sabia que Gregor comia sem reclamar, para que nenhum de seus companheiros o considerasse um fardo. Sempre precisou que outros se apoiassem nele para se sentir forte.

No início me contou que se sentia desconfortável em dormir com desconhecidos, cada um com uma arma à disposição. Qualquer um, em qualquer momento, poderia disparar nele por causa de alguma discussão em uma partida de cartas, um pesadelo vívido demais, um mal-entendido durante a marcha. Não confiava neles, Gregor confiava apenas em mim. Ele teve vergonha desses pensamentos depois de ter se afeiçoado a seus companheiros.

Tinha o pintor, que havia perdido duas falanges na guerra e não sabia se voltaria a pintar. Odiava igualmente os nazistas e os judeus. O nazista fervoroso, por outro lado, não se importava muito com os judeus, estava convencido de que nem Hitler perdesse o sono com eles. Dizia que Berlim nunca seria bombardeada, porque o Führer não permitiria. Então a casa dos meus pais foi atingida, e não sei se isso foi suficiente para acabar com essa certeza. Hitler calculou tudo, dizia o camarada; meu marido lhe dava ouvidos porque estavam no mesmo pelotão e, na guerra, ele disse, nos tornamos um único corpo. Era deles o corpo ao qual ele sentia pertencer, um espelho que refletia o seu ao infinito. Eles, não eu, eram carne da sua carne.

Depois havia Reinhard, que tinha medo de tudo, até de piolho, e se apegava a Gregor como um filho a um pai, embora ele fosse apenas três anos mais novo. Eu o chamava de "o medroso". Em sua última carta a

Berlim, Gregor havia escrito que o cocô era a demonstração da inexistência de Deus. Às vezes ele gostava de provocar, no estúdio, todos nós sabíamos disso. Mas nunca havia dito nada parecido.

— Sempre temos diarreia aqui — escreveu ele —, por causa da comida, do frio, do medo.

Reinhard fez nas calças durante uma missão: um imprevisto na agenda, mas para ele tinha sido degradante.

— Se o ser humano tivesse sido realmente criado por Deus — meu marido dizia —, você acredita que Deus iria inventar uma coisa tão vulgar como a merda? Não podia ter encontrado uma outra forma, uma que não envolvesse os resultados repugnantes de uma digestão? A merda é uma ideia tão perversa que ou Deus é um perverso ou ele não existe.

O Führer, por sua vez, também lutava contra os resultados da digestão. Krümel havia se enganado: a dieta que ele estabelecera era muito saudável, no entanto, o chefe continuava com o Mutaflor. O doutor Morell que lhe havia prescrito, mas, nos últimos tempos, nem mesmo ele, seu médico pessoal, sabia mais o que fazer. Ele hesitou em prescrever comprimidos antigases: o paciente tomava até dezesseis por dia. Hitler havia projetado um sistema complexo para não ser envenenado pelo inimigo e, enquanto isso, intoxicava-se.

— Seria melhor que eu não lhe contasse essas histórias. Sou um fofoqueiro — riu Krümel —, mas você as guarda consigo, né?

Depois do almoço, eu ainda estava na cozinha terminando de descascar os feijões que me haviam sido designados. Theodora se havia proposto a me ajudar, a cozinha era seu território, odiava que eu ficasse por lá sem ela. Eu lhe disse que não havia necessidade, e Krümel estava muito ocupado para dar-lhe atenção. Ele foi para a estação com seus ajudantes e me deixou sozinha de novo.

Levantei-me da cadeira muito silenciosamente, para que não se arrastasse no chão, e amortecendo cada passo – o menor ruído poderia atrair os guardas – peguei duas garrafas de leite da geladeira. A cútis me incomodava enquanto as pegava. E, todavia, fiquei satisfeita com minha audácia, tanto que nem considerei que Krümel haveria notado que duas, aliás, quatro garrafas estavam faltando, ou tanto que nem acreditava que ele iria notar. Certamente tudo o que estava na cozinha havia sido contado, certamente ele fazia uma lista de tudo o que entrava ou saía. Mas por que ele deveria pensar em mim? Havia os ajudantes, poderiam ter sido eles.

Na fila, o Varapau veio ao meu encontro e abriu minha bolsa.

Não foi um gesto espetacular, o gancho simplesmente soltou e o gargalo das garrafas apareceu. O Varapau se virou para Theodora, que disse:

— Aí está.

— Não quero ouvir uma mosca voando — ela a calou.

Minhas colegas estavam com as caras alarmadas, atordoadas.

Alguém foi chamar o cozinheiro na estação Wolfsschanze. Obrigaram-nos a permanecer no corredor, em pé, até ele chegar. Quando chegou e parou na minha frente, me parecia ainda mais miúdo, me parecia frágil.

— Fui eu quem deu — ele disse.

Uma pontada na minha barriga. Não o chute de uma criança, mas a perversão de Deus.

— Apenas uma pequena recompensa pelo seu trabalho na cozinha. Ela não é paga para isso, Rosa Sauer é paga para provar. Então me pareceu correto premiá-la, até porque continuou trabalhando mesmo quando os ajudantes de cozinha voltaram. Espero que não seja um problema.

Outra pontada. Ninguém nunca tinha o que merecia, nem eu.

— Não tem problema nenhum, se você entendeu assim. Mas, da próxima vez, avise. — O Varapau olhou para Theodora novamente, ela olhou para mim. Não pedia perdão, declarava desprezo.

— Vamos parar com ela aqui — disse outro SS.

O que ele quis dizer com isso? Vamos parar de dar comida para Rosa Sauer? Vamos parar de investigar Rosa Sauer? Ou: pare de tremer, Rosa Sauer, por Deus.

— Venham, andem.

Minhas orelhas estavam quentes e os olhos lacrimejantes, as lágrimas subiam à superfície como a água de um terreno rachado. Bastava não piscar para que permanecessem na beirada dos olhos, evaporariam. Nem mesmo no micro-ônibus eu as deixaria cair.

Augustine não veio com a sacola de lona, as garrafas viajaram comigo até a curva de casa. Assim que o ônibus saiu, derramei o leite no chão.

O leite era para seus filhos, não, era destinado a Hitler. Como eu podia desperdiçar tal concentrado de cálcio, ferro, vitaminas, proteínas, açúcar e aminoácidos? A gordura do leite é diferente de todas as outras, estava escrito nos textos que Krümel havia me dado, é mais fácil de assimilar e o organismo o utiliza imediatamente e com eficácia. Eu poderia haver conservado as garrafas na adega e convidado Augustine, Heike e Beate, "aqui está o leite para seus filhos, Pete, Ursula, Mathias e também os gêmeos, são os dois últimos litros, sinto muito que não tenha durado, mas de qualquer forma valeu a pena". Eu poderia recebê-las na cozinha de Herta servindo chá. Como nos tornamos amigas? Haviam me pedido para roubar por elas.

Eu poderia haver dado as garrafas a Herta e Joseph, mentindo sobre o modo como chegaram até mim. Krümel é muito generoso, e me protege. "Aqui, bebam, leite fresco e nutritivo, e é tudo graças a mim."

Em vez disso, eu estava ali, imóvel, curvada, olhando o leite que caía sobre o cascalho. Eu queria jogá-lo fora, ninguém tinha de beber. Eu queria negá-lo aos filhos de Heike, Beate e Augustine, negá-lo a qualquer criança que não fosse minha, sem sentir remorso.

Levantei a cabeça apenas quando as garrafas se esvaziaram. Vi Herta à janela. Enxuguei o rosto com o dorso da mão.

No dia seguinte, busquei coragem para abrir a porta da cozinha.

— Estou aqui para os feijões — eu disse. Estudei aquela frase, sobretudo o tom: alegre mas não muito, com um fundo suplicante, atenciosa. Mas a voz saiu afetada.

Krümel não se virou.

— Obrigado, não precisa mais.

No canto, as caixas de madeira estavam empilhadas umas sobre as outras, vazias. A geladeira estava do lado oposto, não ousei olhar para ela. Inspecionei minhas unhas, estavam amareladas, mas, agora que o trabalho tinha terminado, elas voltariam a ser como antes, unhas de secretária.

Aproximei-me de Krümel:

— Muito obrigada. Peço-lhe perdão — com a voz não afetada, mas tremida.

— Não apareça mais na minha cozinha — ele rebateu e naquele momento virou-se.

Não consegui olhar em seus olhos.

Abaixei minha cabeça várias vezes para dizer que obedeceria e saí, esquecendo-me de me despedir.

11

Era final de dezembro. Desde que a guerra começara, principalmente depois que Gregor partira, o Natal havia perdido sua atmosfera festiva para mim. Mas, neste ano, eu estava esperando por ele com a mesma impaciência que tinha quando criança, porque me traria meu marido como presente.

De manhã, eu colocava um chapéu de lã tricotado por Herta sobre a cabeça antes de subir no micro-ônibus que, atravessando extensões de neve, entre colunatas de faia e bétula, me levaria a Krausendorf, onde, com outras jovens alemãs, participaria da liturgia do refeitório. Um exército de fiéis prontas para receber na língua uma comunhão que não teria nos redimido.

Mas quem iria preferir a vida eterna à sua vida aqui na Terra? Eu certamente não. Engolia a comida que poderia ter me matado como se fosse uma promessa, três promessas ao dia para cada dia da novena de Natal. Ofereça ao Senhor a dificuldade nas tarefas, a tristeza pelos patins quebrados ou o seu resfriado, dizia meu pai quando rezava comigo à noite. Veja esta oferta, então, veja: ofereço meu medo de morrer, meu compromisso com a morte adiado por meses e que não posso cancelar, ofereço-os em troca de sua vinda, pai, da vinda de Gregor. O medo entra três vezes ao dia, sempre sem bater, senta-se ao meu lado e, se eu me levanto, me segue, já está quase me fazendo companhia.

Acostuma-se a tudo, a extrair o carvão dos túneis das minas, dosando a necessidade de oxigênio; a caminhar rapidamente na viga de um canteiro de obras suspenso no céu, enfrentando a vertigem do vazio. Acostuma-se às sirenes dos alarmes, a dormir vestido para evacuar rapidamente se a sirene tocar, acostuma-se à fome e à sede. Claro que eu estava acostumada a ser paga para comer. Podia parecer um privilégio, mas era um trabalho como outro qualquer.

Na véspera de Natal, Joseph pegou um galo pelas patas, virou-o de cabeça para baixo e com uma leve pressão no punho quebrou seu pescoço.

Um som seco e curto. Herta colocou uma panela no fogo e, quando a água estava fervendo, mergulhou o frango três ou quatro vezes, primeiro segurando-o pela cabeça, depois pelas pernas. Finalmente o depenou, puxando as penas com as mãos. Toda aquela ferocidade, apenas para Gregor, que estava prestes a chegar. Felizmente, Hitler havia partido e eu estaria livre para comer com meu marido e sua família.

A última vez que Gregor veio de licença, em Berlim, enquanto ouvia o rádio sentado na sala de Budengasse, eu me aproximei dele e o acariciei. Ele recebeu as carícias sem reagir. Parecia um desafio, foi uma distração. Eu não disse nada, não queria estragar as poucas horas que nos restavam para passarmos juntos. Depois, ele me pegou dormindo, sem dizer uma palavra. Eu acordei com seu corpo, sua fúria. Na minha dormência, não resisti nem consenti. Depois, disse que precisava do escuro: precisava que eu não estivesse lá para fazer amor comigo. Isso me assustou.

A carta chegou na véspera de Natal, era muito curta. Gregor dizia que estava se recuperando em um hospital de campo. Não contou o que tinha acontecido com ele, nem onde foi ferido, dizia apenas para ficarmos tranquilos. Nós imediatamente lhe respondemos, pedindo que nos desse mais informações.

— Se ele conseguiu nos escrever — disse Joseph — é porque não é nada de grave. — Mas Herta mergulhou o rosto nas mãos com artrose e se recusou a comer o frango que havia preparado.

Na noite do dia 25, sem dormir, como de costume, eu não conseguia nem ficar no quarto dele, a foto de Gregor com cinco anos me dilacerava. Saí da cama e vaguei pela casa no escuro.

Esbarrei em alguém.

— Desculpe — eu disse, reconhecendo Herta —, não consigo pegar no sono.

— Eu que peço desculpas — ela respondeu. — Essa noite só nos resta ser sonâmbulas.

"Sigo meu curso com a precisão e a confiança de um sonâmbulo", disse Hitler quando ocupou a Renânia.

— É uma pobre sonâmbula — dizia meu irmão, quando eu era criança e falava dormindo.

Minha mãe dizia:

— Você conversa sempre, não fica quieta nem quando está dormindo.

Franz se levantava da mesa: os braços esticados e a língua para fora como uma marionete emitindo sons guturais. Meu pai dizia:

— Para com isso e come.

Eu sonhava que estava voando. Uma força me levantava do chão e me puxava cada vez mais para cima, o vazio sob meus pés, um vento que gritava e me jogava contra as árvores, eu desviava das paredes dos prédios por um triz, o barulho me ensurdecia. Eu sabia que era um sonho e que, se eu falasse, o feitiço iria quebrar e eu voltaria para minha cama. Mas eu não tinha voz, apenas uma bolha de ar comprimido na garganta – que furava um pouco antes do impacto e explodia em um grito:

— Franz! Ajuda!

No começo, meu irmão perguntava com a boca amarrada:

— Que foi? O que eu te fiz?

Então, ele acordava irritado só para dizer:

— Pode-se saber com quem você está?

Eu chamava isso de *sequestro*. Não com Franz, nem com meus pais. Chamava assim apenas para mim. E uma vez com Gregor, que me abraçou na cama e eu estava toda suada. Murmurei:

— É o sequestro, não acontecia há anos.

Ele não me pediu explicações, apenas murmurou:

— Você estava apenas sonhando.

Danzigue tinha acabado de ser ocupada.

Depois da bomba, pensei que o sequestro sempre fora um sonho premonitório. Mas, no fundo, toda vida é uma coerção, o risco contínuo de bater e cair.

Dia vinte e sete de dezembro era o meu aniversário, havia parado de nevar, e eu queria que o sequestro me sugasse, seria uma libertação, uma onda de angústia expulsa de uma só vez, sem a responsabilidade de segurá-la para não perturbar Herta, que já estava em pedaços, para não preocupar Joseph.

O sequestro não voltou. Meu marido não estava aqui e não nos escreveu mais.

Outra carta nos foi enviada, dois meses e meio depois, do escritório central de notícias às famílias de militares. Dizia que Gregor Sauer, trinta e quatro anos, altura um metro e oitenta e dois, peso setenta e cinco, tórax cento e um, cabelos loiros, nariz e queixo normais, olhos azuis, pele clara, dentes saudáveis, engenheiro de profissão... estava desaparecido.

Desaparecido. No papel, não estava escrito que o homem chamado Gregor Sauer tinha panturrilhas finas, o dedão do pé separado do segundo dedo como se fosse um golfo, e que gastava a sola do sapato pelo lado de dentro, que amava música mas nunca cantava, na verdade ele implorava para eu ficar quieta, por favor, porque eu cantarolava sem parar, pelo menos antes da guerra, e fazia a barba todos os dias, pelo menos em tempos de paz, e o branco da espuma espalhada com o pincel contrastava com seus lábios fazendo-os parecer mais grossos e vermelhos, ainda que não o fossem, e ele passava o indicador nesses lábios finos quando dirigia seu velho NSU, e eu ficava irritada porque parecia-me um gesto de hesitação: não o amava se ele estivesse vulnerável, se interpretasse o mundo como uma ameaça, se não quisesse me dar um filho; parecia-me uma tela, aquele dedo na boca, distante de mim. No papel, não estava escrito que de manhã ele preferia acordar cedo e tomar café da manhã sozinho, tirar uma folga dos meus discursos, embora estivéssemos casados há apenas um ano e ele tivesse que partir para a frente, mas se eu fingisse que estava dormindo, logo após o chá, ele se sentava na beirada da cama e beijava minhas mãos com a devoção com que se beijam as crianças.

Eles achavam que o estavam identificando com aquelas palavras, mas se não diziam que era meu marido, então não era sobre ele que estavam falando.

Herta caiu na cadeira.

— Herta — eu a chamei. Não respondeu. — Herta. — Eu a balancei. Estava dura e maleável ao mesmo tempo. Dei-lhe água, não bebeu. — Herta, por favor.

Arqueou o pescoço, afastou o copo. Olhando para o teto, disse:

— Eu nunca mais o verei.

— Ele não está morto — gritei, e seu corpo se sacudiu contra o encosto. Finalmente olhou para mim.

— Não está morto, está desaparecido. Está escrito *desaparecido*. Você entendeu? — Sua feição voltou lentamente ao normal e logo se contorceu.

— Onde está Joseph?

— Vou chamá-lo, está bem? Mas beba. — E aproximei-lhe o copo.

— Onde está Joseph? — ela disse novamente.

Corri pela cidade direto até o castelo von Mildernhagen. Troncos finos, que mais pareciam fios, galhos frágeis, telhas mofadas, gansos perplexos atrás das redes, mulheres nas janelas e um homem de bicicleta, que tirou o chapéu para cumprimentar-me, continuando a pedalar, enquanto eu corria e o ignorava. Sobre uma treliça, um ninho. A cegonha apontava o bico para o céu como se estivesse rezando – não rezava por mim.

Molhada de suor, agarrei-me ao portão e chamei Joseph. As cegonhas já haviam chegado, assim tão cedo? Logo seria primavera, e Gregor não retornaria. Ele era meu marido. Era a minha felicidade. Eu não brincaria mais com os lóbulos de suas orelhas, ele não mais empurraria a testa contra os meus seios, enrolando-se em mim para que acariciasse suas costas. Nunca colocaria sua bochecha na minha barriga, nunca teria um filho com ele, não o seguraria nos braços, não contaria suas histórias de menino do campo, dias inteiros nas árvores, mergulhos no lago, água gelada e lábios roxos. Eu queria colocar meus dedos em sua boca novamente para me sentir segura.

Com o nariz entre as barras, gritei. Veio um homem e me perguntou quem eu era, balbuciei que estava procurando o jardineiro, sou sua nora, e antes mesmo de abrir eu já havia entrado, e corria não sei para onde, então ouvi a voz de Joseph e fui ao seu encontro. Dei-lhe o papel; ele leu.

— Venha para casa, por favor, Mutti precisa do senhor.

O barulho dos passos no jardim nos obrigou a virar.

— Joseph. — Uma mulher de cabelos vermelhos e um rosto redondo, cremoso, segurava uma ponta do vestido como se tivesse corrido para nos alcançar. O casaco, colocado sobre os ombros, escorregava para um lado, descobrindo a manga bordô.

— Baronesa. — Meu sogro pediu desculpas pela agitação, explicou o que tinha acontecido e pediu permissão para ir embora.

Ela se aproximou e pegou suas mãos, segurou-as com medo de que caíssem, assim me pareceu.

— Sinto muito — ela disse, com os olhos brilhantes.

Foi nesse momento que Joseph começou a chorar. Eu nunca tinha visto um homem chorar, um homem velho. Era um choro sem som, que fazia as articulações estalarem, algo que tinha mais a ver com osteoporose, claudicação, perda de controle muscular. Um desespero senil.

A baronesa tentou consolá-lo, depois desistiu, esperou que se acalmasse.

— A senhora é Rosa, não é?

Eu assenti. *O que ela sabia sobre mim?*

— É uma pena encontrá-la em uma ocasião tão triste. E pensar que eu queria tanto conhecê-la. Joseph me falou da senhora.

Não tive tempo de me perguntar por que diabos queria me conhecer, por que ele falava com ela sobre mim, por que ela, uma baronesa, conversava com um jardineiro; meu sogro soltou suas mãos cheias de verrugas das mãos da mulher, enxugou os cílios escassos e me pediu para irmos. Não sei quantas vezes pediu desculpas à baronesa nem quantas vezes me pediu desculpas ao longo da estrada.

Eu era viúva. Não, não era. Gregor não estava morto: só não sabíamos onde estava e se voltaria algum dia. Quantos desaparecidos voltaram da Rússia? Eu não tinha sequer uma cruz na qual deixar flores frescas toda semana. Tinha a sua foto de quando era criança, os olhos apertados por causa do sol, não estava sorrindo.

Eu o imaginava deitado de lado em meio à neve, o braço esticado e o meu pulso longe, ausente: a mão apertando o ar; eu o imaginava dormindo, não havia resistido ao cansaço, os camaradas não o quiseram esperar, nem mesmo o medroso, que ingratidão, e morria congelado. Quando o calor chegasse, a placa de gelo que um dia havia sido meu marido iria derreter, talvez uma menina com bochechas vermelhas de matrioska o acordasse com um beijo. Começaria uma nova vida com ela, e teriam filhos chamados Jurij ou Irina, iria envelhecer em uma casa de campo e, às vezes, em frente à lareira, teria um pressentimento que não saberia explicar.

— No que você está pensando? — perguntará a matrioska.

— É como se eu tivesse esquecido alguma coisa, aliás, alguém — ele vai responder. — Mas não sei quem.

Ou, anos depois, chegaria uma carta da Rússia. O cadáver de Gregor Sauer fora encontrado em uma vala comum. Como saberiam que era ele? Como poderíamos saber que não estavam enganados? Nós acreditaríamos, não haveria outra coisa a fazer.

12

Quando o ônibus da SS parou, puxei os lençóis para cobrir o rosto.

— Levante-se, Rosa Sauer — gritaram de fora.

Na tarde anterior, em Krausendorf, eu não havia contado nada a ninguém. Estava tão atordoada com a notícia que meu organismo a havia rejeitado em vez de metabolizá-la. Só Elfriede disse:

— Berlinense, o que você tem?

— Nada — eu respondi.

Ela ficou séria, tocou meu ombro:

— Rosa, você está bem?

Distanciei-me. O toque de sua mão havia quebrado a barragem.

— Rosa Sauer — repetiram.

Fiquei ouvindo o barulho do motor até desligarem, fiquei parada. As galinhas não se agitavam, estavam assim havia meses, Zart lhes havia imposto o silêncio; bastava a sua presença para elas se acalmarem. Elas estavam acostumadas com as rodas passando no cascalho, todos nós estávamos.

Algumas batidas na porta do meu quarto, a voz de Herta me chamou. Não respondi.

— Joseph, vem aqui — disse ela, depois ouvi-a se aproximar, sacudir-me. Certificou-se de que eu estava viva, de que fosse eu. — O que você está fazendo, Rosa? — Meu corpo estava lá, não estava desaparecido, mas não conseguia reagir.

Joseph se juntou a ela:

— O que foi? — E naquele instante eles bateram à porta.

Meu sogro foi em direção à entrada.

— Não os deixe entrar — implorei.

— O que você está dizendo? — protestou Herta.

— Deixe-os fazerem o que quiserem comigo, eu não me importo. Estou cansada.

Herta tinha um sulco entre as sobrancelhas, um pequeno corte vertical que eu nunca tinha notado. Não era medo, era ressentimento.

Fingia-me de morta quando talvez fosse seu filho que estivesse realmente morto. Colocava a mim mesma em perigo e a eles dois.

— Levanta — ela disse.

Os duzentos marcos que eu ganhava por mês eram úteis.

— Por favor. — Procurou meu pulso, tateando as cobertas, acariciou-o através do tecido, e um SS invadiu o quarto.

— Sauer.

Estremecemos.

— Heil Hitler — disse Herta, depois falou: — Esta noite minha nora não passou bem, desculpem-nos. Agora se prepare e saia.

Não me levantei. Não era uma rebelião, era falta de força.

Joseph, atrás do SS, me olhava preocupado. Herta foi ao encontro da visita de uniforme:

— Enquanto isso, posso lhe oferecer algo para beber?

Dessa vez, ela se lembrou de fazer as honras da casa.

— Vamos lá, Rosa, apresse-se.

Eu olhava fixamente para o teto.

— Rosa — suplicou Herta.

— Não posso, juro. Joseph, diga que não posso.

— Rosa — suplicou Joseph.

— Estou cansada — mexi a cabeça, olhei para o SS —, principalmente de vocês.

O homem afastou Herta, afastou as cobertas, agarrou meu braço, me arrastou para fora da cama e depois para o chão, a outra mão bem firme no coldre. As galinhas nem respiravam, não avisavam de nenhum perigo.

— Coloque os sapatos — ordenou o SS, largando meu braço — se não quiser ir descalça.

— Perdoem-na, ela não passou bem — tentou Joseph.

— Fique quieto. Ou vou dar um jeito em vocês três.

O que eu tinha feito?

Eu queria morrer, agora que Gregor se fora. Desaparecido, eu tinha dito a Herta, não está morto, você entendeu? Mas à noite eu me convenci de que ele também tinha me abandonado, como minha mãe.

Eu não planejara um motim – estava fazendo um motim contra mim mesma? Eu não era um soldado, não estávamos em um exército. A carne de canhão alemã, dizia Gregor, eu não luto mais pela Alemanha porque acredito nela, não mais porque a amo. Atiro porque tenho medo.

Eu não tinha pensado nas consequências: um julgamento, uma execução sumária? Eu só queria desaparecer também.

— Por favor — gemeu Herta, curvando-se —, minha nora fala demais, meu filho acabou de ser dado como desaparecido, eu vou no lugar dela hoje. Eu provo por ela...

— Eu disse para vocês ficarem quietos!

Os SS atingiram Herta com uma cotovelada, com o cano da arma, não sei, não vi, vi apenas minha sogra se curvando ainda mais. Dobrou-se inteira, uma mão na costela. Joseph a segurou, eu sufoquei um grito e peguei meus sapatos, eu tremia, calcei-os, meu batimento cardíaco estalava na minha garganta, levantei-me, o guarda me empurrou em direção ao cabide, peguei o casaco, coloquei, Herta não levantava a cabeça, eu a chamei, eu queria pedir desculpas, Joseph a abraçava em silêncio, esperavam que eu saísse para gemer, desmaiar de dor ou voltar para a cama, trocar a fechadura e nunca mais abrir para mim. Não mereço nada, exceto o que faço: comer a comida de Hitler, comer pela Alemanha, não porque a amo, nem mesmo por medo. Como a comida de Hitler porque é isso que eu mereço, é isso que eu sou.

— A menina estava fazendo manha? — disse, rindo, o motorista, quando o colega me jogou em um assento.

Theodora, na primeira fila como sempre, evitou me cumprimentar. Nem mesmo Beate e Heike ousaram fazê-lo naquela manhã. Depois, enquanto as outras fingiam estarem dormindo, Augustine, sentada à esquerda dos assentos na minha frente, me chamou baixinho. Seu perfil móvel e nervoso era um borrão na minha vista. Não respondi.

Leni subiu e caminhou em minha direção. Hesitou, meu casaco por cima da camisola deve tê-la assustado. Ela não sabia que minha mãe tinha morrido vestida assim, aquela roupa coincidia com o fim para mim. Eu tinha colocado os sapatos sem meias, sentia frio nas pernas, os dedos dos pés dormentes no couro. Eram os sapatos que eu costumava usar em Berlim, no escritório em que Gregor era meu chefe e eu, o seu deleite, "aonde você vai com esses saltos?", me dizia Herta, mas esta manhã Herta estava com uma costela quebrada, ou trincada, e não estava em condições de falar, "aonde você vai com esses saltos?", deve ter pensado Leni, "os saltos debaixo da camisola, coisa de gente maluca", piscou os olhos verdes várias vezes, depois sentou-se.

Eu iria ficar com bolhas, e as estouraria com as unhas, um poder exercido sobre o meu corpo, somente por mim. Leni pegou minha mão e naquele momento eu percebi que estava abandonada na minha coxa.

— Rosa, o que aconteceu? — perguntou, e Augustine se virou.

Uma mancha, uma perturbação na vista. Gregor dizia que estava vendo borboletas, moscas voando, teias de aranha; eu lhe dizia "olhe para mim, amor, se concentra".

— Rosa. — Leni segurava minha mão com delicadeza.

Procurava respostas em Augustine, que oscilava com a cabeça: a mancha dançava, a vista cedia. Eu não tinha força.

Pode-se deixar de existir mesmo estando vivo; Gregor talvez estivesse vivo, porém não existia mais, não para mim. O Reich continuava lutando, projetava *Wunderwaffen*, acreditava em milagres, eu nunca acreditei. A guerra continuará até Göring não ser capaz de vestir as calças de Goebbels, dizia Joseph, a guerra parecia durar para sempre, mas eu tinha decidido não lutar mais, eu me revoltava, não contra os SS, contra a vida. Eu deixava de existir, sentada no micro-ônibus que me levava a Krausendorf, a mesa do Reino.

O motorista freou novamente. Da janela, vi Elfriede esperando na beira da estrada, uma mão no bolso do casaco e o cigarro na outra. Cruzou seu olhar com o meu e minhas maçãs do rosto pularam sob a pele. Esmagou a bituca com a sola enquanto continuava me observando e subiu.

Veio em nossa direção, não sei se foi Leni quem fez sinal, ou se Augustine falou alguma coisa, ou se foram os meus olhos; sentou-se ao lado de Leni, do outro lado do corredor estreito, e disse:

— Bom dia.

Leni gaguejou um olá envergonhado: não era um bom dia, Elfriede não tinha entendido?

— O que ela tem?

— Não sei — respondeu Leni.

— O que fizeram com ela?

Leni ficou em silêncio. Além disso, não foi para ela que Elfriede se dirigiu. Falava comigo, mas eu não existia mais.

Elfriede pigarreou.

— Berlinense, você penteou seu cabelo no estilo "cessar alarme" esta manhã?

As meninas riram, apenas Leni se absteve.

Eu pensava *não posso, Elfriede: te juro que não posso.*

— Ulla, que tal esse penteado? Você aprova?

— Melhor que as tranças — respondeu timidamente Ulla.

— Deve ser a moda de Berlim.

— Elfriede — censurou Leni.

— Até as roupas estão ousadas, berlinense. Nem Zarah Leander teria ousado tanto.

Augustine tossiu alto. Talvez tenha sido um sinal para Elfriede, "não insista, não exagere", talvez ela tivesse entendido, ela que havia perdido o marido na guerra e decidira vestir o preto do luto para sempre.

— O que você quer saber, você que é uma garota do campo, Augustine? A berlinense aqui desafia até o frio em nome da moda. Ensina alguma coisa para ela, berlinense!

Fixei o olhar no teto do micro-ônibus, queria que caísse por cima de mim.

— Não somos dignas nem de um sinal, ao que parece.

Por que ela fazia isso? Por que me atormentava? Ainda com essa história de roupas. Te aconselho a pensar nas suas coisas, ela havia dito. Por que naquele dia não me deixava em paz?

— Leni, você já leu *A garota rebelde*?

— Sim, quando era criança.

— Era um bom livro, né? Vamos chamá-la assim, Rosa, de agora em diante. A garota rebelde.

— Para com isso — implorou Leni e me apertou a mão. Eu me retraí, apertei os dedos contra as coxas até sentir dor.

— Certo, o inimigo nos escuta, como Goebbels diz.

Lancei minha cabeça em direção a Elfriede:

— Posso saber o que você quer?

Leni tapou o nariz com o dedo indicador e o polegar, ainda que não estivesse prestes a mergulhar. Era seu jeito de conter a apreensão.

— Dá licença — eu disse-lhe.

Abriu espaço. Saí da poltrona, fiquei na frente de Elfriede, inclinei-me sobre ela:

— Que diabos você quer?

Elfriede tocou meu joelho:

— Você está arrepiada.

Dei um tapa nela. De repente ela se levantou, me empurrou, eu a joguei no chão e em um segundo estava em cima dela. Do seu pescoço, emergiram veias que pareciam cordas esticadas para puxar, rasgar. Não sabia o que queria fazer com aquela mulher. "Odiar", dizia a minha professora de História do ensino médio, "uma garota alemã deve saber odiar". Elfriede rangia os dentes, tentava se soltar, me tomar. Eu respirava fundo contra sua respiração.

— Já descarregou o suficiente? — disse-me em um certo momento. Eu tinha soltado a presa sem perceber.

Antes de responder, o guarda me pegou pelo colarinho, me arrastou pelo corredor do micro-ônibus, como já havia feito em casa, chutou meus quadris, minhas coxas nuas, me forçou a me levantar e me sentar na frente, no banco atrás do motorista, ao lado de Theodora, na mesma fila que Gertrude e Sabine. Theodora havia tapado os ouvidos: não esperava que os SS pudessem nos bater, "nós, as provadoras de Hitler, uma tarefa tão importante, questão de vida ou morte, senhor cabo, um pouco de respeito". Ou ela estava acostumada, o marido batia nela regularmente, e não apenas quando exagerava na cerveja. Quanto maior o homem, mais insignificante deve ser a mulher, Hitler também diz isso. "E então, Possuída, fique em seu lugar, não levante a cabeça."

Depois de mim, foi a vez de Elfriede; ouvi a batida da bota em seus ossos e nenhum lamento sequer.

No refeitório, eu não conseguia comer quase nada, mas me esforcei. Não era por medo dos SS: eu estava esperando pelo veneno. Se ao menos eu tivesse engolido um pouco, seria entregue à morte sem ter de procurá-la, exonerada pelo menos dessa responsabilidade. Mas a comida estava boa e eu não morria.

Havia meses que minhas colegas não viam seus maridos ou namorados. Se Augustine era a única viúva oficialmente, por outro lado estávamos todas sozinhas havia um longo tempo, eu não tinha exclusividade sobre essa dor, elas não a consentiriam para mim. Talvez seja por isso que eu não disse nada: nem mesmo para Leni, nem para Elfriede, que não tinham maridos ou namorados.

Leni falava de amor com a ingenuidade sonhadora daqueles que leram sobre isso nos romances, mas não têm certeza do que se trata. Não conhecia a dependência emocional de um outro ser humano, um que não o gerou, que não estava lá quando você nasceu. Nunca havia deixado o pai e a mãe para unir-se a um estranho.

Uma vez Augustine disse:

— Leni quer que a guerra acabe porque tem medo de que, caso contrário, não tenha tempo de se casar. Estava à procura de um grande amor, se preservou na espera.

— Não tire sarro de mim — chiou Leni.

— Mas então a guerra começou — Augustine continuou — e os homens desapareceram.

Leni se defendeu:

— Não sou a única solteirona.

— Mas você não é uma solteirona — assegurei-lhe —, você é muito jovem.

— Elfriede também não é casada — disse Leni. — E está sempre sozinha.

Elfriede tinha ouvido. Ela levou a mão à boca como para frear as palavras. Seus lábios tocaram o dedo anelar nu.

Sozinha no mundo, sem ninguém para esperar ou perder, Elfriede comeu com a cabeça inclinada, uma garfada atrás da outra. Quando terminou, pediu para ir ao banheiro. O Varapau não estava, nem mesmo o SS que nos havia perseguido no micro-ônibus. Enquanto um guarda a acompanhava, eu disse:

— Eu também preciso. — E naquele momento Elfriede deu um passo em falso.

Ela se trancou no banheiro, encostei-me na porta.

— É tudo minha culpa. — Encostei minha testa na madeira pintada de branco. — Desculpe.

Eu não a ouvi urinar, nem se mexer, nem nada.

— Gregor foi dado como desaparecido, foi isso que aconteceu. Talvez esteja morto, Elfriede.

A chave girou na fechadura, a porta empurrou para fora, eu recuei. Fiquei imóvel, esperando que se abrisse completamente. Elfriede saiu, seus olhos eram duros, suas maçãs do rosto, afiadas. Ela se atirou sobre mim, não me mexi. Abraçou-me.

Ela nunca tinha feito isso. Apertou-me contra seu corpo cheio de quinas: aquele corpo não esperava por ninguém, poderia dar abrigo ao meu. Estava tão quente, tão aconchegante, que os soluços saltaram no meu peito até transbordar. Desde que recebera a carta, eu ainda não tinha chorado. Fazia meses que não abraçava ninguém.

Herta parou de fazer pão, de recolher ovos pela manhã para o café com Joseph, de conversar conosco à noite, tricotando. Desfez o cachecol que estava fazendo para Gregor e jogou o novelo de lã fora. Zart o encontrou vasculhando a lixeira atrás da casa e brincou com ele pela casa toda, desenrolando o fio preso, que enroscou nas pernas das cadeiras e da mesa; fiapos de lã flutuavam no ar, grudando em todos os lugares. Talvez em outros tempos isso tivesse nos divertido. Talvez Herta houvesse se lembrado das travessuras do filho e, para afastá-las da memória, enxotou o gato com um pontapé fraco.

Joseph não parou de ouvir rádio depois do jantar, fumando cachimbo. Na verdade, ele procurava estações estrangeiras com maior tenacidade que antes, como se esperasse interceptar a voz de Gregor: estou vivo, estou na Rússia, venham me pegar. Mas não era uma caça ao tesouro, nenhum mapa e, como uma pista, notícias cada vez mais preocupantes.

Eu parei de fazer geleia com Herta e de ir à horta com Joseph. Desde a minha chegada, para coletar verduras, frutas e legumes, eu usava galochas de quando Gregor era criança, que seu pai encontrara no porão e ficavam um pouco apertadas em mim. A ternura dos pés de criança do meu marido, que eu nunca tinha visto ou tocado, me comovia. Mas agora me despedaçava.

Decidi escrever para ele o que se passava pela minha cabeça todos os dias, um diário de sua ausência. Quando ele voltasse, releríamos juntos, ele me provocaria identificando os trechos mais tristes ou sentimentais, e eu daria um soco em seu peito, mas só de brincadeira. Eu tentei: não consegui escrever, não havia nada que eu pudesse contar.

Não ia mais para a floresta, não via mais ninhos vazios de cegonhas, não ia até o lago Moy para me agachar perto da água e cantar. A vontade de cantar havia passado.

Leni tentava me consolar sem jeito, ela foi a única a fazê-lo.

— Tenho certeza de que ele está vivo — proclamava com um otimismo insuportável. — Talvez ele tenha desertado e agora esteja voltando para casa.

Não me confortava saber que a viuvez, real ou em potencial, era uma condição comum: nunca acreditei que pudesse acontecer comigo. Gregor havia desembarcado na minha vida para me fazer feliz, esse era o seu papel, qualquer outra coisa para mim era um golpe, sentia-me enganada.

Elfriede talvez o intuísse, por isso nem tentava me consolar.

— Quer um cigarro? — me perguntou uma vez.

— Você sabe que eu não fumo.

— Viu? Você é mais forte que eu — e sorriu.

Por um instante, aquele sorriso, do qual só eu era digna, recompôs a ordem. Por um momento, se difundiu em meu corpo uma clemência de sonolência. Elfriede nem tinha olhado os hematomas nas coxas, nos dias após o espancamento, havia-os arquivado mentalmente antes mesmo de desaparecerem, eu tinha certeza disso.

Eu, por outro lado, estudava os meus todas as manhãs: pressionava um dedo e eles pulsavam, e era como se Gregor não estivesse completamente perdido. Os hematomas eram o espião de uma rebelião ainda em curso. Quando essa dor física também desaparecesse da minha pele, não teria nenhum sinal da presença do meu marido na Terra.

Um dia, Herta acordou com os olhos menos inchados do que o habitual e decidiu que Gregor estava bem: ele apareceria uma manhã ao amanhecer, idêntico a quando se alistou, mas com muito mais fome. Imitando-a, tentei me convencer também.

Procurei-o na última foto do álbum, na qual estava de uniforme. Eu falava com ele, e era como a oração da noite: sua existência era uma promessa; eu acreditar nela, um hábito. Nos primeiros anos de nosso relacionamento, cada órgão meu se deixava ocupar pela evidência de sua carne e de seus ossos e me fazia dormir como uma criança.

Mas agora meu sono era irregular e agitado. Gregor estava desaparecido, ou talvez morto, e eu continuava amando-o. Com um amor de adolescente, inequívoco, que não precisa ser correspondido, precisa apenas de teimosia, de espera confiante.

Escrevi uma longa carta para Franz em seu antigo endereço americano. Tinha uma forte necessidade de conversar com alguém da família, alguém que tinha me perseguido de bicicleta, que havia tomado banho comigo no domingo antes da missa, alguém que eu conhecia desde que nasceu, desde que dormia no berço e chorava até ficar vermelho porque eu lhe tinha mordido uma mão – meu irmão.

Contei-lhe que não sabia mais nada sobre Gregor, nem sobre ele. Era uma carta sem sentido, e somente enquanto escrevia percebi que não podia mais ver as feições de Franz. Eu podia ver suas costas largas com a jaqueta, as pernas tortas que o levaram embora, mas não conseguia ver seu rosto. Ele tinha bigode agora? O herpes havia voltado a seu lábio? Teve de comprar óculos? Franz adulto era um desconhecido para mim. Quando pensava em meu irmão, quando lia em algum livro a palavra *irmão*, ou ouvia alguém pronunciar, via seus joelhos salientes cheios de feridas, suas pernas em x cheias de arranhões: era isso que desencadeava a urgência de abraçá-lo novamente.

Esperei por uma resposta durante meses, mas não chegou nenhuma carta de Franz. Ninguém mais escreveu para mim.

Não me lembro de nada daqueles meses, exceto pelo dia em que vi pela janela do ônibus para Krausendorf o violeta do trevo dos prados, que me acordou da minha vida de monge diária. Era chegada a primavera, e uma nostalgia me abateu. Não era apenas falta de Gregor, era falta de vida.

SEGUNDA PARTE

13

Uma tarde, no final de abril, eu estava sentada em um banco com Heike e Augustine, no pátio do quartel cercado por um portão. Desde que a temperatura subira, na hora de espera após a refeição, os homens da SS nos permitiam sair sob sua supervisão: um vigiava a porta francesa, o outro andava com o queixo para cima e as mãos nas costas.

Heike estava com náuseas, mas ninguém mais pensava em veneno.

— Talvez ainda esteja com fome — disse Elfriede, em pé de frente a nós.

— Talvez o ciclo dela esteja chegando — sugeriu Leni, que estava passando a hora contando os próprios passos nos restos de uma amarelinha desenhada com tinta branca no cimento. Quase não era possível mais distinguir as casas, e talvez por isso, e não porque lhe parecesse exagerado, Leni não estava pulando. Mas ela gostava de ficar ali, era como se estivesse se colocando no centro daquele perímetro que a tornaria imune a qualquer ataque possível. — Acabou de vir para mim, e é sabido que mulheres que passam muito tempo juntas acabam sincronizando o ciclo menstrual.

— O que você está falando? — Augustine estalou a língua para enfatizar quão insensatos eram os discursos de Leni.

— É verdade — Ulla, sentada no chão, assentiu com tanta ênfase que seus cachos castanhos pareciam molas. — Eu sabia disso também.

Eu estava com elas, mas era como se não estivesse lá. Não tinha nada a dizer. Às vezes, minhas colegas tentavam me acordar do torpor, às vezes de maneira desajeitada; mas geralmente estavam acostumadas ao meu silêncio.

— Isso é bobagem — se alterou Augustine. — Mulheres que sincronizam o ciclo menstrual! Outra superstição, uma das muitas que usam para nos subjugar. Agora acreditamos em mágica também?

— Eu acredito, sim. — Beate levantou-se do balanço: o impulso fez o assento vibrar, as cordas se torceram e se desamarraram logo que ela saiu, girando sobre si mesmas.

Eu me perguntava desde o primeiro instante em que nos fizeram sair para o pátio por que os SS não haviam arrancado o balanço. Talvez não tivessem tido tempo, havia coisas mais importantes para pensar. Talvez esperassem que um dia o quartel começasse novamente a acolher crianças em idade escolar, quando o leste fosse conquistado e o perigo comunista estivesse erradicado. Talvez aqueles homens o houvessem mantido porque os fazia lembrar de seus filhos que haviam deixado em algum lugar, em alguma cidade do Reich, e que cresceriam e não os reconheceriam quando voltassem para casa de licença.

— Sou uma maga, você não sabia? — disse Beate. — Sei fazer o horóscopo, ler a mão e até as cartas.

— Eu confirmo — disse Heike —, leu para mim várias vezes.

Leni passou por sua cerca de tinta desbotada e parou em frente a Beate:

— Você pode prever o futuro?

— Como não? Ela sabe exatamente quando a guerra terminará — disse Augustine. — Pergunte a ela se seu marido ainda está vivo, Rosa.

Meu batimento cardíaco perdeu o ritmo, descarrilhou.

— Para com isso — advertiu Elfriede. — Por que você é sempre assim indelicada?

Depois se afastou. Eu poderia tê-la seguido, pronunciado o obrigada que estava preso na garganta, mas, em vez disso, permaneci sentada ao lado de Augustine só porque isso não implicava esforço algum.

— Você poderia fazer um feitiço para Hitler — Ulla tentou mudar de assunto. As mulheres riram para aliviar a tensão; eu não.

— Escute — Leni já estava agitada —, me diga se, quando a guerra terminar, vou arrumar um namorado.

— Bem que você queria — comentou Augustine.

— Sim, vamos lá! — Ulla bateu as mãos.

Beate tirou do bolso um pequeno saco de veludo preto fechado com um cordãozinho, abriu-o e tirou de dentro um tarô.

— Mas você leva sempre com você? — perguntou Leni.

— Que bruxa seria eu se não trouxesse?

Ajoelhou-se e espalhou as cartas no chão. Organizou-as segundo um critério desconhecido para nós, devagar, concentrada. Tirava-as da fileira e as movimentava, embaralhava o maço e virava outras cartas. Augustine observava, cética.

— E aí? — Ulla era impaciente.

Leni não ousava falar mais. As outras faziam um círculo ao redor com as costas curvadas. Com exceção de Elfriede, que passeava fumando; das Possuídas, que depois do almoço quase nunca saíam, permaneciam diligentemente sentadas em seus locais de trabalho; e de mim, ainda sentada no banco.

— De fato, eu vejo um homem.

— Ai, meu Deus! — Leni cobriu o rosto com as mãos.

— Vai, Leni — elas a puxaram por um braço, a empurraram de brincadeira —, pergunte como ele é, pelo menos. É bonito?

Tratava-se de sobrevivência, toda energia era destinada a esse único objetivo. Era isso que elas estavam fazendo. Eu não conseguia mais.

— Se é bonito, eu não vejo — desculpou-se Beate. — Mas vejo que vai chegar em breve.

— E por que esse tom sombrio? — perguntou Heike.

— Ele é feio e você não quer dizer — choramingou Leni, e de novo as outras começaram a rir.

Beate continuou:

— Olha... — mas uma voz ecoou no pátio:

— Em pé!

Vinha em nossa direção. Era um homem, vestia uniforme, nunca o tínhamos visto. As mulheres endireitaram as costas, eu me levantei do banco, Beate recolheu as cartas, tentava colocá-las no saquinho de veludo, mas enroscavam e caíam. O homem gritou para ela:

— Eu disse em pé!

Quando ele chegou perto, Leni ainda estava com as mãos nas bochechas.

— O que é isso? — O homem olhou para Beate. — E você, me mostre seu rosto. — Puxou Leni, que cruzou os braços em frente do peito, apertando os ombros com os dedos, para se acalmar ou para se punir.

Os guardas se aproximaram:

— Tenente Ziegler, o que está acontecendo?

— E vocês, onde estavam?

Os guardas se colocaram em atenção. Eles nos deram um olhar amargo: por nossa causa estavam encrencados. Eles não responderam, ficou claro a todos que era melhor ficar em silêncio.

— São umas cartas estúpidas. Ninguém nos falou que era proibido, e não estávamos fazendo nada de mal.

Fui eu quem falou.

Senti o espanto, não apenas o das minhas colegas. O tenente olhou para mim. Tinha um nariz pequeno e infantil. Olhos ligeiramente próximos, cor de avelã. Esse era o limite dele, aqueles olhos não me assustavam.

Elfriede estava encostada na parede, os SS não a chamaram de volta, esperavam como nós o veredito do tenente. Naquele momento, o pátio da antiga escola, o quartel, as casas rurais de Krausendorf, os carvalhos e pinheiros que se seguiram até Gross-Partsch, o quartel-general escondido na floresta, a Prússia Oriental, a Alemanha inteira, o Terceiro Reich decidido a expandir-se até as margens do planeta e os oito metros do intestino irritável de Adolf Hitler convergiram no único ponto do mundo ocupado pelo tenente Ziegler, o homem que tinha poder de vida e morte sobre mim.

— Eu te proíbo agora. Obersturmführer Ziegler. Guarde bem meu nome. Porque você vai fazer o que eu mandar de agora em diante, todos farão. Primeiro, faça a saudação que te ensinaram.

Enquanto esticava mecanicamente meu braço, Ziegler, com uma espécie de patada, agarrou a bolsa de Beate, mas na colisão o saquinho caiu, as cartas se espalharam e uma rajada de vento fez algumas delas voarem, caindo a um metro de distância. Ele se virou para os guardas:

— Façam elas entrarem no ônibus.

— Sim, senhor tenente. Vamos!

Beate foi primeiro, Leni a seguiu, e lentamente todas as outras se juntaram. O Obersturmführer pisou no saquinho, ordenou aos subordinados:

— Joguem fora! — E foi embora.

Na porta, notou Elfriede:

— E você, o que está fazendo? Está se escondendo? — disse-lhe, entrando. — Vá para a fila!

Fui em direção a ela. Quando a alcancei, tocou o braço que não tive tempo de levantar: tinha apreensão naquele gesto. Corri um risco sem motivo. Além disso, eu não precisava de um motivo para morrer, se a morte realmente estivesse em jogo, assim como não tinha motivos para viver. Por isso não sentia medo de Ziegler.

Ele viu a minha inclinação para a morte e teve de desviar o olhar.

14

Levantar o braço para a saudação nazista não era algo negligenciável. Certamente Obersturmführer Ziegler havia participado de muitas conferências nas quais lhe explicaram: para que o braço se levante de maneira clara e incontroversa, é necessário contrair todos os músculos do corpo, quadril encaixado, barriga para dentro, peito para fora, pernas unidas, joelhos esticados e diafragma inchado para poder emitir "Heil Hitler!". Cada fibra, tendão e nervo deve desempenhar a solene tarefa de esticar o braço.

Há quem deixe o braço mole, contraindo o ombro, que deve permanecer baixo, longe das orelhas, para evitar a menor assimetria e celebrar a postura atlética daqueles que não podem ser derrubados, ou pelo menos assim esperam: portanto, confiam em um homem invencível e, além disso, com o dom de messias. Há quem, em vez de esticá-lo a quarenta e cinco graus, estenda-o quase na vertical: mas não é para levantar a mão como se fosse dar sua opinião. Aqui a opinião é uma só, adapte-se e pense em fazer bem o seu trabalho. Os dedos, por exemplo, não é para abri-los como se fosse passar esmalte nas unhas. Una-os, enrijeça-os! Erga o queixo, alise a testa, transmita para a linha do braço toda a força, toda a intenção, imagine que está esmagando com a palma da mão a cabeça daqueles que não têm o tamanho dos vencedores – os homens não são todos iguais, a raça é a alma vista de fora: coloque sua alma no braço, ofereça-a ao Führer. Ele não vai lhe devolver, e você poderá viver sem esse peso.

Certamente Obersturmführer Ziegler era um especialista em saudação nazista, praticava havia muitos anos. Ou talvez ele tivesse talento. Eu também tinha, mas não me empenhava o bastante. Minha saudação passava no teste, era uma execução sem infâmia e sem louvor. Quando era criança, eu patinava, tinha um controle razoável sobre meu corpo: então, no início do ano letivo, nos reuniam no auditório para uma conferência sobre a saudação nazista, e eu me destacava pela minha aptidão, soberba demais para me repreenderem; porém, ao longo dos meses, gradualmente eu regredia à mediocridade, e a decepção dos professores, que me olhavam torto durante o levantamento da bandeira da suástica, não tinha valor para mim.

No desfile que comemorava a chegada da tocha olímpica a Berlim – depois de uma corrida de revezamento que, saindo da Grécia, havia atravessado Sófia, Belgrado, Budapeste, Viena e Praga –, eu vi o os pequenos Pimpfe alinhados com o uniforme de Jungvolk: depois de vinte minutos não conseguiam ficar parados, balançando de um pé para o outro, seguravam o braço direito com o esquerdo, cansados demais para evitar as punições reservadas a eles.

O rádio transmitiu reportagens ao vivo das competições: a voz do Führer estalava pela má qualidade das transmissões, mas era forte e vigorosa, reforçada pela multidão que exultava, invocando-o em uníssono, essa voz atravessava as ondas para chegar até mim. E aquela nação que se entregava a ele e o dizia sem delongas, pronunciando seu nome, uma fórmula mágica e ritual, uma palavra de poder sem tamanho, essa nação era comovente, era o sentimento de pertencimento que derrubava a solidão à qual qualquer um que nasça está destinado. Era uma ilusão na qual eu não queria acreditar, só queria senti-la dentro de mim como um langor – não um sentimento de vitória, mas de correspondência.

Meu pai, com raiva, desligava o rádio; ele, que considerava o nacional-socialismo um fenômeno transitório, uma forma de perversão para menores de idade desregulados, um vírus transmitido pela Itália, e que depois, no trabalho, fora rejeitado por aqueles filiados ao Partido Nazista. Ele, que votava sempre no Zentrum, como um bom católico, e depois viu o Zentrum favorecer as leis pelos plenos poderes de Hitler, favorecendo a própria dissolução. Meu pai ignorava aquele desejo inesperado e traiçoeiro que florescera em mim, enquanto eu imaginava aquela multidão engolindo *würstel* e bebendo limonada na emoção do dia da celebração, convencida de que as existências humanas, únicas e irredutíveis, poderiam coincidir em um único pensamento, em um único destino. Eu tinha dezoito anos.

Quantos anos Ziegler teria, então? Vinte e três, vinte e cinco? Meu pai morreu de um enfarte um ano e meio depois que entramos em guerra. Ziegler certamente já estava servindo, fazia uma saudação nazista impecável, conhecia as regras e as respeitava, pronto para pisar no tarô de Beate e na minha insolência; ele teria pisado em qualquer um que estivesse entre a Alemanha e a realização de seu grandioso projeto.

Era isso o que eu pensava naquela tarde, alguns minutos depois de conhecê-lo. Ele acabara de ser enviado a Krausendorf e já havia nos prometido que nada ali seria como antes. Onde estava o oficial que havia dirigido o quartel até agora? Às vezes cruzávamos com ele pelo corredor, ele nunca fez sinal nenhum para nós. Nunca teria vindo ao quintal gritar conosco. Éramos dez tubos digestivos, e ele certamente não se daria ao trabalho de se dirigir a meros aparelhos digestivos.

Sentada no micro-ônibus, eu pensava em Gregor, que talvez houvesse pisado em cadáveres, e não em cartas, e me perguntei quantas pessoas ele havia matado antes de desaparecer. Ziegler era um alemão perante uma alemã. Gregor, um alemão perante um estrangeiro. Ele precisava de muito mais ódio para abdicar de sua vida. Ou indiferença. Não foi Ziegler que me deixou com raiva naquele dia – foi meu marido desaparecido.

Na verdade, fui eu mesma. Em quem a reconhece, a fraqueza desperta a culpa, e eu sabia. Quando criança, mordera a mão de Franz.

15

— Ela vai acabar mal — Augustine apontou para Ulla, isolada em um canto do refeitório com o Varapau e outro guarda, esperando o almoço ser servido. Krümel estava atrasado naquele dia, isso vinha acontecendo havia um tempo. Eu me perguntava se havia algum problema com os suprimentos, se as consequências da guerra estavam chegando até lá, no nosso paraíso mortal.

Ulla torcia uma mecha de cabelo entre os dedos, depois brincou com um pingente comprido o bastante para tocar a cavidade entre os seios. Ninguém poderia culpá-la. Havia muito tempo que éramos mulheres sem homens: não era sexo o que nos faltava, mas a sensação de sermos notadas.

— As mulheres que babam na frente do poder são uma praga — Augustine a culpava.

Rindo alto, Ulla inclinou a cabeça para um lado e seus cachos escorregaram para um único ombro até deixar nua uma parte do pescoço. O Varapau olhou para a pele branca daquele pescoço sem se preocupar em disfarçar.

— A praga é a guerra.

Augustine não ficou surpresa por eu ter respondido, contrariando a minha apatia agora usual. Além do mais, eu havia respondido a Ziegler, quando até ela ficou em silêncio.

— Não, Rosa. Você sabe o que Hitler disse? Ele disse que a massa é como as mulheres: não querem um defensor, mas um dominador. *Como as mulheres*, ele disse. Porque existem mulheres como Ulla.

— Ulla só quer se distrair. A frivolidade é um remédio às vezes.

— Um remédio que envenena.

— Falando em veneno: está pronto — disse Elfriede, e sentou-se, abrindo o guardanapo nas pernas. — Bom almoço, senhoras. Como sempre, esperemos que não seja o último.

— E vamos parar com isso. — Augustine sentou-se também.

Ulla sentou-se em frente a ela:

— O que você quer? — perguntou-lhe, sentindo-se observada.

— Silêncio — impôs o Varapau, que até pouco tempo antes admirava seu pingente. — Comam!

— Heike, você não está se sentindo bem? — perguntou Beate baixinho.

Heike olhava para a sua sopa de aveia, intacta.

— É verdade, você está pálida — disse Leni.

— Será que fez algum feitiço, bruxinha?

— Augustine — disse Beate —, mas hoje você está impossível.

— Estou com náusea — admitiu Heike.

— Ainda? Será que está com febre? — Leni se inclinou na mesa, na tentativa de tocar sua testa, mas Heike não se aproximou para permitir, permaneceu colada no encosto da cadeira. — Então não era o ciclo. Não temos o ciclo sincronizado — murmurou Leni, desapontada porque sua ideia de irmandade não se confirmara.

Heike não respondeu, e Leni roeu uma unha, já fechada em si mesma, a menina que brinca de amarelinha sozinha e continua a fazê-lo adulta, mesmo sem amarelinha.

— Eu estava errada — disse depois de pelo menos cinco minutos.

Augustine derrubou a colher, que caiu tilintando na cerâmica de Aachen.

— Ordem! — disse o guarda.

As batatas rosti chegaram com um "Heil Hitler" que não fiz. Os SS entravam e saíam sem parar do refeitório, e eu de frente para as batatas tinha água na boca, não consegui me controlar, peguei uma do meu prato, me queimei e assoprei a ponta dos dedos.

— Não vai comer?

Foi pelo tom inflexível da voz que eu o reconheci. Levantei a cabeça.

— Não me sinto bem — respondeu Heike —, devo estar com febre.

Leni pareceu voltar entre nós, tocou minha perna com o pé debaixo da mesa.

— Prove a sopa de aveia! Você está aqui para isso. — Ziegler estava de volta ao quartel.

Depois da repreensão no pátio, não o tínhamos visto por semanas; talvez estivesse trancado na ex-diretoria para discutir com os outros oficiais – ele precisava de uma mesa para apoiar as botas – ou tivesse voltado para casa, para a família. Ou quem sabe que missão importante fora de Krausendorf lhe tinha sido atribuída?

Heike afundou a colher no prato, pegou não mais do que um grama de sopa e, com uma lentidão irritante, levou-a aos lábios, ainda que seus lábios estivessem fechados. Concentrava-se na colher, mas não conseguia colocá-la na boca.

Os dedos de Ziegler se fecharam em suas bochechas como pinças, e a boca se abriu.

— Coma!

Heike tinha os olhos molhados enquanto engolia. Eu tive taquicardia.

— Isso, muito bem. Não precisamos de uma provadora que não prova. Se você estiver com febre, o médico é quem dirá, amanhã você terá uma consulta.

— Não precisa — apressou-se em responder. — É só um pouco de febre, nada demais.

Elfriede me olhou preocupada.

— Então coma o que lhe foi servido — disse Ziegler —, e amanhã veremos. — Ele olhou em volta, ordenou aos SS para ficarem de olho em Heike e saiu.

No dia seguinte, Heike comeu igual as outras, depois pediu para ser acompanhada ao banheiro. Fez isso por um tempo, confiando na alternância de guardas. Vomitava rapidamente, procurando não fazer barulho. A comida tinha de permanecer no nosso estômago o tempo necessário para verificar que não estava infectada. Expulsá-la de propósito não era permitido. Mas nós sabíamos que ela estava vomitando. Olhos fundos em dois vales escuros, pele pálida. Ninguém se atreveu a perguntar. Quanto faltava para a próxima coleta de sangue?

— Ela tem dois filhos para alimentar — disse Beate. — Não pode se dar ao luxo de perder o emprego.

— E quanto tempo dura essa gripe? — suspirei.

— Ela está grávida — Elfriede me disse no ouvido quando estávamos em fila. — Você não entendeu?

Não, não tinha entendido. O marido de Heike estava na frente, fazia quase um ano que ela não o via.

Éramos mulheres sem homens. Os homens lutavam pela pátria – *Primeiro o meu povo, depois todos os outros! Primeiro a minha pátria, depois o mundo!* – e de vez em quando voltavam em licença, de vez em quando morriam. Ou eram tidos como desaparecidos.

Todas nós precisávamos ser desejadas, porque o desejo dos homens nos faz existir mais. Toda mulher aprende isso bem jovem, aos treze, quatorze anos. Nós nos damos conta desse poder quando ainda é muito cedo para lidar com isso. Mas ainda não conquistamos esse poder, por isso pode se tornar uma armadilha. Surge do nosso corpo ainda desconhecido para nós mesmas: você nunca se olhou nua no espelho, mas é como se os outros já a tivessem visto. Você deve exercitar esse poder, caso contrário, ele o devorará; e se tiver a ver com a sua intimidade, você pode escorregar em fraqueza. Submeter-se é mais fácil do que subjugar-se. Não é a massa que é como as mulheres, mas o contrário.

Eu não conseguia imaginar quem era o pai da criança que Heike carregava em seu ventre. Mas a imaginava com a cabeça no travesseiro, os outros filhos dormindo ao seu lado, e ela acordada, a mão acariciando sua barriga, seu erro. Talvez estivesse apaixonada.

À noite eu a invejava. A via em sua cama assustada com os sinais de seu corpo, exausta por causa das náuseas e incapaz de descansar. Imaginava seus órgãos recomeçando a pulsar: a vida se iluminara, um batimento abaixo do umbigo.

16

O convite de Maria Freifrau von Mildernhagen chegou em um cartão com o brasão da família impresso. Quem o entregou foi um mensageiro enquanto eu estava no trabalho – agora eu falava assim, "vou trabalhar". De frente para aquele garoto em libré, Herta ficou envergonhada pelo avental manchado e porque Zart foi cumprimentá-lo. O entregador se desvencilhou do gato e tentou cumprir sua tarefa rapidamente, sem descuidar da cortesia. Herta deixou o envelope selado na prateleira do armário, curiosa para saber o que continha, mas estava endereçado a mim e teve de esperar que eu voltasse.

A baronesa, descobri, ia dar uma festa no fim de semana e ficaria feliz se eu participasse.

— O que ela quer com a Rosa? — minha sogra bufou. — Nós ela nunca convidou. Nem a conhece!

— Conhece, sim — corrigiu meu sogro, evitando lembrar em que ocasião eu a conheci. Talvez Herta tenha deduzido sozinha. — Acho que Rosa faria bem em se divertir um pouco.

— Não é uma boa ideia — eu disse.

Qualquer diversão seria um insulto a Gregor. Mas a lembrança da baronesa, aquele rosto cremoso, a maneira como segurou as mãos de Joseph, me dava o efeito de um pano deixado pendurado na cadeira junto à lareira e depois encostado na bochecha: o mesmo calor.

Pensei que poderia usar um dos poucos vestidos de festa que tinha trazido de Berlim.

— O que você vai fazer com isso? — perguntou Herta, vendo-me pendurar minhas coisas no armário onde ela havia deixado espaço para mim.

— Nada, tem razão — respondi, pegando um cabide.

— Você sempre foi tão vaidosa — disse ela.

Era verdade, mas eu tinha colocado aqueles vestidos de festa na mala porque foi Gregor quem me deu de presente, ou porque eles me faziam lembrar de algum momento passado com ele. A festa de final de ano, por exemplo: ele olhava para mim o tempo todo, indiferente às fofocas que surgiriam no dia seguinte no estúdio. Tinha sido aí que eu tinha percebido que ele gostava de mim.

— Só nos faltava essa — murmurou Herta, enxugando os pratos.

Empilhou-os no armário fazendo muito barulho. Era maio.

Confidenciei a Leni que havia sido convidada pelos barões von Mildernhagen, e ela deu um gritinho que chamou a atenção das outras, então fui forçada a contar a elas também.

— Mas não vou — anunciei. As minhas colegas insistiram:

— Não quer visitar o castelo? Quando isso vai acontecer com você de novo?

Beate contou que raramente tinha visto a baronesa andar pelas ruas da cidade, com os filhos e as governantas atrás, porque estava sempre refugiada em seu castelo, "ouvi dizer que estava deprimida".

— Mas não — rebateu Augustine —, que deprimida, aquela lá sempre dá festas, você que não é convidada.

— Eu acho que nós nunca a vemos porque está sempre viajando — disse Leni —, imagina que viagens maravilhosas deve fazer.

Joseph havia me contado que a baronesa passava tardes inteiras no jardim, respirando o perfume das suas plantas, e não apenas no verão ou na primavera: amava também o cheiro da terra fofa de chuva e as cores do outono. Era afeiçoada a ele, seu jardineiro, porque fazia crescer e cuidava das flores que ela preferia. Quando Joseph me falava sobre ela, eu não a imaginava nada deprimida, somente um pouco sonhadora, uma mulher frágil protegida por seu éden particular: ninguém a expulsaria de lá.

— É uma pessoa gentil — eu disse —, sobretudo com meu sogro.

— Imagina! — decretou Augustine. — É só uma esnobe. Não aparece por aí porque acredita ser melhor do que nós.

— Não importa o que vocês acham da baronesa — interrompeu Ulla. — A única coisa que importa é que você vá à festa, Rosa. Faça isso por mim, por favor, assim você me conta como é.

— Como ela é?

— Sim, mas também o castelo, e como é uma festa dessas, como as pessoas se vestem para a ocasião... Falando nisso, o que você vai vestir?

O cabelo — propôs, arrumando uma mecha atrás da minha orelha — eu arrumo para você.

Leni disse que a ajudaria, aquela brincadeira nova a empolgara.

— Por que ela te convidou? O que você tem para dividir com ela? — perguntou Augustine. — Agora você vai começar a se achar melhor de novo.

— Eu nunca me achei melhor do que ninguém. — Mas ela já não me escutava mais.

Joseph se ofereceu para ser meu acompanhante, visto que eu não tinha um; segundo Herta, nenhum de nós tinha de ir. Ele reiterou que eu tinha o direito de me divertir, mas eu não queria me divertir, não reivindicava os meus direitos. Havia meses estava me dedicando a uma dor que me distraía do resto, uma dor tão extensa que superava seu objeto. Acabou se tornando um traço da minha personalidade.

Sábado, por volta das sete e meia, Ulla invadiu a casa Sauer: usava o vestido que eu tinha lhe dado e trazia bobes na bolsa.

— Você finalmente está usando — foi a única frase que consegui pronunciar.

— Hoje é um dia de festa, não é? — ela disse, sorrindo para mim.

Leni e Elfriede também vieram. Havíamos nos despedido havia pouco no micro-ônibus. Leni provavelmente tinha feito o diabo a quatro para vir, mas Elfriede? O que ela tinha a ver com aquela cozinha que Ulla enfiou na cabeça de transformar em um salão de beleza? Ela não havia dito uma palavra sobre o convite para a festa, e agora estava dentro da minha casa, pela primeira vez. Eu não estava preparada para recebê-la. Nossa intimidade estava limitada a lugares escondidos, pequenos, como o banheiro do quartel.

Era uma rachadura, um vazamento, algo que nem sabíamos como admitir para nós mesmas. Fora do nosso horário como provadoras, perdia a sua urgência. Me confundia.

Um pouco hesitante, acomodei as meninas: eu temia que Herta não fosse gostar da visita. A escuridão dos nossos dias tinha se tornado uma forma de devoção a Gregor, ela vivia no culto daquele filho que mais cedo ou mais tarde ressuscitaria; qualquer coisa diferente do habitual era um sacrilégio. Não suportava a ideia de que eu fosse ao castelo, imagina quão nervosa ficaria com a alegria de Ulla.

Na verdade, minha sogra demonstrou um leve desconforto, mas foi por excesso de gentileza: ela queria ser hospitaleira e duvidava que conseguiria.

Eu me sentia perdida. O vestido que Ulla estava usando, eu o tinha usado em uma época já remota; o tecido, pesado demais para a estação, escorregava nos quadris de outra mulher, mas ainda era minha a história que ele contava.

Herta ferveu água para o chá e tirou do armário as xícaras boas.

— Não tenho biscoitos — ela se desculpou. — Se eu soubesse, teria preparado algo.

— Tem geleia — Joseph veio em seu auxílio. — E pão. Herta faz um delicioso.

Comemos pão e geleia como crianças no recreio. Nunca havíamos comido juntas em um lugar que não fosse o refeitório. Será que minhas colegas também pensavam no veneno cada vez que levavam a comida à boca? Quando se come se combate a morte, dizia minha mãe, mas só em Krausendorf isso parecia verdade.

Terminada a primeira fatia, Leni distraidamente lambeu o dedo e pegou outra.

— Você gostou mesmo, não é? — riu Elfriede. Leni corou, e Herta riu também. Fazia meses que não ria.

Ulla, por outro lado, estava ansiosa para pentear meu cabelo. Levantou-se com a xícara ainda fumegante, pediu para Herta lhe dar uma bacia com um pouco de água, colocou-se atrás de mim e molhou meu cabelo com as mãos.

— Está fria! — reclamei.

— Fica quieta, não reclama — disse ela.

Então, segurando os bicos de pato com os lábios, começou a enrolar os fios um a um ao redor dos cilindros, alguns mais largos, outros mais finos. De vez em quando eu virava o pescoço para espiá-la – estava seríssima – e ela empurrava minha cabeça:

— Deixe-me trabalhar.

Quando estava noiva de Gregor, eu ia ao cabeleireiro uma vez por semana, queria estar impecável se ele me levasse para jantar. Eu conversava com as outras mulheres presas no espelho na minha frente, enquanto os funcionários passavam escovas e ferros quentes em nossos cabelos. Ver-se assim, desfigurada por prendedores e grampos de cabelo, a testa puxada pelo pente, ou metade do rosto escondida por uma cortina de mechas puxadas para a frente, tornava possível falar sobre qualquer coisa. De quantos compromissos o casamento exige, como faziam aquelas que já eram esposas. Ou de quanto o amor poderia nos surpreender, como eu falava. Ao ouvir-me, uma senhora com um pouco mais de idade me dissera: "Querida, não quero ser agorenta, mas saiba que não vai durar para sempre".

Pensar nisso novamente na cozinha dos meus sogros era alienante. Talvez fosse culpa desse grupo absurdo – Leni, Elfriede, Ulla, os pais de Gregor – reunido na casa onde ele fora criança. E junto deles estava eu também, que já tinha morado na capital e gastava meu dinheiro toda semana em um cabeleireiro, e eu era tão ingênua que dava às mulheres mais velhas um desejo louco de desiludir-me em pequenas doses, e somente para o meu bem.

Eu tentei me distrair daquele tênue medo, sem causa, que molhava as minhas mãos de suor.

— Joseph — eu disse —, por que não descreve o jardim do castelo para Ulla?

— Sim, sim, por favor! — ela insistiu. — Eu gostaria tanto de vê-lo. É muito grande? Tem bancos, fontes, quiosques?

Joseph não teve tempo de responder, e Leni continuou:

— É um labirinto? Eu amo labirintos.

Meu sogro sorriu.

— Não, não há nenhum labirinto no jardim.

— A pequena aqui acha que vive em um conto de fadas — brincou Elfriede.

— E que mal tem? — disse Leni.

— Se desde que nasceu mora tão perto de um castelo — disse Ulla —, talvez seja inevitável, né?

— E você, onde nasceu, Elfriede? — perguntou Herta.

Ela hesitou antes de responder:

— Em Danzigue.

Então ela também tinha crescido em uma cidade grande. Como era possível que depois de todos aqueles meses eu não soubesse ainda de onde ela vinha? Toda pergunta para ela parecia inoportuna, então eu não fazia nenhuma.

Em 1938, Gregor e eu passamos por Danzigue antes de embarcarmos para Sopot. Quem sabe Elfriede estivesse ali, enquanto eu passeava pelas ruas da sua cidade, quem sabe se nos cruzamos sem poder imaginar que anos depois dividiríamos a mesma mesa, o mesmo destino.

— Deve ter sido difícil — comentou Joseph.

Elfriede assentiu.

— E com quem você mora aqui?

— Moro sozinha. Por favor, Leni, pode me colocar mais chá?

— Há quanto tempo? — Herta queria ser atenciosa, não indiscreta, mas Elfriede fez um barulho com o nariz, parecia que estava resfriada, no entanto era o seu modo de respirar, e em certas tardes de inverno parece que ainda consigo ouvir esse barulho.

— Pronto! — exclamou Ulla, depois de ter arrumado uma redinha verde na minha cabeça. — Agora, por favor, não se toque.

— Mas está puxando... — Estava com vontade de me coçar.

— Abaixe essas mãos. — Ulla me deu um tapinha e todos riram, até Elfriede.

Por sorte as perguntas de Herta não a tinham perturbado muito. Era tão reservada que parecia dura, até mal-educada. Era como se fosse permitido acessá-la somente quando ela decidisse: e mesmo assim eu não me sentia rejeitada.

Aquele sentimento de desorientação se dissolveu e, por um momento, éramos quatro jovens preocupadas com a beleza. Então, como se fosse o momento certo, como se houvesse um momento certo para tal pergunta, Leni disse:

— Você me mostra o Gregor?

Herta ficou rígida, o silêncio nos secou. Levantei-me sem uma palavra e fui para o quarto.

— Me desculpem — murmurou Leni —, eu não devia...

— Mas o que você tem na cabeça? — ouvi Elfriede repreendê-la.

Todos ficaram em silêncio.

Depois de alguns minutos, voltei para a cozinha, afastei as xícaras para um lado e coloquei o álbum em cima da mesa. Herta prendeu a respiração, Joseph largou o cachimbo, como se fosse um gesto de respeito para com Gregor, como tirar o chapéu.

Virei rapidamente as páginas, cada uma coberta por uma folha de papel de seda, até encontrar. Na primeira foto, ele estava sentado em uma espreguiçadeira no quintal, com gravata, mas sem paletó. Na outra, estava deitado na grama, as calças Knickerbockers e os primeiros botões da camisa abertos. Eu estava ao seu lado, um lenço listrado na cabeça. "Tiramos essa foto aqui mesmo, durante a nossa primeira viagem juntos."

— É ele? — perguntou-me Ulla.

— Sim — respondeu Herta com uma voz fraca, depois apertou o lábio superior da boca, esticando a pele debaixo do nariz. Parecia uma tartaruga, parecia muito a minha mãe.

— Vocês formam um lindo casal — disse Ulla.

— E as fotos do casamento? — Leni era gananciosa.

Virei a página:

— Aqui está.

Ali estavam os olhos de Gregor, os olhos que haviam me vasculhado no dia da entrevista no estúdio, como se quisessem revistar o meu interior, encontrar o núcleo, isolá-lo, eliminar o restante, ir direto ao que importava, àquilo que me fazia ser eu.

Eu segurava o buquê de flores sem jeito, a corola por dentro do cotovelo e a haste contra a barriga, como se tivesse que niná-lo. Um ano depois, ele partiria para a guerra, a próxima foto o mostrava de uniforme. Depois, ele desapareceu do álbum.

Joseph fez Zart descer do seu colo e saiu sem dizer nada. O gato o seguiu, mas ele bateu a porta em seu focinho.

Ulla tirou os bobes e passou a escova, depois a abandonou em cima da mesa:

— Então, Frau Sauer, não ficou ótimo?

Herta concordou sem entusiasmo.

— Você precisa se vestir — me disse logo depois.

A escuridão recuperou o controle. Já lhe era uma condição familiar, uma condição mais confortável, sair dessa condição a deixava cansada. Eu a compreendia. Na frente das minhas amigas, as fotos de Gregor não eram tão diferentes daquelas que Ulla recortava das revistas: retratos de pessoas que não se podia tocar, com as quais não se podia conversar – elas poderiam nem existir.

Eu me vesti em silêncio. Herta estava sentada na cama, absorta. Olhava a foto de Gregor aos cinco anos: era seu filho, tinha vindo dela, o que fez para perdê-lo?

— Herta, me ajuda, por favor?

Herta levantou-se e inseriu os botões nas casas, um por um, devagar.

— É muito decotado — disse ela, tocando minhas costas. — Você vai passar frio.

Saí do quarto, pronta para ir à festa e com a sensação de não ter decidido ainda. Até Herta, talvez, se sentia enganada. As minhas colegas estremeciam como damas de honra, mas eu já era casada, nenhum homem estava me esperando no altar. Eu tinha medo do que então?

— Esse vestido verde-escuro combina com seus cabelos loiros. E o penteado, não para me vangloriar, realça o seu rosto redondo — disse Ulla. Estava tão contente que parecia que a convidada era ela.

— Divirta-se — disse Leni na porta de casa.

— Mesmo se não se divertir, anota tudo — lembrou-me Ulla. — Não quero perder nenhum detalhe, ouviu?

Elfriede já estava na rua.

— E você, não diz nada?

— Berlinense, o que você quer que eu diga? É perigoso se misturar com quem não é como você. Mas às vezes não temos escolha.

Cumprimentar a baronesa era o único objetivo que eu conseguia me propor para a noite, mas não sabia como alcançá-lo. Assim que entrei na sala, aceitei um copo oferecido por um garçom, parecia-me uma boa maneira de me ambientar. Bebia o vinho com moderação, andando entre os convidados que tagarelavam; estavam divididos em grupos tão fechados que era impossível entrar. Então, sentei-me em um sofá ao lado de um grupo de senhoras de idade: talvez estivessem mais cansadas ou mais entediadas que os outros, e consideraram uma alternativa conversar comigo.

Elogiaram meu vestido de cetim, o decote nas costas lhe cai bem, disse uma, eu adorei esse bordado no ombro, disse outra, por aí eu não vi muitos assim, disse a terceira. Uma costureira de Berlim quem fez, respondi, e naquele momento chegaram outras pessoas: as senhoras se levantaram para cumprimentá-las e se esqueceram de mim.

Afastei-me do sofá e apoiei as costas nuas no papel de parede, terminando o vinho.

Estudei os afrescos no teto, imaginando traçar em uma folha a anatomia dos personagens representados. Desenhava com a unha do dedo indicador na ponta do polegar; quando me dei conta, parei. Coloquei-me na frente de uma das janelas do salão, verifiquei novamente se a baronesa estava finalmente acessível: continuava cercada por pessoas ansiosas por cumprimentá-la. Eu deveria ter me aproximado, me apresentado em um discurso já ensaiado, mas não fui capaz. Você está sempre conversando, dizia minha mãe. Na Prússia Oriental, eu havia me tornado lacônica.

Foi ela quem me notou. Eu estava em pé, parcialmente escondida por uma cortina. Veio na minha direção, parecia feliz em me ver.

— Obrigada pelo convite, baronesa von Mildernhagen, é uma honra para mim estar aqui.

— É muito bem-vinda, senhora Rosa. — Sorria. — Posso chamá-la de Rosa?

— Claro, baronesa.

— Venha, vou lhe apresentar meu marido.

Clemens Freiherr von Mildernhagen fumava um charuto e entretinha dois homens. Vistos por trás, se não fosse pelo uniforme, eu não os teria reconhecido como oficiais. A postura relaxada – o peso do corpo apoiado em um pé – transgredia o comportamento marcial. Um deles gesticulava com a obstinação de quem tenta convencer o interlocutor da validade das próprias opiniões.

— Senhores, posso apresentar a vocês a minha amiga de Berlim, Frau Sauer?

Os oficiais se viraram: fiquei em frente ao tenente Ziegler.

Ele franziu as sobrancelhas como se estivesse calculando a raiz quadrada de um número muito grande. Mas, em vez disso, estava me olhando. Talvez estivesse lendo em mim a surpresa, o medo que tinha chegado um pouco atrasado, como quando você bate seu joelho em uma quina, e não dói, mas, instantes depois, vem uma dor intensa, que cresce.

— Meu marido, o barão Clemens von Mildernhagen, o coronel Claus Schenk von Stauffenberg e o tenente Albert Ziegler — apresentou a baronesa.

Albert, era esse o seu nome.

— Boa noite — disse eu, tentando manter a voz firme.

— É um prazer ter a senhora aqui. — O barão beijou minha mão. — Espero que a festa esteja de seu agrado.

— Eu agradeço, é magnífica.

Stauffenberg fez uma reverência. Eu não tinha percebido imediatamente que ele tinha um braço mutilado, porque fui atraída pela venda no olho esquerdo: dava-lhe mais um ar de pirata do que de ameaça, aliás, dava um ar até simpático. Eu estava esperando que Ziegler se curvasse também, mas, em vez disso, deu apenas um aceno de queixo.

— Vi os senhores muito animados esta noite, do que estavam falando? — perguntou Maria, com a impertinência que, eu entenderia depois de conhecê-la melhor, a caracterizava.

Ziegler apenas semicerrou os olhos e não os tirou de mim. Alguém respondeu por ele, talvez o barão ou o coronel, mas não ouvi nada, só via um vapor que nublava a minha visão e se depositava nas minhas costas nuas. Eu não deveria ter colocado esse vestido. Nunca deveria ter vindo.

A baronesa não sabe? Ziegler vai fingir que não me conhece? Tenho que dizer a verdade ou fingir que nada está acontecendo? É um segredo o fato de eu ser uma provadora? Ou é um problema esconder isso?

Os olhos de Ziegler – Albert, era assim que se chamava – eram muito próximos um do outro. Inspirou alargando suas narinas felinas e contraiu o rosto como um menino ofendido porque acabou de perder uma partida de futebol, aliás, como um menino impaciente para jogar bola, mas não tem bola, e não fica em paz.

— Vocês só falam de estratégias militares.

Realmente, no meio de uma guerra que fazia vítimas todos os dias, ela sugeria abordar assuntos mais frívolos, mais adequados para uma noite social? Quem era aquela mulher? Uma deprimida, diziam. A mim, não parecia nem um pouco.

— Vamos, Rosa. — Maria pegou na minha mão.

Ziegler observou aquele gesto como se fosse perigoso.

— Tem alguma coisa errada, tenente? Ficou calado. Devo tê-los incomodado mesmo.

— Não diga isso nem de brincadeira, baronesa — replicou Ziegler. Tinha uma voz pacata e relaxada, uma voz que nunca tinha ouvido sair dele. *Preciso contar isso para Elfriede*, pensei.

Não contei.

— Com licença.

Maria me arrastou de um convidado a outro, me apresentando como sua amiga de Berlim. Não era aquele tipo de anfitriã que aborda os convidados apenas para começar uma conversa e logo depois se retira para garantir que do outro lado da sala tudo esteja funcionando da melhor maneira possível também. Fazia muitas perguntas, queria falar sobre qualquer assunto, sobre a última vez que estivera na ópera e havia assistido à *Cavalleria rusticana*, sobre o humor dos nossos soldados apesar das adversidades, sobre o corte do meu vestido, que elogiava na frente de todos, anunciando que pediria para costurarem um idêntico para ela, mas cor de pêssego, menos decotado e de organza.

— Então não será idêntico – eu disse, e ela riu.

Em um determinado momento, sentou-se no banco e, pressionando os dedos no teclado, entoou: "Vor der Kaserme, vor dem großen Tor, stand eine Lanterne, und steht sie noch davor".

Por vezes se voltava para mim, com tanta insistência que eu não podia decepcioná-la: comecei a cantarolar baixinho, mecanicamente, mas minha garganta estava seca. Pouco a pouco, os outros se juntaram a nós, e todos juntos lamentamos o tempo em que Lili Marleen queimava de amor; mas o soldado sabia, e nós também sabíamos, que ela logo o esqueceria.

Onde estava Ziegler? Também estava cantando? Quem vai estar com você agora, perguntávamos em coro a Lili Marleen, quem vai estar perto do lampião com você? E, ao tenente, me perguntava, aquela mulher que tinha se distanciado do Partido, que tinha deixado a Alemanha, aquela mulher branca e sensual: o tenente gostava de Marlene Dietrich? E o que me importava?

Maria parou, me puxou pelo braço e me forçou a me sentar no banco ao lado dela.

— Vamos ver se a senhora sabe essa — ela disse, e tocou as inconfundíveis notas de "Veronika, der Lenz ist da". A primeira vez que assisti a um show dos Comedian Harmonists, eu era uma garotinha. Ainda não tinha conhecido Gregor. O Grosses Schauspielhaus lotou, o público aclamava sem descanso os seis jovens de smoking. Isso foi antes das leis raciais. Logo se soube que no grupo havia três judeus, e não podiam aparecer em público, era proibido.

— Agora é a vez da senhora, Rosa — disse Maria. — Seu timbre é muito bonito.

Não tive nem tempo de rebater. Depois dos dois primeiros versos, ela parou e tive que continuar sozinha. Ouvi a minha voz ressoando no salão de teto alto como se não me pertencesse.

Isso vinha acontecendo havia meses. Uma dissociação entre mim e minhas ações: não conseguia perceber a minha presença.

Mas Maria estava satisfeita, eu vi, e entendi que tinha me escolhido. No grande salão de festa de um castelo, com os olhos fechados, eu cantava sob o acompanhamento incerto de uma jovem baronesa que tinha acabado de conhecer e já fazia de mim, ela também, o que queria.

Gregor dizia, "você canta o dia todo, Rosa, não aguento mais". Para mim, cantar é como quando você mergulha na água, Gregor. Imagine ter uma pedra grande apoiada no peito. Cantar é quando alguém chega e tira essa pedra. Há quanto tempo eu não respirava tão profundamente assim.

Cantei em total isolamento que o amor vem e o amor vai, até que os aplausos me acordaram. Abrindo os olhos, vi Albert Ziegler. No fundo da sala, longe dos outros, o ponto de uma reta que corria para mim. Olhava-me ainda com aquela contrariedade do menino sem bola. Agora o menino tinha perdido a prepotência. Voltaria para casa rendido.

17

Em maio de 1933 aconteceu o incêndio. Eu temia que as ruas de Berlim derretessem e nos arrastassem como lava. Mas Berlim comemorava e não queimava, batendo o pé ao ritmo marcado pela banda, até a chuva cessou, terreno livre para os carros de boi e para o povo na Praça da Ópera.

Passando pelos cordões, um calor no peito, um cheiro de fumaça que seca a garganta. As páginas se contorcem e se reduzem a cinzas. Goebbels é um homem franzino com uma voz fraca, mas ele sabe como usá-la para exultar, olhar nos olhos da crueldade da vida, repudiar o medo da morte. Vinte e cinco mil volumes retirados das bibliotecas e uma legião de estudantes em festa, eles aspiram a ser homens de caráter, e não homens covardes de livros.

— A era do intelectualismo judeu acabou — disse Goebbels. — Precisamos redescobrir o respeito pela morte.

E eu quebrei minha cabeça, mas simplesmente não consegui entender o que ele queria dizer.

Um ano depois, durante a aula de matemática, olhava pela janela as folhas murchas das árvores cujo nome eu não sabia, o adejo das asas de pássaros desconhecidos, enquanto o professor Wortmann explicava. A cabeça careca, os ombros convexos e o bigode grosso equilibravam seu ligeiro prognatismo. Wortmann certamente não se assemelhava a uma estrela de cinema, ainda assim nós alunas o adorávamos. Ele tinha olhos fustigantes e uma ironia inexpugnável que tiravam todo o tédio da aula.

Quando a porta se abriu, eu ainda estava absorta. Depois, o barulho das algemas me trouxe de volta à sala de aula de repente. Os pulsos eram os de Wortmann, os SA o estavam arrastando para fora. A fórmula na lousa ficou incompleta e imprecisa, o giz caiu no chão e esfarelou. Era maio.

O salto que dei da minha carteira até a porta aconteceu atrasado, Wortmann já estava no corredor, caminhava ao lado dos SA. Gritei "Adam", o nome dele. O professor tentou parar e virar-se, mas os SA aceleraram, impedindo-o. Eu gritei de novo, até que os outros professores se preocuparam em me calar com qualquer tipo de ameaça ou consolo.

Wortmann foi forçado a trabalhar em uma fábrica. Ele era judeu, ou dissidente, ou apenas um homem de livros. Nós, alemães, no entanto, precisamos de homens de caráter e sem medo e que respeitem a morte. Isto é, homens que se deixam infligir sem dizer uma palavra.

No final da festa, em dez de maio de 1933, Goebbels declarou-se satisfeito. A multidão estava cansada, as canções tinham acabado. O rádio não transmitia mais nada. Os bombeiros estacionaram os caminhões e apagaram as fogueiras. Mas o fogo continuou se alastrando sob as cinzas, comeu quilômetros, chegou até aqui. Gross-Partsch, 1944. Maio é um mês sem perdão.

18

Não sei há quanto tempo estava lá. Parecia que os sapos haviam enlouquecido naquela noite. No meu sonho, o coaxar incessante deles se tornava o caos dos condôminos pelas escadas, descendo a uma velocidade vertiginosa; segurando um terço nas mãos, as mulheres idosas não sabiam mais para que santo rezar, minha mãe não sabia como convencer meu pai a se refugiar no porão, a sirene tocava e ele virava para o outro lado, apertava o travesseiro afundando a bochecha. Era um alarme falso, subíamos os degraus sonolentos. Meu pai dizia que não valia a pena, se eu tiver que morrer, estarei na minha cama, não vou àquele porão, não quero acabar como um rato. Sonhava com Berlim, o prédio onde eu cresci, o abrigo e as pessoas esmagadas, e o barulho se ampliava por causa dos sapos, que em Gross-Partsch se lamentavam a noite toda até entrarem em meus sonhos. Quem sabe se ele já estava lá.

Sonhava com a lamentação das velhas, uma conta do terço após a outra, enquanto as crianças dormiam, um homem roncava e, na enésima reza por nós, levantava-se e soltava uma blasfêmia, "deixem-me descansar", as velhas empalideciam. Eu sonhava com um gramofone, os jovens o haviam levado ao porão e convidavam as meninas para dançar, tocavam "Das wird ein Frühling ohne Ende" e eu estava de lado, minha mãe dizia para cantar para ela, uma mão me convidava para levantar, me fazia girar, e eu cantava a plenos pulmões, uma primavera sem fim quando você voltar, eu cantava em cima da música, rodava, e não conseguia ver minha mãe.

Então um vento me levantou, me empurrou com força, *sequestrada!*, pensei. Ele chegou e minha mãe não estava, meu pai estava lá em cima, dormindo ou fingindo, o gramofone desligado e minha voz também, eu não conseguia falar, não conseguia acordar, de repente um estrondo, a bomba explodiu.

Abri os olhos e, suada, esperei na cama que o formigamento em meus membros parasse; só depois consegui me mexer. Acendi a lâmpada a óleo porque a escuridão me sufocou, e, enquanto os sapos coaxavam inabaláveis, levantei-me e fui à janela.

Ele estava ali, na fina luz da lua, não sei há quanto tempo. Era uma sombra escura, um pesadelo, um fantasma. Podia ser Gregor que voltava da guerra, mas era Ziegler em pé na rua.

Tive medo. Assim que me viu deu um passo à frente. Um medo imediato, sem atraso. Deu um outro passo. Centenas de quinas batiam em meu joelho. Afastei-me e ele parou. Apaguei a luz, me escondi atrás da cortina.

Era uma intimidação. *O que disse à baronesa, será que confessou alguma coisa? Não, tenente, juro que não: não viu que quando nos apresentou fingi que não o conhecia?*

Com os punhos cerrados, esperei ouvi-lo bater na porta. Eu tinha de correr para avisar Joseph e Herta. Tinha um Obersturmführer da SS lá fora, no meio da noite, e era culpa minha, que fui a uma festa. Elfriede tinha razão: para aqueles como nós, algumas pessoas significam apenas problemas.

Ziegler entraria, nos arrastaria para a cozinha, as bochechas marcadas pelo sono, os cabelos de Herta livres dos grampos, uma teia de aranha em volta da cabeça. Minha sogra se tocaria o rosto, desconfortável, meu sogro tocaria em uma das mãos dela, Ziegler daria uma cotovelada nas costelas dele, Joseph cairia no chão e ele ordenaria "levante-se", como havia feito com Beate. Ele nos obrigaria a ficar em pé em frente à lareira apagada, alinhados, em silêncio. Então, acariciando o coldre, me faria jurar que ficaria calada, que ficaria no meu lugar. Gritaria com Herta e Joseph, mesmo que não tivessem nada a ver com isso, porque era assim que os SS faziam.

Os minutos se passaram e Ziegler não bateu à porta.

Não invadiu, não nos deu ordens, ficou parado, esperando não se sabe quem, esperando por mim. Eu fiquei ali também, inexplicavelmente não pedi ajuda a ninguém. Porque, mesmo se o coração estivesse disparado, eu já tinha entendido que era uma coisa entre mim e ele, não dizia respeito a mais ninguém. Eu tinha vergonha de Herta e Joseph, era como se eu o tivesse convidado. Eu soube imediatamente que seria um segredo. Um novo, a ser adicionado ao inventário.

Afastei a cortina e olhei novamente pelo vidro.

Estava ali ainda. Não era um oficial da SS, era um menino que pedia a sua bola. Mais um passo na minha direção. Não me mexi. Olhei-o no escuro. Ziegler se aproximou mais. Escondi-me novamente atrás da cortina. Prendi a respiração, não havia nada, apenas silêncio: todos dormiam. Voltei à janela, mas a rua estava vazia.

De manhã, enquanto tomava café, Herta exigiu detalhes sobre a festa. Eu estava distraída, atordoada.

— Tem alguma coisa errada? — disse Joseph.

— Não dormi bem.

— É a primavera — comentou —, isso acontece comigo também. Mas eu estava tão cansado essa noite que nem ouvi você chegar.

— O barão me acompanhou.

— Então — perguntou Herta, limpando-se com o guardanapo —, como a baronesa estava vestida?

No refeitório, comi em alerta. A cada barulho de passos de botas, virava-me para a porta de entrada, mas nunca era ele entrando. Eu queria pedir uma audiência, me apresentar em seu escritório, na ex-diretoria da escola, e proibi-lo de aparecer na minha janela de madrugada, se não — se não o quê? Meu sogro pega a espingarda para você perder a vontade? Minha sogra chama a polícia? Qual polícia? Ziegler tinha poder sobre qualquer um na cidade, tinha poder sobre mim.

E o que as minhas colegas pensariam se eu fosse lá falar com ele? Não conseguia nem contar a elas sobre a festa no castelo, apesar da pressão de Leni: os lustres, o piso, a lareira e as cortinas; embora Ulla insistisse: tinha alguém famoso, que sapatos a baronesa usava, você passou batom pelo menos, eu tinha esquecido de levá-lo. Se eu fosse falar com Ziegler, Elfriede diria: "Você está sempre procurando sarna para se coçar, berlinense"; e Augustine: "Primeiro vai às festas dos ricos, depois confabula com o inimigo". Mas Ziegler não era inimigo, era um alemão como nós.

O barulho das botas no piso, a saudação nazista pronunciada com perfeição, e Augustine informando:

— O bastardo chegou.

Virei-me.

Ziegler conversava com alguns subordinados. Não tinha restado nada do homem que conversava com o barão von Mildernhagen na noite anterior na recepção, nada do homem que se tinha apresentado à minha janela.

Talvez se tratasse de uma medida de controle. Talvez passasse cada noite em uma casa diferente, ficasse de olho nas provadoras, que ideia maluca você teve, talvez tenha sonhado, um efeito do sequestro, você é só uma sonâmbula, bem dizia Franz.

Ziegler virou-se para nós. À distância, inspecionou a mesa para verificar se todas estávamos comendo. Abaixei a cabeça rapidamente, senti seu olhar na minha nuca. Então tomei fôlego mais uma vez e o procurei, mas ele estava de costas, não estava olhando para mim.

Fui dormir cedo. "É a primavera, Joseph, me deixa cansada." Eu flutuava em sonolência; assim que fechei os olhos, as vozes que estavam enroladas no tímpano se desenrolaram, minha mãe dava um soco na toalha da mesa, "você realmente quer ser demitido!", meu pai afastava o prato ainda cheio e se levantava da mesa, "não vou pegar o cartão, me dê um motivo". Lá fora, o campo silencioso, e dentro da minha cabeça o som de um rádio em volume muito alto, a recepção péssima, só coaxava, ou ainda eram os sapos. Eu estava acordada e suspirava, as vozes trovejavam no meu crânio.

Fui até a janela, vi apenas a escuridão. Olhei-a até a luz da lua esculpir a sombra das árvores. E quem você esperava e por quê?

Eu me remexia na cama, empurrava os lençóis, acordada mas entorpecida, me levantava, voltava à janela, Ziegler não estava lá, por que eu não estava aliviada?

Deitada de costas, observava as vigas de madeira do teto, com o dedo traçava as formas geométricas no lençol, então me vi desenhando o rosto de Ziegler, as narinas como buracos na cartilagem do nariz em miniatura, a passagem estreita entre os olhos, e parei, me virei de um lado, levantei-me novamente.

Peguei um pouco de água da jarra, tomei um gole e permaneci em frente à mesa com o copo na mão. Uma sombra ofuscou a palidez da lua – uma pontada de angústia. Virei-me e o vislumbrei. Estava mais perto do que na noite anterior. O coração disparou. Apoiei o copo, cobri a jarra com um pano dobrado, caminhei até a janela. Não me escondi, com os dedos desajeitados aumentei a luz da lâmpada. E Ziegler me viu, em pé, de frente para ele, a camisola de algodão branco sob o roupão, o cabelo despenteado. Ele acenou com a cabeça. Depois ficou apenas me olhando. Como se fosse realmente uma atividade, sem propósito nenhum se não o de ser realizada.

19

— Conheço um médico — disse Elfriede com uma expressão indignada, como se lhe houvessem arrancado um nome em um interrogatório. Os guardas vagavam pelo pátio com as mãos para trás, às vezes tocavam a circunferência do nosso espaço como uma tangente, às vezes, porém, o atravessavam, e as palavras ficavam presas em nossas gargantas.

Olhei Augustine, sentada no banco ao meu lado, para pedir-lhe uma confirmação de que não havia mais nada a fazer. Leni estava um pouco mais para lá, eu podia ouvi-la conversando com Ulla e Beate. Ulla queria convencê-la a mudar seu penteado, ela tinha gostado de brincar de cabeleireira, pegou gosto; Beate contava que duas noites antes tinha feito o mapa astral do Führer – não tinha conseguido um novo tarô, então se dedicou ao horóscopo – e descobriu que as estrelas estavam contra ele. As coisas para ele dariam muito errado em breve, talvez já no verão. Leni não acreditava, balançava a cabeça.

Um guarda abriu bem a boca. Ele devia ter ouvido tudo: iria nos empurrar e nos forçar a falar. Eu me agarrei ao apoio de braço. O espirro soou como um rugido, desequilibrou o guarda da frente; então o homem se endireitou, tirou um lenço do bolso e assoou o nariz.

— Não há outra coisa que se possa fazer — disse Heike.

Elfriede a levou a um ginecologista e não deixou que ninguém as acompanhasse.

— Quanto pretexto, eu não entendi — resmungou Augustine. — É uma situação delicada, Heike pode precisar de ajuda.

— Vamos cuidar de Mathias e Ursula enquanto ela não está — eu disse, para acalmá-la.

Esperamos por Heike em sua casa com as crianças e com Leni. Eu tentei mantê-la de fora, mas ela queria entender, fazia perguntas. Eu tinha medo de chocá-la, no entanto, ela recebeu a notícia sem nem piscar: afinal, a dor dos outros não queima tanto quanto a própria.

Beate não estava. Heike não a envolveu porque era a sua amiga mais antiga e, diante dela, sentia vergonha. Talvez Beate houvesse se ressentido ou, pelo contrário, estivesse agradecida por não ter de lidar com esse problema.

Mathias passou o final da tarde brigando e fazendo as pazes com Pete, o filho de Augustine.

— Vamos fazer assim, você é a França, e Ursula, a Inglaterra — ele disse após enjoar da brincadeira —, aí você declara guerra contra mim.

— Onde é a Inglaterra? — perguntou a irmãzinha.

— Não — disse Pete —, eu quero ser a Alemanha.

Ele tinha mais ou menos a idade de Mathias, sete, oito anos; escápulas salientes e braços ossudos. Se eu tivesse tido um filho homem, iria querer que ele fosse assim, com as escápulas salientes, brilhando de suor como o meu irmão, que, quando pequeno, corria entre as coníferas vermelhas de Grunewald e mergulhava no Schlachtensee.

Queria que meu filho tivesse olhos azuis, apertados pelo sol.

— Por que a Alemanha? — perguntou Augustine.

— Quero ser forte — respondeu Pete — como o nosso Führer.

Ela estalou a língua:

— Você não entende nada de força. Seu pai era forte, e não está mais aqui.

O menino ficou vermelho, abaixou a cabeça: o que seu pai tinha a ver agora, por que ela tinha de deixá-lo triste de repente?

— Augustine — eu disse, mas não soube continuar. Os ombros largos, quadrados e aqueles tornozelos finos. Pela primeira vez pensei que iam quebrar.

Pete correu para outro cômodo. Eu o segui, enquanto Ursula vinha atrás de mim. Ele tinha se jogado na cama de barriga para baixo.

— Se você quiser, pode ser a Inglaterra — disse-lhe Ursula. — Eu não quero ser ela.

Pete não reagiu.

— E o que você quer ser? — perguntei a ela, acariciando uma bochecha.

Tinha quatro anos, a mesma idade de Pauline agora. De repente senti saudades de Pauline, sua respiração durante o sono. Eu nunca mais tinha pensado nela, como era possível esquecer-se das pessoas, das crianças?

— Quero a mamãe, onde ela está?

— Daqui a pouco ela volta — assegurei-lhe. — Vamos fazer alguma coisa legal todos juntos?

— O quê?

— Vamos cantar uma música.

Ela aprovou sem entusiasmo.

— Vai chamar o Mathias.

Ela obedeceu, e eu me sentei na cama.

— Você ficou ofendido, Pete?

Ele não respondeu.

— Bravo?

A cabeça se mexeu para a direita e para a esquerda, empurrando o travesseiro.

— Bravo, não. Então você está triste?

Virou-se para me espiar.

— Sabe, meu pai também morreu — disse-lhe —, eu te entendo.

Levantou-se e cruzou as pernas:

— E seu marido?

O último raio antes do pôr do sol iluminou seu rosto até deixá-lo amarelo.

— "Fuchs du hast die Gans gestohlen" — cantei em resposta, inclinando a cabeça de um lado para o outro, enquanto marcava o ritmo com o indicador. — "Gib sie wieder her". — De onde eu tinha tirado essa alegria?

Ursula entrou com Mathias e Augustine, sentaram-se na cama conosco e eu cantei a canção por inteiro, meu pai me havia ensinado. Depois a menina me pediu para começar do começo e me fez repetir mais uma vez, até aprendê-la também.

Estava escuro quando se ouviram passos na estrada. Os pequenos, ainda acordados, correram para a porta. Elfriede apoiava Heike, embora ela andasse sem esforço. Ursula e Mathias se atiraram nela, agarrando-se às suas pernas.

— Devagar — eu disse —, devagar.

— Você está cansada, mamãe? — sussurrou Ursula.

— Por que não estão na cama? — disse Heike. — Está tarde.

— Deixem-na descansar — Elfriede deu essa única instrução e se retirou.

— Não quer nem uma xícara de chá?

— Tem o toque de recolher, Rosa, já estamos no tempo máximo.

— Dorme aqui também.

— Não, eu vou.

Elfriede parecia irritada. Como se houvesse ajudado Heike a contragosto. Ela não havia pensado em suas coisas da mesma forma como me aconselhava.

Heike não disse onde o médico morava nem qual era o nome dele. Contou apenas que ele havia lhe dado um gole de uma mistura cujos ingredientes não havia especificado e a colocado na porta, avisando-a de que as contrações começariam em breve. No caminho de volta, elas tiveram de parar na floresta: suando e gemendo, Heike expeliu um coágulo de carne, que Elfriede enterrou ao pé de uma bétula enquanto ela tentava acalmar a respiração.

— Eu nunca vou lembrar-me de qual — disse. — Eu nunca poderei encontrá-lo.

Foi um erro. Não há nada de divino em dar a vida, nem em tirá-la, é uma coisa humana. Gregor não queria gerar nenhum destino, preocupado com um problema de sentido, como se dar a vida precisasse ter um sentido, mas nem mesmo Deus se colocou um problema desse.

Foi um erro, um batimento logo embaixo do umbigo – e Heike o havia sufocado. Eu estava com muita raiva dela, e com pena também. Um vazio cavou-se na minha barriga, o somatório da falta de todos. Até do filho que eu e Gregor não tivemos.

Quando estava em Berlim, sempre que encontrava uma mulher grávida, eu pensava em confiança. As costas para trás, as pernas ligeiramente afastadas, as palmas das mãos abandonadas na barriga me faziam pensar na confiança entre marido e mulher. Não é a confiança do amor, dos amantes. Pensava nas aréolas que aumentavam e escureciam, nos tornozelos que inchavam. Perguntava-me se Gregor ficaria assustado com a metamorfose do meu corpo, se não gostaria mais dele, se o rejeitaria.

Um intruso toma espaço no corpo da sua mulher e o deforma, muda-o para seu uso e consumo, depois sai do mesmo buraco que você penetrou, atravessa-o com uma impetuosidade que nunca será concedida a você: ele foi aonde você nunca irá, é ele quem vai possuí-la para sempre.

Mas aquele intruso é seu. Dentro da sua mulher, entre o estômago, o fígado e os rins, cresceu uma coisa que te pertence. Uma parte tão interna e íntima dela.

Perguntava-me se meu marido iria tolerar as náuseas, a urgência em fazer xixi, o corpo reduzido às suas funções primordiais; se era a natureza, aquilo que ele não aceitava.

Ele e eu não tivemos essa confiança, havíamos nos separado muito cedo. Talvez eu nunca colocasse meu corpo a serviço de um outro, da vida de outro. Gregor me havia tirado essa possibilidade, havia me traído. Como um cachorro manso que inesperadamente se revolta contra você. Há quanto tempo não sentia seus dedos na minha língua.

Heike havia abortado, e eu continuava desejando um filho de um homem desaparecido na Rússia.

Ele não chegava antes da meia-noite, provavelmente para ter certeza de que ninguém estivesse acordado, exceto eu. Sabia que eu o esperaria. O que me compelia a aproximar-me da janela, o que o compelia a vir, a adivinhar com dificuldade minha sombra na escuridão? A que Ziegler não conseguia renunciar?

O vidro era um abrigo: tornava menos real aquele tenente que não dizia nada, não fazia nada, a não ser ficar ali, persistir, impor a sua presença que eu não podia tocar. Eu o olhava porque não havia mais nada para fazer, já que ele tinha vindo, tinha acontecido. Mesmo se eu apagasse a luz, eu saberia que ele estava lá. Não conseguiria dormir. Eu olhava para ele incapaz de pensar nas consequências – o futuro finalmente rompido. A doçura da inércia.

Como ele sabia que na noite da recepção eu estaria acordada? Pensava que eu ainda não tinha ido dormir, ou ele também tinha se movimentado com a segurança de um sonâmbulo?

Em Krausendorf a sua indiferença comigo era total. Se eu ouvia sua voz por acaso, o terror me paralisava. As meninas notaram, mas acharam que era o mesmo que elas sentiam. Terror dele, que oprimia guardas e provadoras e, certa manhã, havia se enfurecido até com Krümel; o cozinheiro saiu batendo a porta e gritando que cada um deveria ficar em seu lugar, que era ele quem sabia o que fazer na cozinha. Terror da guerra, porque as coisas pioravam cada vez mais, e até os suprimentos chegavam com mais dificuldade. Se até no campo, e em Wolfsschanze, havia uma escassez de comida, estávamos condenados. Eu queria perguntar a Krümel quanto ele sabia, por que não comíamos mais kiwi, peras Williams, bananas, por que ele sempre cozinhava os mesmos pratos, e com menos inspiração do que antes, mas, depois do episódio do leite, não dirigiu mais a palavra a mim.

Quando, ao amanhecer, Ziegler ia embora – no início sem gesto algum, depois levantando apenas uma das mãos ou encolhendo os ombros –, sentia-me perdida. Sua ausência se instalava no quarto de Gregor, aumentando até comprimir os móveis contra as paredes, até me deixar contra a parede. No café da manhã, voltava para a minha vida real, aliás, para a minha vida real substituta, e só então, enquanto Joseph tomava chá fazendo barulho de sucção e sua esposa o repreendia com um tapinha no braço – a xícara se inclinava manchando a toalha de mesa –, só então pensava em Gregor: eu queria pregar a cortina nas molduras da janela, queria me amarrar na cama e, mais cedo ou mais tarde, Ziegler iria desistir. Mas à noite Gregor desaparecia porque o próprio mundo desaparecia, a vida começava e terminava na trajetória do meu olhar sobre Ziegler.

Nas semanas depois do aborto, me aproximei de Elfriede com cautela.

Muitas vezes, compartilhar um segredo não une, mas separa. A culpa é uma missão em que se deve ficar de cabeça para baixo para que evapore rapidamente. A culpa coletiva não tem forma, a vergonha é um sentimento individual.

Não contei para as minhas amigas sobre as visitas de Ziegler à minha janela para não dividir o peso da vergonha, queria sustentá-lo sozinha. Ou eu queria evitar o julgamento de Elfriede, a incompreensão de Leni, a tagarelice das outras. Ou, simplesmente, porque aquilo que eu tinha com Ziegler tinha de ficar intacto.

Não havia contado nem para Heike, apesar de, na noite do aborto, enquanto Augustine colocava os pequenos para dormir no quarto e

Leni tirava um cochilo em uma poltrona velha, ela ter me contado: "Era um menino".

— Você sentiu que seria um menino?

— Não, não aquele que estava dentro de mim até pouco tempo.

Ela engoliu, eu não entendia.

— O pai — disse. — É uma criança, um garoto. O menino que nos ajuda. Quando meu marido partiu, ele ficou tomando conta dos campos. Ele é muito bom, sabia? É muito responsável, ainda que não tenha nem dezessete anos. Não sei como eu pude...

— E o que ele disse sobre a gravidez?

— Nada. Ele não sabia de nada. E agora não tem mais nada para saber: a gravidez acabou.

Deixei que ela confessasse, sem que eu confessasse também.

Dezessete anos. Onze a menos que ela.

Os pássaros cantavam no céu de maio, e a facilidade com que o filho de Heike escorregou entre suas pernas, a facilidade com que se deixou ser eliminado, esmagava meu peito.

Era uma primavera semifechada e comprometida, uma desolação sem explosões ou catarse.

Elfriede fumava encostada no muro, observando seus sapatos. Atravessei o pátio para chegar até lá.

— O que foi? — ela disse.

— Como você está?

— Você?

— Vem ao lago de Moy, amanhã à tarde?

As cinzas do cigarro cresceram até se inclinarem, depois se quebraram, esfarelando-se.

— Tudo bem.

Trouxemos Leni também, com seu traje preto e sua pele clara. Elfriede não tinha um corpo farto, era elástico, áspero como linho. Quando Leni mergulhou, ficamos maravilhadas: na água gelada – ainda não era época de banho, mas estávamos com pressa de lavar tudo, ou eu a tinha – os seus gestos não transmitiam nenhuma falta de jeito; molhada, sua pele deixava de ser terrestre. Eu nunca a tinha visto tão segura de si mesma.

— Vocês vêm ou não?

Nas bochechas translúcidas, os capilares dilatados eram asas de borboleta, um impulso e teriam levantado voo.

— Onde essa Leni estava? — brinquei com Elfriede.

— Escondida. — O seu olhar fixava um ponto que não era nem Leni nem o lago, um ponto que eu não conseguia ver.

Pareceu uma acusação: contra mim.

— Quase nunca as coisas são aquilo que parecem ser — ela disse. — Isso vale também para as pessoas.

E mergulhou.

20

Certa noite eu me despi.

Abri o armário e escolhi um dos vestidos de festa que Herta havia criticado, um diferente do que eu havia usado na recepção. Penteei os cabelos e me maquiei, mesmo que no escuro Ziegler pudesse não perceber. Não importava: enquanto escovava o cabelo ou passava pó nas bochechas, redescobri a ansiedade que precede um encontro. Aqueles preparativos eram destinados a ele, que permanecia na minha janela como se estivesse diante de um altar, como se estivesse com muito medo de profaná-lo. Ou aparecer diante de mim era sua maneira de encarar a Esfinge. Eu não tinha enigmas, muito menos respostas. Mas, se os tivesse, eu os teria revelado a ele.

Sentei-me à janela com a lâmpada acesa, e, quando ele chegou, me levantei. Pareceu-me que o vi sorrir, ele nunca tinha sorrido.

Normalmente, se eu ouvia algum barulho em casa, apagava a luz e ele se escondia. Assim que acendia novamente, ele retornava. O brilho era suave, cobria a lâmpada com um pano, havia a ordem para não deixar nenhuma luz, então qualquer um poderia nos notar. Eu me deitava na cama com medo de que Herta entrasse – por que ela faria isso? – e uma vez adormeci: a tensão me exauriu. Quem sabe quanto ele havia esperado antes de ir embora. Sua tenacidade era uma forma de fraqueza, seu poder sobre mim.

Exatamente um mês após a festa, diminuí a luz, embora não tivesse ouvido nenhum barulho. Na ponta dos pés, descalça para suavizar os passos, abri a porta, me certifiquei de que Herta e Joseph dormissem, fui à cozinha e saí pelos fundos, andei pelo perímetro da casa em direção à minha janela e o encontrei agachado esperando por um sinal. Parecia muito pequeno.

Recuei e meu joelho direito estalou. Ziegler deu um pulo. Em pé na minha frente, em seu uniforme, sem a janela nos dividindo, me assustava como no quartel. O feitiço entrou em colapso, a realidade se revelou em toda a sua franqueza. Eu estava impotente diante do carrasco, e fui eu que fui até ele.

Ziegler se moveu, agarrou meus braços. Afundou o nariz no meu cabelo e inspirou. Eu também, naquele momento, senti seu cheiro.

Entrei no celeiro, ele me seguiu. A escuridão estava sem fissuras. Não via Ziegler, mas podia ouvi-lo respirar. O aroma esponjoso e familiar de madeira me acalmou. Eu me sentei, ele também.

Descoordenados, cegos, guiados pelo cheiro, tropeçamos um no corpo do outro como se estivéssemos medindo o nosso pela primeira vez.

Depois, não dissemos que ninguém poderia saber, mas nos comportamos como se houvéssemos concordado. Nós dois éramos casados, embora eu estivesse agora sozinha. Ele era tenente da SS: o que aconteceria se viesse à tona que ele tinha uma relação com uma provadora? Talvez nada. Talvez fosse proibido.

Ele não me perguntou por que eu o levei ao celeiro, e eu não lhe perguntei por que eu. Os olhos já estavam acostumados com a escuridão quando me pediu para cantar para ele. Foram as primeiras palavras dele para mim. Com a boca colada ao seu ouvido, sussurrando, cantei. A canção que havia cantado para a filha de Heike na noite do aborto. Meu pai que havia me ensinado.

Nua no celeiro, pensei no ferroviário, no homem que não tinha se dobrado. Teimoso, minha mãe o chamava, inconsciente. Se soubesse que agora trabalho para Hitler. "Eu não podia recusar", diria a ele caso voltasse do reino dos mortos para pedir conta das minhas ações. Transgredindo suas regras, teria me dado um tapa. "Nunca fomos nazistas", ele diria. Eu ficaria com a mão na bochecha, assustada, teria choramingado que não é questão de ser nazista, não tem nada a ver com política, nunca fui ligada a isso, e que em 1933 eu só tinha dezesseis anos, nunca votei. "Você é responsável pelo regime que você tolera", teria gritado meu pai. "A existência de qualquer um é consentida pela ordem do Estado em que vive, até mesmo a de um eremita, você entende ou não? Você não está imune a nenhuma culpa política, Rosa." Deixe-a em paz, teria implorado minha mãe. Ela também voltaria, com seu casaco sobre a camisola, não teria nem o bom gosto de se trocar. Deixe que ela colha o que planta, teria cortado o assunto.

Você está brava comigo porque fui para a cama com outro, não é?, eu a teria provocado. Você, mamãe, nunca teria feito isso. Você não está imune a nenhuma culpa, Rosa, teria repetido meu pai.

Vivemos doze anos sob uma ditadura, e quase nem percebemos. O que faz com que seres humanos vivam sob uma ditadura?

Não tinha alternativa, esse era o nosso álibi. Eu era responsável só pela comida que eu comia, um gesto inofensivo, comer: como pode ser uma culpa? As outras se envergonhavam de se vender por duzentos marcos por mês, um ótimo salário e comida sem comparação? De acreditar, como eu acreditava, que imoral era sacrificar a própria vida, se o sacrifício não servisse para nada? Eu tinha vergonha na frente do meu pai, ainda que meu pai estivesse morto, porque a vergonha precisa de um sensor para se manifestar. Não tinha alternativa, dizíamos. Mas com relação a Ziegler sim, teria. Em vez disso, eu tinha caminhado em sua direção porque eu era uma pessoa que podia chegar até ali, até aquela vergonha feita de tendões, ossos e saliva – peguei-a em meus braços, era alta, media pelo menos um metro e oitenta, pesava no máximo setenta e oito quilos, nenhum álibi nem justificativa, o alívio de uma certeza.

— Por que você parou de cantar?

— Eu não sei.

— O que você tem?

— Essa música me deixa triste.

— Pode cantar outra. Ou não, se você não quiser. Podemos ficar em silêncio e ficar nos olhando no escuro: sabemos fazer isso.

De volta ao meu quarto, no silêncio do sono de Herta e Joseph, coloquei a cabeça entre as mãos, incapaz de aceitar o que havia acontecido. Uma euforia subterrânea me dava choques intermitentes. Nada me fez sentir mais sozinha, mas naquela solidão me descobri resistente. Sentada na cama onde Gregor dormia quando criança, fiz a lista de culpas e segredos novamente, como fazia em Berlim antes de conhecê-lo, e era eu, era inegável.

21

O espelho me trouxe um reflexo exausto na luz da manhã. Não era por causa das poucas horas de sono, os meus olhos fundos antes do tempo tinham sido um prelúdio daquela angústia nova, contida, que apareceu ao despertar como uma profecia finalmente cumprida. Na foto pendurada na moldura do espelho, o menino que não sorria estava bravo comigo.

Herta e Joseph não notaram nada. Como é estúpida a confiança dos seres humanos. Gregor a tinha herdado de seus pais tão ingênuos – a nora saía de madrugada e eles continuavam dormindo –, depois depositou-a sobre mim: uma responsabilidade muito pesada de carregar, estando eu sozinha.

A buzina do micro-ônibus sancionou a minha liberação. Não via a hora de ir embora dali. Tinha medo de encontrar Ziegler, uma agulha embaixo da unha. Mas eu tinha vontade.

No refeitório, teve até sobremesa. O bolo, coberto por uma colher de iogurte, parecia muito macio, mas meu estômago estava fechado, com muito esforço tinha comido a sopa de tomate.

— Não gostou, berlinense?

Voltei à realidade.

— Eu ainda não provei.

Elfriede pegou com o garfo o que restava da sua fatia de bolo.

— Está muito gostoso, come.

— Como se ela pudesse escolher — disse Augustine.

— Nossa, que azar não poder escolher se quer comer a torta ou não — respondeu Elfriede — enquanto todos morrem de fome.

— Me deixa experimentar — sussurrou Ulla.

Para ela, naquele dia não houve sobremesa. Mas houve ovos e purê de batata; ovos estavam entre as comidas favoritas do Führer, ele gostava deles polvilhados com cominho: o odor adocicado chegou às minhas narinas.

— Olha que aquelas ali são espiãs — Augustine tentou dissuadi-la.

Ulla se virou para as Possuídas duas, três vezes. Debruçadas sobre o prato, comiam ricota e flocos de leite, uma delas mergulhava o queijo no mel.

— Agora! — disse Ulla. Passei-lhe um pedacinho de bolo, que ela escondeu no punho; colocou na boca só quando estava segura de que nenhum guarda estava olhando. Eu também comi.

No pátio, o sol forte do meio-dia atingiu os contornos das casas vizinhas ao quartel, silenciou os pássaros, cansou os cães vadios. Alguém disse "vamos entrar, está muito quente", "um calor incomum para junho", disse um outro. Vi minhas colegas se encaminhando preguiçosas no ar opaco, me movi na minha vez, a cada passo meu pé pisava como se fosse um degrau, cambaleei. Estreitei meus olhos para focar. "Está quente, um calor que não é normal, ainda é junho, tenho uma queda na pressão." Segurei-me no balanço, as correntes queimaram, a náusea sugou meu estômago, como uma ventosa, senti-a subir rapidamente até a testa, o pátio estava deserto, as minhas colegas tinham entrado, parada na porta uma figura contra a luz. O pátio inclinou-se, um pássaro perdeu altitude, suas asas bateram com força. Na porta estava Ziegler, então não vi mais nada.

Quando acordei, estava deitada no chão do refeitório. O rosto de um guarda eclipsou o teto, um regurgito parou na minha garganta, tive tempo de me levantar nos cotovelos e girar o pescoço. Enquanto o suor virava gelo, chegou até meus ouvidos o esforço de outras náuseas, e uma nova rajada ácida queimou minha traqueia.

Ouvi as outras chorando, não reconhecia os choros. Podemos distinguir as risadas, a risada gorda de Augustine, os saltinhos curtos de hilaridade de Leni, a explosão nasal de Elfriede, o riso caído de Ulla. Mas o choro, não, no choro somos todos iguais, o som é o mesmo para todos.

Virei a cabeça. Consegui ver um outro corpo estendido e algumas mulheres em pé, encostadas na parede, reconheci seus sapatos. A meia pata de Ulla, os pregos nos tamancos de Heike, as pontas gastas de Leni.

— Rosa — Leni se desencostou da parede para vir até mim.

Um guarda levantou o braço:

— Volte pro seu lugar!

— O que vamos fazer? — disse o Varapau, andando confuso pela sala.

— O tenente deu ordens de mantermos todas aqui — respondeu o guarda —, ninguém deve sair. Nem mesmo aquelas que ainda não manifestaram os sintomas.

— Outra acabou de desmaiar — advertiu o Varapau.

Virei-me para verificar o corpo que tinha visto estendido. Era Theodora.

— Arrume alguém para limpar o chão.

— Essas vão morrer — disse o Varapau.

— Meu Deus, não — se agitou Leni. — Chamem um médico, eu imploro.

— Dá para você ficar quieta? — disse um guarda ao Varapau.

Ulla passou um braço em volta do ombro de Leni:

— Fique calma.

— Estamos morrendo, você não ouviu? — Leni gritava.

Procurei Elfriede: estava sentada no chão do outro lado da sala, os sapatos afundados em uma poça amarelada.

O resto das meninas, por outro lado, não estava longe; suas vozes ofegantes e seus soluços ampliaram meu sentimento de mal-estar. Eu não sabia quem tinha me trazido do quintal e me abandonado naquele local no chão – Ziegler, talvez? Ele estava mesmo à porta ou eu apenas o imaginei? –, mas era na área do refeitório onde estávamos. Por instinto, minhas colegas se amontoaram, é terrível ficar sozinho enquanto se morre. Elfriede, porém, se retirara para um canto, a cabeça entre os joelhos. Eu a chamei. Não sabia se me ouvia, naquela confusão de tirem-nos daqui, chamem um médico, quero morrer na minha cama, não quero morrer.

Chamei-a mais uma vez, não respondeu.

— Verifique se ela está viva, por favor — eu disse, não sabia a quem. Talvez aos guardas, que não me deram ouvidos. — Augustine — murmurei —, te peço, vá vê-la, traz ela perto de mim.

Por que Elfriede estava assim? Queria morrer escondida, como os cachorros.

A porta francesa que dava para o pátio estava fechada, do lado de fora um guarda a vigiava. Ouvi a voz de Ziegler, vinha do corredor, ou da cozinha. Eu não entendi o que estava falando, entre a ladainha de soluços no refeitório e a agitação das solas de sapato que, no restante do quartel, deslizavam para a frente e para trás. Mas era a sua voz, e não me consolava. O medo da morte era uma colônia de insetos que me picava por debaixo da pele. Caí novamente.

Os ajudantes de Krümel vieram passar o pano, a umidade exacerbou o fedor, limparam o chão, não nossos rostos, nossas roupas; eles deixaram um balde, jogaram folhas de jornal no chão e foram embora. Os guardas trancaram a porta.

Augustine se jogou na maçaneta e tentou abrir, em vão.

— Por que estão nos trancando aqui? O que vocês querem fazer com a gente?

Os rostos já desbotados, os lábios lívidos, as minhas colegas se aproximaram cautelosamente da porta:

— Por que eles estão nos prendendo aqui? — Também tentei me levantar, me juntar a elas, mas não tinha forças.

Augustine deu um chute, as outras bateram as palmas das mãos ou os punhos na porta. Heike bateu a cabeça devagar, repetidamente, um gesto de desespero que eu não esperava dela. Do lado de fora eles latiram ameaças, as meninas desistiram, exceto Augustine.

Leni se ajoelhou ao meu lado. Eu não conseguia falar, mas era ela quem buscava conforto:

— Finalmente aconteceu, nos envenenaram.

— Envenenaram *elas* — Sabine a corrigiu. Estava agachada sobre o corpo de Theodora. — Você não tem nenhum sintoma, nem eu.

— Não é verdade — reclamou Leni —, estou com náuseas.

— Por que vocês acham que eles nos fazem provar comidas diferentes, hein? Por que acha que eles nos dividem em grupos, idiota? — disse Sabine.

Augustine desencostou por um momento da porta, virando-se em sua direção.

— Sim, mas a sua amiga — e com o queixo indicou Theodora — comeu salada de erva-doce e queijo, enquanto Rosa tomou sopa de tomate e sobremesa, e, no entanto, as duas desmaiaram.

Uma ânsia me dobrou em duas, Leni segurou minha testa. Observei o meu vestido manchado, depois levantei a cabeça.

Heike estava sentada à mesa, o rosto entre as mãos.

— Quero voltar para meus filhos — entoou —, quero vê-los.

— Então me ajudem! Vamos arrombar a porta! — disse Augustine. — Me ajudem!

— Eles vão nos matar — Beate suspirava. Ela também queria voltar para seus gêmeos.

Heike se levantou novamente, foi até Augustine, mas, em vez de bater na madeira, começou a gritar:

— Eu estou bem, não estou envenenada, estão me ouvindo? Quero sair.

Congelei. Estava exprimindo em voz alta um pensamento que tinha acabado de tomar forma na mente de todas. Não comíamos todas a mesma comida, não tínhamos um destino idêntico. Qualquer que fosse o prato envenenado, algumas de nós morreríamos, outras não.

— Talvez nos mandem um médico — disse Leni, nada convencida de estar fora de perigo —, podemos nos salvar.

Perguntei-me se um médico realmente poderia.

— Eles não estão preocupados em nos salvar.

Elfriede se levantou. Seu rosto de pedra parecia desmoronar enquanto acrescentava:

— Não estão preocupados mesmo, só estão preocupados em saber o que foi que nos envenenou. Basta fazer a autópsia em uma só, amanhã, e eles descobrirão.

— Se basta uma só — disse Leni —, por que temos de ficar todas aqui?

Ela nem sabia que tinha falado algo abominável. Vamos sacrificar uma, propunha, desde que as outras se salvem.

Como ela teria escolhido? A mais fraca, aquela com os piores sintomas? Uma que não tivesse filhos dependentes? Uma que não fosse do vilarejo? Ou apenas uma que não fosse sua amiga? Ele teria feito a contagem, "Backe, backe Kuchen, der Bäcker hat gerufen", para deixar o destino escolher?

Eu não tinha filhos e vinha de Berlim, e fui para a cama com Ziegler – mas isso Leni não sabia. Não achava que era eu quem tinha de morrer.

Eu queria rezar, mas não tinha mais direito, não rezava havia meses, desde que meu marido fora tirado de mim. Talvez um dia, sentado em frente à lareira em sua casa de campo, Gregor fosse arregalar os olhos:

"Nossa", ele diria à matrioska, "agora eu me lembro. Longe daqui há uma mulher que eu amo, tenho que voltar para ela".

Eu não queria morrer se ele estivesse vivo.

Os SS não responderam aos apelos de Heike e ela se afastou.

— Que intenção têm, o que querem fazer com a gente? — perguntou-lhe Beate, como se Heike pudesse saber; a amiga não respondeu: tinha tentado salvar sua pele, a sua pele e basta, e, já que não tinha conseguido, tinha ficado em silêncio.

Leni se agachou embaixo da mesa, repetiu que estava com náusea, enfiou dois dedos na garganta, emitiu sons sufocados, mas não vomitou. Theodora continuou a se balançar em posição fetal no chão e Sabine a assistia, enquanto sua irmã Gertrude respirava angustiada. Ulla estava com dor de cabeça e Augustine estava com vontade de ir ao banheiro. Tentou convencer Elfriede a se deitar ao meu lado:

— Eu te ajudo. — Ela se opôs rudemente. Isolada no canto, fui perturbada por mais ânsias. Ela limpou o queixo com as costas da mão e se deitou de lado. Eu estava muito cansada, meu coração batia lentamente.

Não sei quantas horas se passaram, sei que em um determinado momento a porta se abriu.

Ziegler apareceu. Atrás dele, um homem e uma garota de jaleco branco. Olhares sérios e maletas escuras. O que continham? "Chamem um médico", Leni havia dito. Aqui estava ele. Nem mesmo ela podia acreditar que ele tinha vindo para nos salvar. As maletas na mesa, o clique dos ganchos. Elfriede estava certa, eles não estavam preocupados em nos administrar alguma terapia, não estavam preocupados em nos hidratar, medir nossa temperatura, eles tinham simplesmente nos isolado ali, esperando para ver a evolução. Eles queriam entender a causa do mal-estar que estava matando algumas de nós. Talvez já houvessem descoberto, e nós, as contaminadas, não servíssemos mais.

Permanecemos imóveis, animais diante de predadores. Eles não precisam de provadoras que não provam, havia dito Ziegler. Se estávamos destinadas a morrer, era melhor acelerar. Em seguida, eles limpariam a sala, desinfetariam, abririam as janelas para trocar o ar. É um ato de misericórdia interromper a agonia. É feito com animais, por que não com as pessoas?

O médico parou diante de mim. Estremeci:

— O que o senhor quer? — Ziegler se virou. — Não me toque — gritei ao doutor. Debruçado sobre mim, Ziegler agarrou meu braço. Ficou a poucos centímetros do meu rosto, como na noite anterior, podia me sentir fedendo, nunca mais me beijaria.

— Fique quieta e faça o que te pedem. — Depois, levantando-se: — Fiquem quietas todas vocês!

Debaixo da mesa, Leni se recolheu em si mesma, como se dobrando o próprio corpo e se encolhendo pudesse se tornar menos que um lenço, para esconder-se em um bolso. O médico sentiu meu pulso, arregalou as pálpebras, escutou minha respiração apoiando o estetoscópio nas costas e se afastou para visitar Theodora. A enfermeira limpou minha testa com um pano molhado e me deu um copo de água.

— Eu dizia: preciso de uma lista de quem comeu o quê — explicou o médico; a garota e Ziegler o seguiram, a porta foi trancada novamente.

O enxame de insetos sob a pele tornou-se uma rebelião. Elfriede e eu havíamos comido a sopa e aquele bolo doce. O mesmo destino nos aguardava. Eu tinha sido punida pelo que fiz com Ziegler, mas Elfriede que culpa tinha?

"Deus não existe, ou é um perverso", dissera Gregor.

Outra série de ânsias me abalou; expulsei a comida de Hitler que Hitler nunca comeria. Eram meus aqueles gemidos – guturais, indecentes, eles não pareciam humanos. O que tinha me restado de humano?

De repente, me lembrei, e foi como uma explosão. A superstição russa da qual Gregor havia falado em sua última carta: também era válida para soldados alemães? Enquanto sua mulher for fiel a você, dizia, você não será morto. Só posso confiar em você, havia escrito. Mas eu não era uma em que se podia confiar. Ele não tinha entendido, confiou e estava morto.

Gregor estava morto, por culpa minha. O batimento ficou ainda mais devagar. Apneia, ouvidos tapados, silêncio. Então o coração parou.

22

Fui acordada por uma descarga de socos.

— Precisamos ir ao banheiro! Abram! — Augustine dava socos na porta, ninguém a havia ajudado a arrombar. A saída para o pátio estava fechada, o sol já tinha se posto, quem sabe se Joseph tinha vindo me procurar, se Herta estava esperando na janela.

Augustine pegou o balde ao meu lado.

— Aonde você vai levá-lo?

— Está acordada? — ficou surpresa. — Como você se sente, Rosa?

— Que horas são?

— Já passou da hora do jantar, mas não nos trouxeram nada para provar. Não tem nem nada para beber. Eles desapareceram. Leni está me atormentando: de tanto chorar, também ficou desidratada, ela que não vomitou nada. Está saudável, e eu também — acrescentou, quase com um tom de desculpa.

— Onde está Elfriede?

— Está dormindo ali.

Eu a vi. Ainda estava deitada de lado, a palidez na pele morena fazia com que parecesse de pedra.

— Rosa — disse Leni –, está melhor?

Augustine agachou-se sobre o balde, exausta. Depois dela, outras mulheres se renderam a usá-lo. Não teria espaço suficiente para todo mundo, alguém ia fazer nas calças ou no chão, já imundo e fedorento. Por que eles não abriam? Haveriam nos abandonado no quartel, evacuando-o? Meu rosto latejava. Sonhei que arrombava a porta, fugia, nunca mais voltava. Certamente, porém, os guardas estavam lá fora: eles haviam recebido ordens precisas, não iriam abrir, não sabiam lidar com o problema das mulheres agonizantes, haviam deixado isso de lado até receberem novas ordens.

Levantei-me oscilando nos tornozelos, Augustine me ajudou, usei o balde também, ela e Beate tiveram que me segurar pelas axilas. Não foi humilhante, foi apenas o meu organismo que se rendeu. Lembrei-me do abrigo de Budengasse e de minha mãe.

A urina estava quente, a pele estava tão sensível que, ao tocá-la, doía. Minha mãe teria dito: "Se cobre, Rosa, não toma friagem". Mas era verão, uma estação errada para morrer.

Urinar era doce como um último desejo realizado. Pensei em meu pai: ele tinha sido um homem íntegro, poderia interceder por mim. Então rezei, embora não tivesse o direito; rezei para morrer primeiro, não queria ver a morte de Elfriede, não queria mais perder ninguém. Mas meu pai não me perdoou e Deus já estava distraído.

A primeira coisa que senti foi um frio por todo o corpo, depois a leveza de um colapso.

Abri os olhos em direção ao teto, estava amanhecendo.

Haviam aberto a porta, e o meu corpo acordou. Talvez os SS imaginassem que encontrariam dois cadáveres ou mais para levar. Mas, ao contrário, encontraram dez mulheres que a chave na fechadura havia acabado de arrancar de um sono descontínuo. Dez mulheres cujos cílios estavam endurecidos e a garganta, seca, mas que estavam vivas, todas.

O Varapau nos olhava em silêncio ao lado do batente, tão assustado como se estivesse na frente de fantasmas, enquanto outro guarda tapava o nariz e recuava, as botas ecoando no piso do corredor. Nem mesmo nós tínhamos certeza de que não éramos fantasmas, verificamos com cautela a mobilidade de nossos membros; sem falar, verificávamos nossa respiração. Fluía de volta entre os lábios, atravessando as narinas: eu estava viva.

Somente quando Ziegler chegou e nos ordenou que nos levantássemos, Leni saiu de debaixo da mesa, Heike afastou a cadeira, atordoada, Elfriede rolou lentamente de costas e procurou forças para levantá-las, Ulla deixou escapar um bocejo e eu me levantei.

— Em fila — disse Ziegler.

Amansadas pelos efeitos posteriores do mal-estar, ou simplesmente domesticadas pelo medo, organizamos uma fila de corpos prostrados.

Onde esteve todo esse tempo o Obersturmführer, meu amante? Ele não me levou ao banheiro, não umedeceu minhas têmporas, não lavou meu rosto: não era meu marido, não tinha nenhum dever com a minha felicidade. Enquanto eu estava morrendo, ele estava empenhado em proteger a vida de Adolf Hitler, apenas a sua, em encontrar os culpados, interrogando Krümel, os ajudantes de cozinha, os meninos, os guardas, todo o corpo da SS alojado no quartel-general e os fornecedores da área, e aqueles mais distantes, até os maquinistas do trem deve ter interrogado, teria ido até o fim do mundo para encontrar o culpado.

— Podemos ir para casa?

Queria que ouvisse a minha voz, que se lembrasse de mim.

Ele olhou para mim com aqueles olhos pequenos, duas avelãs velhas, e passou a mão sobre eles para massagear, ou simplesmente não queria me ver.

— O chef está chegando — ele respondeu. — Você devem retomar o trabalho.

Meu estômago estava fechado, vi mãos pressionadas na boca, dedos sobre a barriga, expressões repulsivas. Mas nenhuma de nós disse nada.

Ziegler saiu e os guardas nos acompanharam ao banheiro, duas de cada vez, para que pudéssemos nos refrescar. O refeitório estava limpo, a janela francesa que dava para o pátio permaneceu aberta por um tempo e o café da manhã estava pronto com antecedência, comparado ao habitual. O Führer devia estar com fome, não podia esperar nem mais um minuto. Ele passara a noite roendo as unhas, apenas para colocar algo sob os dentes, ou talvez esse inconveniente houvesse tirado seu apetite, a barriga reclamava, mas era gastrite, meteorismo, uma reação nervosa; havia jejuado por horas ou tinha uma reserva de maná, que tinha caído do céu uma noite exclusivamente para ele, e o guardara no *bunker* para eventuais emergências. Ou ele havia resistido à fome e nada mais, porque sabia resistir a tudo; tinha acariciado o pelo macio de Blondi, havia-a feito jejuar também.

Sentamo-nos à mesa com nossas roupas sujas, um fedor insuportável. Prendemos a respiração e esperamos que eles nos servissem. Então, com a usual submissão, começamos a provar novamente, como no dia anterior. O sol irradiava em nossos pratos e rostos magros.

Eu mastigava mecanicamente, me obrigando a engolir.

Não nos explicaram nada, mas finalmente nos levaram para casa.

Herta saiu para me abraçar, depois, sentada na minha cama, me disse:

— Os SS foram de fazenda em fazenda, uma depois da outra, pressionaram os fornecedores. O pastor pensou que eles o iriam matar no celeiro, de tanta raiva que estavam. Na vila, houve outros casos de intoxicação recentemente, e não está claro de quê. Nós não, estávamos bem, ou melhor, estávamos mal, mas por você.

— Por sorte não morreu ninguém — comentou Joseph.

— Ele foi te procurar — disse Herta.

— Joseph estava lá fora?

— A mãe de Leni também estava — respondeu meu sogro, quase diminuindo a sua preocupação —, o menino que trabalha para Heike, as irmãs e cunhadas, e outros velhos como eu. Ficamos plantados em frente ao quartel, pedindo notícias, mas ninguém queria nos falar nada, nos ameaçaram de toda forma, até que nos obrigaram a ir embora.

Herta e Joseph não haviam dormido, não sei quantos aquela noite dormiram. Nem as crianças haviam pegado no sono, só muito tarde, exaustas pelos soluços, sob o olhar atento de avós e tias. Os filhos de Heike que perguntavam da mãe, "estou com saudade, onde ela está?"; a pequena Ursula que, para se acalmar, cantava a minha canção, mas não se lembrava mais dos versos. O ganso já fora roubado e a raposa, morta, o caçador a tinha punido. Por que meu pai me contava histórias tão tristes?

Até Zart, disse Joseph, em pé ao lado de Herta, estava parado na porta da casa como se estivesse esperando minha volta, ou como se houvesse um inimigo à espreita. E havia: há onze anos.

23

Ele não iria voltar; não ousaria aparecer na minha janela depois do que havia feito. Ou ele viria para medir o seu poder. Mas fui eu quem o guiou para o celeiro. Eu esperava mesmo um tratamento especial? A privilegiada. A puta do tenente.

Fechei os vidros, apesar da noite quente, tinha medo de que Ziegler se infiltrasse no meu quarto, tinha medo de encontrá-lo ao meu lado na cama ou em cima de mim. Esse pensamento me dava cócegas na garganta.

Eu o afastava, enrolava o lençol embaixo do colchão, procurava locais frescos onde apoiar as panturrilhas. Se ele ousasse vir, teria dado um tapa em sua cara como recusa.

Acendi a lâmpada com o pano de sempre em cima e me sentei à janela. A ideia de que era ele quem me rejeitava – depois de ter me visto suja de vômito, indigna – me dava raiva. Ele poderia ficar sem mim. Mas eu, por outro lado, o esperava, examinando o campo escuro, adivinhando na escuridão a estrada de terra até a curva e mais à frente o desvio que levava ao castelo, onde tudo começou.

À uma hora, apaguei a luz, uma onda de orgulho, uma admissão de derrota. Ziegler venceu, ele era mais forte. Deitei-me novamente, os músculos tão rígidos que minhas costas doíam. O despertador me irritava com seu tique-taque. Então, um barulho sutil me aterrorizou.

Unhas no vidro. Uma onda de pavor evocou a náusea do dia anterior. No silêncio, apenas as unhas que estavam arranhando e meu batimento cardíaco ecoavam.

Quando o barulhou cessou, levantei-me num pulo. O vidro mudo, a estrada vazia.

— Como estão, senhoras? Estou contente que tenham se recuperado.

Engoli seco. As outras também pararam de comer e olharam para Ziegler – de canto, como se fosse proibido, mas não pudessem evitá-lo; então todas nos entreolhamos, as caras amarrotadas.

Ziegler deu a volta na mesa, se aproximou de Heike e disse:

— Deve estar contente que tudo acabou.

Por uma fração de segundo, pensei que estivesse aludindo ao aborto. Talvez Heike pensasse também: assentia com movimentos curtos da cabeça, rápidos demais para esconder o nervosismo. Por trás dela, curvando-se, ele esticou o braço em direção ao prato para pegar uma maçã. Como se estivesse em um piquenique na grama, mordeu-a: o som da mordida foi claro, sinistro. Mastigava enquanto caminhava, o peito para a frente, os braços para trás, como se cada passo fosse o começo de um mergulho. Seu caminhar era tão estranho, então por que eu sentia falta dele?

— Queria agradecê-los pela colaboração durante a emergência.

Augustine olhava para a maçã na mão do tenente, uma narina dançava. O nariz de Elfriede estava entupido como sempre, ela respirava mal. Uma retícula de sangue estagnado corou as bochechas de Leni. Eu me senti exposta. Ziegler caminhava e mastigava, tão devagar que pensei que mudaria seu tom de uma hora para outra; esperávamos uma reviravolta, prontas para o pior, impacientes que isso acontecesse.

Mas Ziegler completou a volta e parou atrás de mim.

— Não podíamos ter agido de outra forma, mas, no final, vocês viram, a situação voltou ao normal. Tudo está sob controle — ele disse —, então aproveitem o almoço. — Deixou o talo da maçã no meu prato e foi embora.

Beate esticou-se sobre a mesa e pinçou-o com os dedos. Estava tão chateada que não me perguntei o porquê. A polpa ao redor das sementes já estava escurecendo, mordida pelos incisivos de Ziegler, úmida de sua saliva.

Ele queria me chantagear. "Todo mundo vai saber quem você é." Me torturar. Ou apenas me ver – uma pontinha de saudade. Nós fizemos amor. Isso nunca aconteceria novamente. Se ninguém soubesse, aquela noite nunca teria existido. Tinha passado, não se podia tocar, era como se nunca tivesse acontecido. Talvez com o tempo eu chegasse a me perguntar se realmente tinha acontecido, não saberia dizer, e isso seria sincero.

Voltei a comer, bebi o leite, coloquei a xícara sobre a mesa com uma impetuosidade involuntária: balançou e caiu.

— Perdoem-me — eu disse. A xícara rolou até Elfriede, que a pôs de pé. — Perdoem-me — repeti.

— Não aconteceu nada, berlinense — e me entregou. Depois colocou um guardanapo sobre a poça de leite derramado.

Fui dormir cedo, procurei em vão por um sono salvador. Com os olhos arregalados, imaginei que ele tinha vindo, Ziegler. Eu tinha medo de que ele se aproximasse, arranhasse o vidro com as unhas, como na noite anterior, que o quebrasse com uma pedra, que me puxasse pelo pescoço. Herta e Joseph iriam perceber, não iriam entender, eu iria confessar, eu iria negar até a morte. A luz apagada, eu tremia.

No dia seguinte, o Obersturmführer saiu para o pátio depois do jantar. Eu estava conversando com Elfriede, que fumava. Ele caminhou direto em minha direção. De repente, me calei, Elfriede perguntou:

— O que foi?

— Jogue fora esse cigarro.

Virou-se.

— Jogue agora — repetiu Ziegler.

Ela jogou tremendo, como se quisesse dar uma última tragada para não o desperdiçar totalmente.

— Não sabia que era proibido fumar — justificou-se.

— A partir de agora é. No meu quartel não se fuma. Adolf Hitler odeia o fumo.

Ziegler estava bravo comigo. Falava com Elfriede, mas estava furioso comigo.

— Uma mulher alemã não deve fumar. — Inclinou o pescoço, me cheirou, como quatro noites antes na frente da janela. Estremeci. — Ou ao menos não se deve sentir.

— Eu nunca fumei — eu disse.

Com os olhos, Elfriede me pedia para ficar quieta.

— Tem certeza? — disse Ziegler.

O talo da maçã já estava marrom. Beate o apoiou na mesa, ao lado de um castiçal preto e de uma pequena caixa. Acendeu a vela com um fósforo. Era fim de tarde, antes do toque de recolher, ainda havia luz, mas seus gêmeos já estavam dormindo no quarto. Ulla, Leni, Elfriede e eu estávamos sentadas ao seu redor.

Heike não estava. Desde que abortou, ela e sua amiga de infância se afastaram um pouco, sem que isso tivesse sido estabelecido. Heike simplesmente a havia mantido fora de um dos eventos mais significativos de sua vida, e isso marcou uma distância implícita. Na realidade, ela se tornara mais fechada com todas, como se fosse um peso para ela compartilhar esse segredo conosco: ela não podia nos perdoar por saber algo que preferia esquecer.

Já Augustine havia sacado seu usual ceticismo contra as besteiras da bruxinha e, usando a desculpa de seus filhos, ficou em casa. Vamos punir Ziegler, disse Beate. Se funcionar, bem, caso contrário, nos divertiremos de qualquer maneira.

Ela abriu a pequena caixa, tinha alfinetes dentro.

— O que você quer fazer? — perguntou Leni, um pouco preocupada. Ela não estava incomodada pelo mal que se poderia fazer a Ziegler: é que o mal que se deseja pode voltar contra quem deseja. Estava preocupada consigo mesma.

— Vou usar algo que estava próximo ao tenente — explicou Beate. — Enfio os alfinetes: se todas nós nos concentrarmos em imaginar que o talo é ele, em breve o tenente não vai se sentir bem.

— Que estupidez! — disse Elfriede. — Eu vim até aqui por essa estupidez.

— Ah, não seja estraga-prazeres no lugar de Augustine — disse Beate. — O que custa? Tome-o como um passatempo. Você tinha coisa melhor para fazer essa noite?

— E depois, no final, você vai queimar o talo com a vela? — Leni era a mais interessada.

— Não, a vela é só para criar uma atmosfera. — A bruxinha estava se divertindo de verdade.

— Enfiar alfinetes em uma maçã comida, nunca tinha ouvido falar — disse Elfriede.

— Não temos outra coisa que tenha entrado em contato com Ziegler — observou Beate —, temos de nos contentar com isso.

— Vai logo — disse Elfriede — que já está ficando tarde, nem sei por que ainda te dou atenção.

Beate puxou um alfinete da caixa. Direcionou-o ao topo do talo, picou a polpa deteriorada.

— Um alfinete na boca — disse. Eu tinha beijado aquela boca. — Para que não tenhamos mais que ouvi-lo gritando conosco.

— Certo — riu Leni.

— Não, meninas, vamos levar a sério, senão, não funciona.

— Beate, vai logo — insistiu Elfriede.

À luz da vela, os dedos projetavam uma sombra longa e trêmula que, quando se aproximava do talo, transformava-o num objeto perturbador, a forma similar à de um ser humano, o corpo de Ziegler que eu tinha conhecido.

Beate espetava os alfinetes pronunciando termos anatômicos. Os ombros, que eu havia agarrado. A barriga, em que eu me havia esfregado. As pernas, que eu havia enroscado com as minhas.

Eu tinha estado em contato com Ziegler. Elas podiam espetar alfinetes na minha carne, seria mais eficaz.

Beate se concentrou no resíduo de casca vermelha que havia restado:

— A cabeça — disse ela.

Senti uma picada na nuca.

— Então agora ele está morto? — perguntou Leni em voz baixa.

— Não, falta o coração.

Os dedos se aproximaram com uma ostentada lentidão. Senti um princípio de falta de ar. O alfinete estava prestes a penetrar na semente, quando eu coloquei minha mão.

— O que você está fazendo?

— Ai! — Furou-me. Uma gota de sangue surgiu no indicador, a vela a fazia brilhar.

— Machucou? — perguntou Beate.

Elfriede apagou a vela, levantando-se.

— Por quê? — lamentou-se a anfitriã.

— Vamos parar por aqui — respondeu ela.

Eu estava hipnotizada pelo sangue no meu dedo.

— Rosa, o que foi? — Leni já estava angustiada.

Elfriede veio até mim, as outras nos olhavam caladas enquanto ela me empurrava para o quarto.

— Berlinense, ainda com esse medo do seu sangue? Não vê que é um pontinho bem pequeno?

Os gêmeos dormiam em um lado, a bochecha achatada em um braço, a boca aberta e comprimida, deformada.

— Não é por isso — murmurei.

— Olha. — Ela agarrou meu pulso, colocou a ponta do meu dedo entre os lábios e chupou. Depois verificou se ainda estava sangrando, chupou novamente.

Uma boca que não morde. Ou a chance de morder em traição.

— Pronto — disse ela, soltando meu dedo. — Agora você tem certeza de que não vai sangrar até a morte.

— Pare de tirar sarro de mim, eu não estava com medo de morrer.

— Então o quê? Ficou impressionada? Você é uma garota da cidade: você me decepciona.

— Desculpe.

— Está me pedindo desculpa por ter me decepcionado?

— Sou pior do que você acha.

— E o que você sabe sobre o que eu acho? — Fazendo graça, levantou o queixo como para me desafiar. — Presunçosa.

Tive vontade de rir.

Depois, para me justificar, disse:

— Aquela noite no quartel foi terrível.

— Foi terrível, sim, e pode acontecer novamente, não há como evitar — confirmou. — Podemos nos esconder quanto quisermos: mais cedo ou mais tarde a morte nos encontrará de qualquer maneira. — E seu rosto ficou azedo.

Parecia-me o mesmo rosto que havia me encarado na coleta do segundo dia. Mas depois as feições cederam, resignadas, e seus olhos me consolaram.

— Eu também tenho medo, tenho mais do que você.

Olhei para o pequeno buraco na ponta do dedo, já seco, e me escapou:

— Eu te amo.

A surpresa a silenciou. Um dos gêmeos fez um movimento de roedor, esfregou o nariz como se tivesse uma coceira repentina, enrolou-se nos lençóis e deitou-se de costas, braços para o alto, largos. Parecia um menino Jesus já rendido à crucificação.

— É uma besteira — eu disse —, você tem razão.

— O quê, que você me ama?

— Não, isso dos alfinetes.

— Ah, menos mau.

Pegou minha mão e apertou.

— Vamos voltar lá com as outras.

Só quando entramos na cozinha ela afrouxou a mão.

Naquela noite também não fui à janela, nem nas noites seguintes. Eu pensei que havia conseguido, que havia acabado. Ele não vinha mais ou, se vinha, não arranhava mais as unhas no vidro. Talvez ele nunca mais viesse, e aquele barulho fosse dos meus ossos.

E eu sentia falta. Não era como a falta de Gregor, o destino mudado, a anulação de toda promessa, não era tão grave. Era uma ânsia. Apertei o travesseiro, o algodão era áspero, inflamável. Não era Albert Ziegler: era eu. O entorpecimento que ele causara. Mordi a fronha, o áspero sob meus dentes me deu um arrepio. Em vez de Ziegler, poderia ter alguém, pensei. Fiz amor com ele porque havia muito não fazia. Rasguei uma tira de pano, mastiguei, um fio permaneceu entre os caninos, chupei, enrolei-o com a língua e engoli como quando criança: também não me matou desta vez. Não sinto falta de Albert Ziegler, disse a mim mesma. É do meu corpo. Agora abandonado novamente, novamente autárquico.

Não sei quantos dias haviam se passado quando o Varapau apareceu no refeitório e me forçou a levantar.

— Você roubou de novo.

O que era isso?

— Eu não roubei nada.

Krümel assumiu a responsabilidade pelas garrafas de leite na minha bolsa. Eu nunca havia sido condenada.

— Mova-se.

Procurei Theodora, Gertrude, Sabine. Estavam tão assustadas quanto eu, não foram as Possuídas que me denunciaram.

— E o que eu roubei? — eu ofegava.

— Você sabe muito bem — disse o Varapau.

— Berlinense — Elfriede sacudiu a cabeça como uma mãe que perde a paciência.

— Eu juro — gritei, levantando-me. Eu não tinha procurado sarna para me coçar de novo, ela tinha de acreditar.

— Venha comigo. — O Varapau me puxou por um braço.

Leni tapou o nariz, apertou os olhos.

— Vamos, vai na minha frente. — Saí do refeitório escoltada pelo guarda.

No corredor me virei, tentei perguntar de novo de qual furto estava sendo acusada.

— Foi Krümel quem disse? Está com raiva de mim.

— Está com raiva porque você rouba da cozinha, Sauer. Mas agora você vai se arrepender.

— Para onde estamos indo?

— Cale a boca e ande.

Coloquei as mãos no peito dele.

— Eu imploro, você me conhece faz meses, sabe que eu nunca faria...

— Quem te deu essa liberdade? — Me empurrou.

Fui em frente ofegando, até que paramos na frente do escritório de Ziegler.

O Varapau bateu, foi recebido, me fez entrar, foi dispensado de testemunhar o meu massacre, ainda que se visse que a curiosidade o devorava; eu me perguntei se ele se colocaria a ouvir escondido.

Ziegler evidentemente não pensou nisso. Veio ao meu encontro, agarrou meu braço com tanta força que me machucou, as articulações se soltaram, senti os ossos caindo no chão. Então ele me apertou contra si, e eu estava inteira, não estava triturada.

— Foi Krümel quem te contou?

— Se hoje à noite você não sair, eu quebro o vidro.

— Ele que te contou do leite? Foi ele quem te lembrou da história do furto do leite?

— Você está me ouvindo?

— Como vamos resolver agora essa história que você inventou? O que vou dizer às minhas colegas?

— A menos que você queira confessar que roubou, apesar de já ter sido perdoada uma vez, você vai dizer para suas colegas que foi um engano. E que agora está tudo bem.

— Não vão acreditar nisso.

Ele olhou para mim. Eu tive que fechar meus olhos por um momento. Inalei o cheiro de seu uniforme, ele tinha esse mesmo cheiro nu.

— Vocês queriam nos matar — eu disse.

Ele não respondeu.

— Você teria me matado.

Continuava me olhando, sério, como sempre.

— Fala alguma coisa, pelo amor de Deus!

— Eu já te disse: se você não sair, quebro o vidro.

Senti uma pontada na testa, levei minha mão à têmpora.

— O que foi, Rosa?

Era a primeira vez que me chamava pelo nome.

— Você está me ameaçando — eu disse, e a dor desapareceu. Um doce alívio se espalhou pelo meu corpo.

24

Algumas horas depois, estávamos deitados um ao lado do outro como se estivéssemos olhando para o céu na relva, mesmo que o céu não estivesse lá. A urgência com que Ziegler me abraçara à tarde em seu escritório havia se dissolvido, bastava saber que ele ainda podia se dispor de mim para se acalmar. Assim que entramos no celeiro, ele se deitou e não me tocou. De uniforme, ficou em silêncio: talvez estivesse dormindo, eu não conhecia a sua respiração durante o sono, talvez ele estivesse pensando, mas não em mim.

Eu estava deitada ao seu lado de camisola; nossos ombros roçavam um no outro, e saber que esse contato o deixava inerte me deprimia. Eu já era dependente de seu desejo. Para ele bastou muito pouco, vir uma noite à minha janela, decidir que acontecesse. Eu tinha respondido a esse desejo como a uma convocação. E agora a sua indiferença me humilhava. Por que ele me trouxera aqui, se nem me dirigia a palavra?

Seu ombro se separou do meu; quase impulsionado por uma rajada de vento, Ziegler se moveu, sentando-se. Eu pensei que ele iria embora sem explicação, como sem explicação havia chegado pela primeira vez. Além disso, eu nunca havia lhe perguntado nada, nem um porquê.

— Foi o mel — ele disse.

Não entendi.

— Foi uma remessa de mel infectado. Foi isso o que intoxicou vocês. O bolo de que Elfriede tanto gostou.

— Venderam mel tóxico para vocês? — Sentei-me também.

— Não deliberadamente.

Toquei-lhe o braço:

— Me explica.

Ziegler se virou, a sua voz ressoou no meu rosto.

— Isso pode acontecer. As abelhas sugam uma planta nociva nos arredores das colmeias e infectam o mel, só isso.

— Que planta? E quem descobriu? E o que vocês fizeram com o produtor?

— Não se morre de mel. Ou pelo menos é muito raro. — O calor repentino na bochecha era a sua mão.

— Mas você não sabia que não era letal. Enquanto eu vomitava, sentia frio e estava inconsciente, você não sabia. Você teria me deixado morrer. — Coloquei minha mão na sua para afastá-la. Apertei-a.

Ziegler me jogou no chão, minha cabeça bateu com um som macio, de manteiga. Ele cobriu meu rosto com os cinco dedos, a palma da mão me selava a boca, as pontas dos dedos pressionavam a testa. Apertou meu nariz, minhas pálpebras, como se quisesse esmagá-los, reduzi-los a polpa.

— Você não está morta.

Inclinou-se sobre mim, libertando meu rosto, enfiou os dedos embaixo da minha caixa torácica, levantou a décima segunda costela como se fosse puxá-la e finalmente recuperá-la, em nome de todo o sexo masculino.

— Eu achei que ia morrer — disse. — E você achou também, e não fez nada.

Levantou minha camisola e mordeu a costela que não conseguia soltar. Eu pensei que ela teria se partido entre seus dentes, ou que seus dentes teriam se partido. Mas a costela parecia rolar sob os incisivos, macia e mastigável.

— Você não está morta — disse Ziegler em meu peito. Beijou minha boca e disse: — Você está viva. — E sua voz tropeçou na garganta, como uma espécie de tosse. Acariciei-o como se acaricia um menino, como se dissesse "está tudo bem, não aconteceu nada". Depois comecei a tirar sua roupa.

25

Eu saía todas as noites para fazer amor com ele. Caminhava rapidamente em direção ao celeiro, com a determinação de quem vai ao encontro de algo inevitável. Era uma marcha de soldado. As perguntas se amontoavam na minha cabeça, eu as silenciava; no dia seguinte, voltavam a me atormentar, mas, quando eu entrava no celeiro, eram trapos enroscados em uma rede, não ultrapassavam a cerca da minha vontade.

Naquele gesto de sair escondida sem que ninguém soubesse havia uma rebelião. Na solidão do meu segredo, eu sentia uma liberdade integral: tirada de todo controle sobre minha vida, me abandonava à arbitrariedade dos acontecimentos.

Éramos amantes. É ingênuo procurar por um motivo pelo qual duas pessoas se tornam amantes. Ziegler tinha me olhado, aliás, tinha me visto. Naquele luar, naquele momento, e foi o suficiente.

Talvez uma noite Joseph abrisse a porta e nos encontrasse, cobertos por um uniforme nazista, um em cima do outro. Por que isso não tinha acontecido ainda? De manhã, eu pensava que teria sido justo, queria ser arrastada para o cadafalso diante da desaprovação coletiva. Olha só o que era aquela história do furto, diriam minhas colegas. Que mal-entendido, está tudo claro agora. Uma secretária de Berlim, Herta teria dito, eu sabia que não dava para confiar.

No escuro, eu me agarrava ao corpo do meu amante para não cair. E de repente sentia minha vida acelerando, persistindo em meu organismo até ser consumida, meus cabelos caíam, minhas unhas quebravam.

— Onde você aprendeu a cantar? Desde a noite da festa que eu queria te perguntar.

Albert nunca havia me feito nenhuma pergunta pessoal. Interessava-se por mim de verdade?

— Em Berlim, na escola. Formamos um coral, nos encontrávamos duas tardes por semana e, no fim do ano, nos apresentávamos para nossos pais... que tortura, para eles.

— Mas você canta tão bem.

Ele disse isso com um tom tão familiar, como se houvéssemos conversado por anos, mas era a primeira vez, a primeira vez que eu consiga me lembrar.

— Eu tive uma professora muito boa, sabia nos motivar. Eu gostava de cantar e ela me dava as partes solo. Eu sempre me diverti na escola.

— Eu não me divertia por nada. Imagina que a minha professora do fundamental nos levava ao cemitério.

— Ao cemitério?

— Para nos ensinar a ler. Nas lápides. As frases eram grandes e em letras maiúsculas, tinham letras e números, para ela, era um método conveniente.

— Uma mulher prática!

Era possível brincar com ele?

— De manhã, nos colocava em fila dois a dois e nos acompanhava até o cemitério. Tínhamos de ficar quietos para respeitar os "pobres defuntos" e ler uma lápide cada um. Às vezes, eu ficava tão impressionado com a ideia de que havia um morto embaixo da terra que não conseguia dizer uma palavra.

— Tudo desculpa — eu ri.

Era possível, ele também estava rindo.

Disse:

— De noite aqueles mortos vinham à minha cabeça e eu imaginava meu pai ou minha mãe debaixo da terra e não conseguia mais dormir.

O que estava acontecendo conosco? Éramos dois estranhos que contavam histórias. A intimidade física pode gerar benevolência? Eu sentia pelo seu corpo um instinto de proteção incompreensível.

Eu necessitava da precisão com que seus polegares empurravam meus mamilos, pregando-me na parede. Uma vez descarregada, no entanto, a agressividade se corrompia. Tornava-se ternura, a ternura duvidosa dos amantes. Eu pensava em Ziegler criança, era isso que estava acontecendo comigo.

— E depois a professora nos fazia contar os batimentos. Dizia: o tédio não existe. Se você ficar entediado, pode tomar seu pulso — Ziegler tomou um pulso — e contar. Um. Dois. Três. Cada batimento é um segundo, sessenta segundos são um minuto, vocês podem saber quanto tempo se passou mesmo sem o relógio.

— E isso para ela era um sistema para matar o tédio?

— Eu fazia isso de noite, quando não conseguia dormir porque estava pensando nos mortos. Parecia-me desrespeitoso ir ali e violar seu espaço, eles iriam se vingar mais cedo ou mais tarde.

Simulei uma voz de um ogro malvado:

— E eles teriam levado você para o lado de lá? — Agarrei seu pulso. — Vamos, vamos contar seus batimentos como a professora nos ensinou. — Ele me deixou fazer. — Você está bem vivo, tenente Ziegler.

É preciso muita curiosidade para imaginar as pessoas quando crianças. Ziegler criança era a mesma pessoa que agora, mas, acima de tudo, ele era outro. O ponto de partida de um destino que teria me incluído. Com aquele menino eu estava estreitando uma aliança, ele não me machucaria. Por isso eu podia brincar com Albert, por isso eu ria – a mão na boca para não fazer barulho – do jeito banal como os amantes riem, por nada.

— Os mortos se vingam — ele disse.

Eu queria pegar no colo aquele menino que tinha medo da morte, fazê-lo dormir à força de carícias.

Ficamos em silêncio por sessenta batimentos do seu coração, depois tentei voltar ao assunto.

— Eu tive ótimos professores. Era apaixonada pelo de Matemática no ensino médio, chamava-se Adam Wortmann. Ainda me pergunto com frequência que fim teve.

— Ah, a minha professora está morta. E logo depois morreu sua irmã, com quem morava. A irmã sempre usava chapéus estranhos.

— O professor Wortmann foi preso. Foram à sala de aula para levá-lo. Era judeu.

Albert não disse nada, nem eu.

Depois tirou o pulso da minha mão e pegou a jaqueta apoiada na lenha.

— Já vai?

— Preciso. — Levantou-se.

Seu peito afundava no centro, eu adorava passar o indicador naquela depressão, mas ele não me deu tempo. Abotoou o uniforme, calçou as botas, verificou a pistola no coldre com automatismo.

— Tchau— disse ele, e ajeitou o quepe sem esperar que eu saísse também.

26

Desde que o verão havia chegado, a baronesa me convidava frequentemente para ir ao castelo. Eu ia à tarde depois do trabalho, antes de o micro-ônibus voltar para me pegar. Ficávamos no jardim, só ela e eu, como duas adolescentes que precisam de exclusividade para chamar de amizade. À sombra dos carvalhos, entre cravos, peônias e flores de milho, que Joseph havia semeado em grupos em vez de em filas – porque a natureza não é nem um pouco organizada, dizia Maria –, conversávamos sobre música, teatro, cinema e livros; ela me emprestava romances para ler, eu os devolvia depois de ter uma opinião, já que ela queria discuti-los por horas. Perguntava-me sobre minha vida em Berlim, e eu me perguntava o que ela achava de interessante na minha antiga vida cotidiana pequeno-burguesa, mas ela parecia se apaixonar por tudo, tudo a deixava curiosa.

Agora os criados me recebiam como uma hóspede regular, me abriam o portão, "bem-vinda, Frau Sauer", acompanhavam-me ao mirante e iam chamá-la, se Maria ainda não estivesse ali, saboreando uma bebida, lendo e agitando o leque. Ela dizia que havia tantos móveis na casa que a sufocavam. Eu a achava ostensivamente exagerada, mas seu delírio pela natureza era sincero.

— Quando eu crescer — ela brincou uma vez — quero ser jardineira para cultivar tudo isso que eu digo — e riu. — Não me entenda mal — ela explicou —, Joseph é muito bom, tenho sorte de tê-lo aqui comigo. Mas pedi para ele tentar plantar uma oliveira, e ele me disse que o clima não é ideal. Ah, eu não desisto. Desde que estive na Itália, sonho com uma pequena oliveira atrás da casa. A senhora não acha que as oliveiras são magníficas, Rosa? — Eu não achava, mas me deixava levar pelo seu entusiasmo.

Uma tarde, quando abri o portão, uma das empregadas me informou que a baronesa estava no estábulo com as crianças – elas haviam acabado de voltar de uma cavalgada – e queria que eu me juntasse a ela.

— Rosa — gritaram Michael e Jörg, e correram ao meu encontro. Ajoelhei-me para abraçá-los.

— Como vocês estão bonitos com esses bonés.

— Tenho o chicote também — disse Michael, e me mostrou.

— Eu também, mas eu não uso — disse o irmão mais velho — porque basta olhar para o cavalo para que ele seja bom. — Jörg tinha nove anos, as regras de submissão são aprendidas cedo.

A sombra de Maria se esticou até se estender sobre nós.

— Olha a mamãe — eu disse, e me levantei. — Bom dia.

— Bom dia, querida. Como está? — Em seu rosto cremoso, o sorriso se alargou como uma impressão digital. — Desculpe, estamos atrasados. — Era sempre gentil. — Eu pensei que seria pior andar a cavalo debaixo desse sol... As crianças insistiram e eu fiz o gosto delas. No final, elas estavam certas. Nós nos divertimos, não é?

Os filhos concordaram, pulando ao seu redor.

— Mas nesse momento eu não devo estar apresentável — continuou, passando uma mão na cabeça.

Seus cabelos estavam amarrados, tufos acobreados escapavam dos grampos.

— Quer andar a cavalo, Rosa? — A ideia de repente lhe pareceu irresistível, via-se em seus olhos.

— Vamos, sim! — as crianças ficaram empolgadas.

— Eu agradeço — respondi —, mas eu nunca montei em um cavalo.

— Sobe, Rosa, é legal! — Michael e Jörg vieram saltando ao meu redor.

— Não tenho dúvidas de que seja legal, mas eu não sei.

No mundo delas provavelmente era absurdo que alguém não soubesse andar a cavalo.

— Por favor, Rosa, as crianças tomam conta de nós. O moço do estábulo a ajudará.

Era isso que acontecia com ela: a possibilidade de desapontá-la se tornava inadmissível.

Entrei no estábulo como quando comecei a cantar na festa, só porque a baronesa queria. O cheiro de esterco, cascos e suor era reconfortante. Isso eu tinha descoberto em Gross-Partsch: o cheiro dos animais é tranquilizador.

Quando me aproximei, o cavalo bufou, levantando a cabeça. Maria passou um braço em seu pescoço:

— Bom — disse ela.

O moço do estaleiro me mostrou o estribo:

— Coloque o pé ali, Frau Sauer. Não, o esquerdo. Isso, agora, delicadamente, pegue impulso. Segure-se em mim.

Eu tentei, mas caí para trás, ele me segurou. Michael e Jörg começaram a rir. Maria repreendeu-os:

— Isso parece cortês com a nossa amiga? — Arrependido, Michael disse:

— Você quer montar no meu pônei? É mais baixo.

Imediatamente Jörg disse:

— Nós te ajudamos a subir! — E veio empurrar minhas panturrilhas. — Vamos lá! — Seu irmão o seguiu, empurrando também.

Agora era Maria que estava rindo, uma risada infantil de dentes minúsculos. Eu já estava suada, mas não evitei a diversão deles. O cavalo continuou bufando.

O moço do estábulo me levantou, agarrando-me pela cintura, caí na sela. Ele me disse para ficar reta e não puxar as rédeas, ele guiaria o animal. Saímos do estábulo, o cavalo andava a trote, eu apenas pulava, fazia uma alavanca com as pernas para não perder o equilíbrio.

Foi um passeio curto, logo fora do estábulo, o cavalo puxado pelo cabresto e eu nele, também arrastada.

— Está gostando, senhora Rosa? — perguntou a baronesa.

Eu me sentia ridícula. Um sentimento desproporcional que não podia evitar. Convidar-me para cavalgar tinha sido um gesto de hospitalidade, mas tornou evidente a diferença entre mim e essas pessoas.

— Obrigada! — respondi. — Os pequenos tinham razão, é muito legal.

— Espere! — gritou Michael do estábulo.

O garoto correu em minha direção e me entregou o seu chicote. O que eu deveria fazer com isso? O cavalo não precisava de ameaças, era dócil, era igual a mim. De qualquer maneira, segurei-o, depois pedi ao moço do estábulo para descer.

No mirante, tomamos uma limonada fresca. As crianças foram confiadas à governanta, trocaram de roupa e vieram ver sua mãe, que permaneceu vestida de montaria. Seu cabelo ligeiramente emaranhado não afetava sua elegância, Maria estava ciente disso.

— Vão brincar — disse, incitando-os.

Eu estava calada, e a baronesa não entendia por quê. Pegou minhas mãos, como tinha feito com Joseph.

— Está desaparecido — ela disse —, não está morto. Não perca a esperança.

Ela presumiu que era Gregor a minha preocupação. Sempre que ela ou qualquer outra pessoa me lembrava da condição que todos esperavam de mim, a de uma esposa sofrendo, eu tinha medo de mim mesma.

Eu não tinha apagado Gregor da minha cabeça, não era isso. Ele pertencia a mim, como minhas pernas ou meus braços. Você simplesmente não anda com o pensamento fixo nas pernas em movimento, não lava a roupa concentrando-se nos braços que lavam. Minha vida fluía enquanto ele não sabia, como minha mãe quando me deixava na escola e voltava para casa sem mim, como minha mãe quando perdi a caneta-tinteiro nova que ela havia me dado.

Talvez alguém a tenha roubado de mim, talvez alguém a tenha guardado por engano no estojo, eu não podia remexer nas pastas dos meus colegas. Uma caneta-tinteiro nova, de bronze, que minha mãe tinha comprado para mim, e eu a tinha perdido, e ela não sabia, arrumava minha cama e dobrava minhas blusas em um estado de completa inocência. O castigo pelo mal que fizera com ela era tal que a única maneira de o suportar era amar menos minha mãe. Não dizer nada, manter o segredo. A única maneira de sobreviver ao amor por minha mãe era trair aquele amor.

— As coisas se ajeitam, sabe? Mesmo que não se espere mais por isso — disse Maria. — Pense no pobre Stauffenberg. Nós pensávamos que ele ficaria cego no ano passado quando seu carro acabou em um campo minado na Tunísia. Em vez disso, pelo amor de Deus, perdeu um olho, mas está bem.

— Não apenas um olho...

— Sim, perdeu a mão direita também. E o dedinho e o anelar da esquerda. Mas não perdeu o seu fascínio. Eu sempre disse à sua esposa, Nina: você se casou com o mais bonito.

Fiquei impressionada com a liberdade de falar assim de um homem que não era seu marido. Não se tratava de atrevimento, Maria não tinha malícia, apenas entusiasmo.

— Com Claus, posso falar sobre música e literatura, assim como com a senhora — disse ela. — Quando menino, ele queria ser músico ou arquiteto; então, aos dezenove anos, ingressou no exército. Que pena, ele tinha talento. Já o ouvi muitas vezes se opor a essa guerra muito longa: segundo ele, vamos perder. No entanto, ele sempre combateu com um grande senso de dever. Talvez também porque é muito dedicado. Um dia citou para mim Stefan George, seu poeta favorito: "Apenas um arquiteto mudo que faz o seu melhor. / Pensativo espera a ajuda do céu". São os versos finais do *Cavaleiro de Bamberg*. Mas Claus não espera a ajuda de ninguém. Faz ele mesmo, acredite, não tem medo de nada.

Soltou minhas mãos, bebeu até esvaziar o copo. Essa enxurrada de palavras deve tê-la deixado com sede. A empregada veio com um bolo de creme e frutas, e Maria bateu no peito.

— Eu sou tão gulosa, pobre de mim! Como doces todos os dias. Por outro lado, nunca como carne: isso vai depor a meu favor, não vai?

Era um hábito incomum naquela época, não conhecia ninguém que renunciasse voluntariamente à carne, exceto o Führer. Na verdade, não conhecia nem o Führer. Trabalhava para ele e nunca o havia visto.

Maria deturpou novamente meu silêncio:

— Rosa, hoje está realmente com o astral baixo. — Não adiantava negar. — Precisamos fazer algo para animá-la.

Convidou-me para ir a seu quarto, eu nunca tinha subido. De uma enorme janela aberta, que ocupava quase uma parede inteira, uma luz morna se espalhava. No centro, havia uma mesa circular de madeira escura, sobre a qual vários livros estavam empilhados desordenadamente. Em todos os lugares, vasos cheios de flores. Em um canto estava o piano, as partituras tinham voado no banco e no tapete. Maria recolheu-as e sentou-se.

— Venha.

Fiquei parada atrás dela. Em cima do piano, havia um retrato de Hitler pendurado.

A postura de três quartos, o olhar frontal. Os olhos bravos, pesados pelas bolsas abaixo deles, as bochechas flácidas. Usava um sobretudo cinza, aberto o suficiente para mostrar as cruzes de ferro obtidas na Grande Guerra. Estava com o braço dobrado, o punho ao lado: parecia mais uma mãe repreendendo o filho do que um combatente; uma esposa que descansa por um momento, depois de esfregar o chão com soda cáustica. Havia algo de feminino nele, tanto que seu bigode parecia postiço, colado para uma apresentação em um cabaré: eu nunca tinha notado.

Maria se virou, viu que eu estava olhando o quadro.

— Esse homem vai salvar a Alemanha.

Se meu pai a ouvisse...

— Todas as vezes que o encontrei, tive a impressão de estar falando com um profeta. Tem olhos magnéticos, quase roxos, e quando fala é como se deslocasse o ar. Nunca conheci alguém tão carismático.

O que eu tinha para compartilhar com aquela mulher? Por que eu estava em seu quarto? Por que, há algum tempo, eu me encontrava em lugares onde não queria estar, e me sujeitava, e não me rebelava e continuava a sobreviver toda vez que alguém era tirado de mim? A capacidade de adaptação é o maior recurso dos seres humanos, mas quanto mais eu me adaptava menos me sentia humana.

— Mal posso acreditar que ele receba avalanches de cartas de suas admiradoras todos os dias! No jantar com ele, estava tão emocionada que nem toquei na comida. Então, quando nos despedimos, ele me beijou e disse — ela tentou imitar sua voz —: "Menina, por favor, coma mais. Não vê que está magra demais?".

— A senhora não é magra demais — opus-me, como se aquela fosse a questão.

— Eu também acho. Não mais do que Eva Braun, pelo menos. E eu sou mais alta que ela.

Ziegler também havia falado nela, a namorada secreta do Führer. Foi estranho pensar nele na frente da baronesa. Quem sabe se ela notou alguma coisa, se ao pensar em Ziegler meu rosto havia se alterado.

— Mas Hitler me fez rir muito também, sabia? A certa altura, tiro um pequeno espelho da minha bolsa, ele percebe e me diz que quando menino tinha um espelho idêntico. Fiquei gelada. "*Mein Führer*, o que fazia com um espelho de mulher?", pergunta Clemens. Que atrevido! E Hitler: "Usava-o para refletir a luz do sol e impressionar o professor".

E todo mundo riu — Maria ria ainda naquele momento, acreditava que estava me contagiando. — Um dia, no entanto, o professor lhe dá uma advertência. Então, durante o intervalo, ele e seus colegas vão espiar o registro para ler o que estava escrito. Assim que o sinal toca, eles retornam às carteiras e começam a cantar em coro: "Hitler é um valentão, fica brincando com o espelho em vez de fazer lição". Era a advertência escrita no registro... Parecia a rima de um poema! O professor estava certo, afinal Hitler era um valentão, de certa forma ele ainda é.

— E é por isso que ele tem que salvar a Alemanha?

Maria franziu a testa.

— Não me faça de idiota, Rosa. Eu não o permito a ninguém.

— Não queria faltar ao respeito — eu disse, e estava sendo sincera.

— Precisamos dele, sabe disso. Trata-se de escolher entre Hitler e Stalin, e qualquer um escolheria Hitler. A senhora não?

Eu não sabia nada de Stalin ou da União Soviética, exceto pelo que Gregor havia dito: o paraíso bolchevique era um aglomerado de barracos habitados por esfarrapados. A minha raiva por Hitler era pessoal. Ele havia tirado meu marido de mim, e eu corria o risco de morrer todos os dias por ele. Que minha existência estivesse em suas mãos, era isso o que eu detestava. Hitler me alimentava, e esse alimento poderia me matar. Mas, no final, dar a vida é sempre condenar à morte, disse Gregor. Diante da criação, Deus contempla o extermínio.

— A senhora não, Rosa? — repetiu Maria.

Tive o instinto de contar sobre o quartel de Krausendorf, o que os SS haviam feito quando acreditavam que tínhamos sido envenenadas, mas, em vez disso, assenti mecanicamente. Por que minha história de provadora a comoveria? Talvez ela já a conhecesse. A baronesa jantava com o Führer e convidava Ziegler para suas festas. Eram amigos, ela e o tenente? De repente, eu queria falar sobre ele em vez de Hitler, queria vê-lo através de seus olhos. Minha história de provadora havia se tornado desinteressante até para mim.

— Infelizmente, toda mudança envolve custos. No entanto, a nova Alemanha será um lugar onde todos viveremos melhor. A senhora também.

Ela levantou a tampa do teclado, a causa alemã por ora arquivada, havia outras coisas a fazer. Porque Maria se apaixonava por tudo com a mesma intensidade. Poderíamos discutir sobre o Führer ou sobre o bolo de creme e frutas, poderia recitar um poema de Stefan George ou cantar um pedaço dos Comedian Harmonists, que seu amado Führer forçou a dissolver: tudo tinha o mesmo peso para ela.

Eu não a culpava, não podia mais culpar ninguém. Na verdade, eu gostava da maneira como ela mexia a cabeça no ritmo da música, as sobrancelhas arqueadas, enquanto me incitava a cantar.

27

Perguntei a Albert se ele já tinha visto Adolf Hitler pessoalmente. Sim, óbvio que o tinha visto, que pergunta. Pedi a ele que me descrevesse como era estar ao seu lado, e ele também me falou de seus olhos como ímãs.

— Mas por que todo mundo fala dos olhos? O resto é impossível de olhar?

Ele me deu um tapinha na coxa.

— Você é uma insolente.

— Nossa, quanto carinho. Então, como é?

— Não estou com vontade de falar sobre o aspecto físico do Führer.

— Então me mostre! Leve-me à Wolfsschanze.

— Ah, claro.

— Esconda-me no jipe, no porta-malas.

— É sério que você nunca o viu? Nem em um desfile?

— Me leva?

— E aonde você pensa que vai, a uma festa? Existem barreiras de arame farpado, caso não saiba. A corrente elétrica passa por dentro. E as minas: você não sabe quantas lebres explodiram.

— Que horror.

— Agora ficou claro?

— Mas eu entro com você.

— Não, não ficou claro. Para chegar à última ala, que é onde Hitler mora, é necessária uma autorização, mas ele deve ter te convidado, e, de qualquer forma, você é revistado. Nem todos são bem-vindos na casa do Führer.

— Mas que falta de hospitalidade.

— Pare com isso. — Ele ficava irritado quando eu brincava, era como se eu menosprezasse seu papel. — Ele não construiu um quartel-general na floresta para deixar qualquer um entrar.

— Você me disse que lá vivem duas mil pessoas e quatro mil trabalham! Na prática, é um país, quem vai perceber se eu entrar também?

— Eu não entendo por que você quer tanto. Não há realmente nada para ver naquele lugar onde nunca bate sol.

— Por que nunca bate sol?

Ele suspirou impaciente.

— Porque tem uma cerca entre as árvores e em cima um monte de folhas. E nos telhados dos *bunkers* crescem árvores e arbustos. Quem olha de cima vê apenas floresta. Não consegue nos encontrar.

— Que inteligente — insisti em brincar. Por que eu fazia isso? Talvez o campo me deixasse com tanta energia para bloquear, enterrar.

— Você está me dando nos nervos.

— Quero só saber onde você passa seu tempo. Tem mulheres lá dentro também?

Ele fingiu me olhar torto.

— E então?

— Infelizmente — ele sorriu —, não o suficiente.

Belisquei-o no braço. Ele pegou meu peito, apertou-o. Isso não me ajudou a desistir.

— Traga-me pelo menos o cabelo do Führer, eu o coloco em um quadro.

— O quê? — Ele subiu em cima de mim.

Era quase dia, a primeira luz era filtrada através das fendas. Acariciei o leve relevo da tatuagem no braço esquerdo, estava escrito "AB Rh negativo", e o seu número de matrícula. Ele se encolheu com as cócegas, continuei, até que ele pegou meus pulsos para se defender.

— Por que você quer isso?

— Para pendurar em cima da cama... Mas pode ser um pelo da Blondi também, se você não conseguir arrancar um cabelo para mim — eu ria enquanto Albert mordia minhas clavículas, meus úmeros.

— E você vai querer a relíquia de alguém que sempre faz assim? — Ele enrolou o canto dos lábios para cima várias vezes.

A imitação do tique do Führer me fez rir até soluçar, eu tentava sufocar a risada com as conchas das mãos. Albert ria de reflexo, uma risada baixa, enrolada.

— Primeiro o defende, depois o calunia?

— Mas ele faz isso mesmo, não é culpa minha.

— Eu acho que você está inventado tudo. Você acreditou nas lendas de seus detratores, jogou o jogo de seus inimigos!

Ele torceu meus pulsos até eles rangerem.

— Repita! — desafiou-me.

Estava quase amanhecendo, deveríamos ter nos separado, mas eu não conseguia parar de olhá-lo agora que podia ver seu rosto. Havia algo nas rugas da testa, na curva do queixo, algo que me dava medo. Eu olhava para ele, e não conseguia entender a síntese de seu rosto, apenas a rigidez do maxilar, o corte profundo da sobrancelha, vigas sobreviventes de um andaime em colapso. A dureza é vulgar exatamente porque implica essa perda de coesão. Como algumas coisas vulgares, no entanto, pode ser excitante.

— Você deveria ser ator em vez de SS.

— Agora chega, você exagerou! — Apertou meu pescoço com uma das mãos enquanto prendia ainda meus pulsos com a outra. Apertou por alguns segundos, não sei quantos, a dor irradiou para as têmporas. Arregalei os olhos e só aí ele soltou a presa.

Acariciou meu esterno, depois começou a me torturar com cócegas, com os dedos, o nariz, os cabelos. Rindo, eu ainda estava com medo.

Albert me contou algumas histórias sobre o Führer. Aparentemente, era ele quem gostava de fazer imitações: muitas vezes, durante as refeições, Hitler lembrava episódios do passado que diziam respeito a um de seus colaboradores. Devia ter uma memória de elefante, porque não deixava de fora nenhum detalhe. O colaborador da vez se prestava de bom grado à zombaria pública, e ficava honrado.

Hitler era louco por Blondi, a pastora alemã que todas as manhãs levava para fazer as necessidades e correr, mesmo que Eva Braun não a suportasse. Talvez ela tivesse ciúmes, já que a cadela tinha acesso ao quarto de seu amante, enquanto ela nunca tinha sido convidada para ir ao quartel-general de Rastenburg. Por outro lado, ela não era uma namorada oficial. Dizia-lhe que Blondi era um bezerro, mas Hitler detestava cães de pequeno porte, inadequados para um grande estadista, e chamava de "escovinhas" Negus e Stasi, os terrier escoceses de Eva.

— Ela canta melhor que você, sabia? — disse-me Albert.

— Braun?

— Não, Blondi. Eu juro. Ele pede para ela cantar e ela começa a ganir cada vez mais alto. Quanto mais ele a incita e elogia, mais ela gane, quase uiva. Então ele lhe diz: "Não é assim, Blondi, você tem que cantar em tom mais baixo, como Zarah Leander". E ela, eu juro, obedece.

— Mas você viu ou te contaram?

— Algumas vezes fiquei no chá noturno. Ele não me convida sempre. Além disso, eu prefiro não participar, estende-se sempre até altas horas, não se dorme antes das cinco.

— Como se você dormisse muito.

Tocou a ponta do meu nariz.

— E você pode voltar para Wolfsschanze quando quiser, com o toque de recolher e o apagão?

— Eu não volto — disse. — Vou dormir em Krausendorf, no quartel, na poltrona.

— Você é louco.

— Você acha que meu colchão é mais confortável? Aquele quarto, então, é um buraco. Agora faz calor e eu não posso ligar o ventilador de teto porque o barulho me enlouquece.

— Pobre tenente Ziegler com o sono leve.

— E você, quando recupera o sono que perde comigo?

— Desde que me mudei para este lugar comecei a ter insônia.

— Todos temos insônia, ele também.

Certa vez, ele me disse, os colaboradores do Führer usaram gasolina para erradicar os insetos que infestavam a área e, sem querer, também eliminaram todos os sapos. Hitler não conseguia adormecer sem seu canto estridente, por isso enviou uma expedição de homens em busca de sapos por toda a floresta.

Imaginei os SS, durante a noite, afundando na lama dos pântanos onde pernilongos e mosquitos não haviam sido erradicados e proliferavam serenos, incrédulos por ter tanto sangue jovem para ingerir, tantos brotos alemães a serem carimbados. Aqueles alemães tinham pavor à ideia de retornar sem troféu. Eles miraram as tochas e perseguiram sapos saltitantes, sem conseguir pegá-los. Chamavam-nos com doçura, como teriam chamado meu Zart, um leve estalo nos lábios, como se quisessem beijá-los, libertando príncipes azuis para se casar. Por fim, pegaram o sapo nas mãos, exultantes, mas, um momento depois, ele escapou, e, para recuperá-lo, caíram, sujando o rosto de lama.

No final, tinha sido uma noite de sorte. Hitler havia dado a eles a oportunidade de voltarem a ser meninos, isso nunca aconteceria novamente. Os sapos foram recolocados no lugar, imaginei os SS incentivando-os: "Coaxa, por favor, coaxa, bom sapo". O Führer mais uma vez mostrou clemência. Depois foi dormir.

Albert adormeceu também, seu perfil amassado na minha barriga. Fiquei acordada, atenta a cada barulho. O celeiro era a nossa toca, todo crime tem uma.

28

O Lobo não consegue dormir esta noite. Ele pode falar sem parar até o amanhecer. Um após o outro, os SS cochilam, a cabeça balança e depois cai na palma da mão, o cotovelo apoiado na mesa oscila, mas continua a segurá-la. O importante é que alguém, mesmo que apenas um, permaneça para ouvir. Esta noite o Lobo não quer ir dormir, nada, não quer se abandonar, o sono pode enganar, quantos fecharam os olhos convencidos de que iriam reabri-los e foram engolidos? Assemelha-se demais com a morte para que se possa confiar. Durma, dizia a mamãe, e piscava com o olho bom para ele, o outro tinha sido machucado no final da tarde; o marido a preferia com as maçãs do rosto roxas: quando bebia, ainda mais.

— Shhh — dizia a mamãe —, agora dorme, pequeno Lobo. — Mas o Lobo já sabia que precisa estar em alerta, não se pode baixar a guarda, os traidores estão por toda parte, por toda parte um inimigo pronto para destruí-lo. Segure minha mão, mamãe a apertava, fique aqui comigo, o SS assentiu. Espera que o pó para dormir faça efeito, que o Führer adormeça, vigia-o para que não caia, vigia sua respiração: a boca aberta, dorme como uma criança. Agora os SS podem ir embora, deixá-lo descansar.

O Führer ficou sozinho e a morte está à espreita, um fenômeno fora de qualquer controle, um oponente que não pode ser subjugado.

— Eu tenho medo.

— De quê, pequeno Lobo?

— Da holandesa gorda que tentou me beijar na frente de todos nos Jogos Olímpicos de Berlim.

— Como você é tolo. Eu tenho medo dos traidores, da Gestapo, de câncer de estômago. Venha aqui, pequeno, vou massagear sua barriga, você verá que as cólicas passam. Você comeu muito chocolate. De veneno, eu tenho medo de veneno. Mas estou aqui: não precisa ter medo. Provo sua comida como uma mãe derrama o leite da mamadeira no pulso; como uma mãe coloca uma colher de papinha na boca, está muito quente, ela assopra, sente-a no palato antes de te dar. Estou aqui, pequeno Lobo. É a minha dedicação que faz você se sentir imortal.

29

Espalhamos as toalhas na grama, o lago estava agitado, mas a temperatura era ideal para nadar, Ursula e Mathias não queriam mais sair da água. Heike estava deitada de lado, dormia. Ulla estava sentada em um barco encalhado na praia, com as pernas cruzadas, e de vez em quando ajustava os suspensórios. Leni, por outro lado, havia mergulhado imediatamente e, desde então, estava nadando como se tivesse que cruzar a linha de chegada. Eu estava lendo um romance que Maria me emprestara e, entre uma página e outra, olhava os filhos de Heike.

Não muito longe das nossas toalhas, alguma coisa chamou a minha atenção. Dois galhos, um encravado na terra e o outro pregado no primeiro, formavam uma cruz. Na extremidade da cruz estava pendurado um capacete militar.

Quando aquele soldado tinha morrido, em qual guerra? E, acima de tudo, ele tinha morrido ali mesmo? Ou um pai, uma esposa, uma irmã decidiram homenageá-lo com uma cruz em frente ao lago, porque era um lugar doce e tranquilo, porque era o lugar onde o filho, o marido, o irmão havia feito as competições de mergulho com os amigos quando criança?

Gregor também mais cedo ou mais tarde mereceria uma cruz em um lugar que tinha amado. E eu não tinha o direito de homenageá-lo.

A voz de Ursula me fez virar.

— Mamãe! — Heike acordou sobressaltada.

— Mamãe, o Mathias foi no lago e agora está se afogando! — gritou Ursula.

Corri para a margem, Heike me seguiu:

— Não sei nadar — disse ela. — Vá buscá-lo, por favor.

Mergulhei. Tentei chamar Leni, que era um pontinho lá longe e não me ouvia. Ela era quem melhor nadava, eu não tinha técnica, me movia lentamente e ficava cansada muito rápido, onde tinha ido parar Ulla?

Eu dava uma braçada depois da outra.

— Não se preocupe! — Heike gritou para o filho, e Ursula a imitou.

Nadei o mais rápido que pude, via a cabeça de Mathias afundar e ressurgir. Ele se contorcia e bebia. Eu não queria assumir uma responsabilidade dessa sozinha. Por que aquela desajeitada da Leni não voltava? E Ulla, com quem tinha ido flertar para não notar nada? Eu já estava sem fôlego, e a cabeça de Mathias ainda estava longe. Descansei por um momento, apenas um momento, agora vou, depois Mathias afundou novamente e não apareceu mais. Disparei em frente com toda a força que tinha e, à medida que avançava, vi um homem nadar rapidamente, mergulhar e logo depois reaparecer com o menino nas costas. Em questão de minutos, ele o arrastou para a margem.

Quando parei de ofegar, também cheguei à margem.

Mathias, deitado na costa, já havia recuperado a cor.

— Por que você foi ao lago? — gritava Heike. — Eu tinha te pedido para não ir longe.

— Eu queria ir lá com a Leni.

— Você é um inconsequente.

— Calma, vai, ele já está bem — disse Ulla.

Ao lado delas, dois rapazes de pé, com os braços cruzados, observavam a cena. Um deles deveria ser o que havia salvado Mathias.

— Obrigada por ter ido na minha frente — eu disse. — Eu já estava muito cansada.

O mais alto me respondeu:

— De nada — depois se virou para o menino. — Se você quiser, eu te ensino a nadar como se deve. Mas o trato é não ir longe até ter aprendido.

Mathias concordou e se levantou, subitamente revigorado.

— Eu sou Heiner — disse o rapaz, estendendo-lhe a mão.

O menino, por sua vez, apresentou-se.

— E eu sou Ernst — disse o outro, depois deu um soquinho no ombro de Heiner. — Você é esperto, sargento.

Eram dois jovens militares do Heer. Heiner era apaixonado por cinema e, na frente, estava principalmente atrás das câmeras, mas também trabalhou como projecionista.

— A verdadeira arte cinematográfica de hoje é o documentário — explicou ele um pouco depois, sentado na toalha de Heike.

Todos nós tínhamos nos reunido, até Leni, retornando da longa nadada, durante a qual não havia percebido o que estava acontecendo atrás dela.

— Quando a guerra acabar — disse Heiner — eu vou ser diretor.

Já Ernst sempre sonhara em lutar na Luftwaffe, projetava e construía aviões desde o ensino fundamental, mas tinha um defeito congênito em sua visão e tinha de se contentar com o exército de terra.

Eles montaram uma sala de cinema não muito longe de Wolfsschanze. Uma tenda onde projetavam o que era permitido: coisa pouca, de fato. Entre os filmes, no entanto, havia joias de verdade, explicou Ernst, e, olhando para a pele de lua de Leni descoberta no traje preto, disse:

— Seria legal se você viesse às vezes assistir a um filme conosco.

Ulla recitou uma série de títulos nos quais Zarah Leander atuava:

— E *A prisioneira de Sidney*, você tem? E *Casa paterna*? É o meu favorito!

Ficamos amigos, principalmente por causa de Leni, que havia aceitado o interesse de Ernst sem discutir, sem se perguntar se o desejava. Havia aderido ao desejo dele quase respondendo a uma missão que não podia recusar. Leni era a vítima exemplar. Se ela não tivesse tanto medo, teria sido a provadora perfeita entre todas nós.

Com Ziegler eu não tinha me comportado de maneira diferente dela.

De manhã, o olhar de Herta parecia me espionar e o silêncio de Joseph escondia decepção. Em Krausendorf, o SS me revistava com muito zelo, e eu pensava que era meu corpo que lhe revelava que ele poderia fazê-lo, porque era um corpo obsceno. Depois, no refeitório, Elfriede me examinava como no dia em que eu usava o vestido xadrez – há quanto tempo não o tirava do armário – para adivinhar o que eu era boa em esconder. Ou talvez fosse apenas eu que não conseguia acreditar que estava saindo impune.

À tarde, muitas vezes procurava vestígios de Albert no celeiro. Não tinha desculpa para entrar ali e esperava que Herta não notasse, concentrada em produzir pães, apesar do calor; Joseph estava no castelo, cuidando do jardim onde Maria brincava com Michael e Jörg, se não fosse a governanta quem cuidava deles.

Abria a porta velha e o cheiro seco do celeiro beliscava minhas narinas. No futuro, para sempre, eu associaria esse cheiro a Ziegler, e toda vez sentiria meus quadris desmoronarem. E os sentiria também maleáveis, dividindo-se. Não sei mais descrevê-lo de outra maneira, o amor.

Nenhum vestígio de Albert, de nós; ferramentas, móveis fora de uso, nada tinha sido mexido. Tudo permanecia idêntico, nossos encontros não produziram nenhuma diferença no mundo. Aconteciam em um tempo suspenso, uma bênção escandalosa.

30

— Albert, você ouviu? — Ele havia adormecido, eu o sacudi.

Sua boca pendeu, ele engoliu seco antes de sussurrar:

— Não, o quê?

— Barulho. Como se alguém estivesse empurrando a porta.

— Talvez seja o vento.

— Que vento, se nenhuma folha está se mexendo?

É Joseph, eu pensava. Ele sabe, sabe há semanas, não quer mais fingir. Foi Herta, ela o instigou, tomei a liberdade de ofendê-la em sua casa: "na minha casa, Joseph, você entende?".

Coloquei a camisola e me levantei.

— O que você está fazendo? — disse Albert.

— Vista-se! — Toquei-o com o pé descalço. Eu não suportava a ideia de que meus sogros, abrindo a porta, mergulhassem na indecência.

Quando Albert se levantou, procurei por instinto um modo de escondê-lo, de nos esconder. Mas onde? A porta continuava rangendo. Por que não a abriam?

Eles haviam chegado até ali, estimulados pela raiva, e depois em frente ao celeiro ficaram paralisados. Não queriam assistir àquele espetáculo. Talvez fosse melhor voltar para a cama; para eles, eu era a pessoa que mais se assemelhava a um filho; eles podiam me perdoar ou guardar um ressentimento constante contra mim, sem cenas, acerto de contas – o ressentimento silencioso de toda família.

O barulho continuava.

— Está ouvindo agora?

Albert disse:

— Sim — e a voz me soou embargada de ansiedade. Eu queria acabar com isso, então me lancei na porta e a abri.

Ao me ver, Zart miou. Ele havia mordido um rato, segurava-o quase decapitado entre os caninos afiados. Eu dei um passo para trás com nojo. Herta e Joseph não estavam ali.

— Um presente inesperado? — Albert sussurrou. Ele entendeu que eu estava fora de mim, tentava me acalmar.

— O gato sabia que eu estava aqui.

Finalmente, alguém tinha percebido: não, não podíamos sair impunes. Zart conhecia o nosso segredo. Tinha matado um rato e o trouxera para nós. Mais do que um presente, parecia um aviso.

Albert me puxou para dentro, fechou, me abraçou com doçura, depois com força. Ele estava assustado. Não por ele – do que ele poderia ter medo? –, mas por mim. Não queria que eu sofresse por causa do nosso relacionamento, não queria que eu sofresse e ponto. Eu o segurei, queria cuidar dele, demonstrar-lhe. Naquele instante, pensei que nosso amor era digno, que não valia menos que os outros, que qualquer outro sentimento na Terra, que não havia nada de errado, de repreensível, se, ao abraçá-lo, começava a respirar novamente. Lentamente, como Pauline na cama comigo em Berlim.

31

Ouvindo com os olhos fechados, o barulho do refeitório seria um barulho bom. O som dos garfos nos pratos, o farfalhar da água derramada, o bater do vidro na madeira, a ruminação das bocas, o barulho de passos no chão, a sobreposição de vozes e sons de pássaros e latidos de cães, o rugido distante de um trator pego pelas janelas abertas. Seria nada mais que a hora do banquete; a necessidade humana de alimentar-se para não morrer gera ternura.

Mas se eu abrisse meus olhos novamente, eu os veria, os guardiões uniformizados, as armas carregadas, as bordas de nossa gaiola, e o barulho da louça voltava a ecoar escasso, o som comprimido de algo que está prestes a explodir. Eu estava pensando na noite anterior, no terror de que tivessem me descoberto, no rato morto. Eu não podia mais sustentar a mentira, era como se a trouxesse estampada toda vez que estava com alguém, e me surpreendia que o outro não a visse, mas eu não ficava aliviada: mais cedo ou mais tarde alguém a veria, eu vivia em alerta.

Naquela manhã, enquanto eu estava esperando o micro-ônibus, o gato se esfregou nos meus tornozelos e me afastei abruptamente. Eu conheço o seu segredo, estava me ameaçando, você não está segura.

— Por que você está com raiva do gato? — perguntou Herta, e eu senti que estava morrendo.

Todas as outras saíram, e eu fiquei sentada. O som do refeitório foi interrompido, o da porta que as garras de Zart arranhavam continuou a me martirizar.

— Berlinense — Elfriede veio e sentou-se ao meu lado, o cotovelo na mesa, uma das mãos segurando o queixo —, você não digeriu?

Eu tentei sorrir para ela.

— Você sabe, o veneno me dá um pouco de azia.

— Nesse caso, o leite pode ajudar. Mas agora vê se não vai roubá-lo, por favor.

Rimos. Elfriede virou a cadeira de lado, de modo que pudesse ter a vista do pátio.

Heike estava no balanço e Beate a empurrava, duas alunas na recreação. Talvez quando eram pequenas elas brincassem assim.

— São muito amigas — eu disse, notando que Elfriede também as observava.

— E mesmo assim — respondeu ela — Beate não estava quando Heike teve aquele problema.

Era a primeira vez que se referia ao aborto, ainda que tivesse evitado chamá-lo pelo nome.

— Mas foi Heike que não quis envolvê-la — argumentei. — Quem sabe por quê.

— Porque não queria contar a ela sobre o menino de dezessete anos.

Então Elfriede também sabia. Durante o caminho no bosque, Heike deve ter se confessado.

— Ainda estão juntos — ela adicionou. — As pessoas justificam qualquer comportamento com amor.

Aquela frase me apunhalou. Revi a porta do celeiro, Albert agitando-se, depois o rato morto entre os caninos de Zart. Tive que fazer força para dizer:

— E você acha errado?

— O ponto, berlinense, é que qualquer um pode justificar qualquer gesto. Sempre se acha uma desculpa.

Virou-se para mim.

— Se realmente ela acreditasse que fosse certo, Heike falaria abertamente com a sua melhor amiga. Sabe por que não tem vergonha de nós? Porque não somos tão chegadas.

Levou os olhos para a esquerda, como se ainda estivesse refletindo sobre isso.

— Ou — disse — Heike sente que Beate não está pronta para saber. Que não quer saber. Às vezes, saber é um peso. Que ela prefere não lhe dar. Mas ela teve sorte de não ter de guardar apenas para si.

Senti-me desmascarada, era de mim que ela estava falando, estava me pedindo para confessar. Não era necessário guardar tudo para mim, eu poderia compartilhar esse peso com ela. Ela não era Beate, ela entenderia.

Ou estaria me dizendo que eu estava me comportando pior do que Heike?

Não me interessava mais, pelo menos com Elfriede eu queria ser sincera, me iludir de ser melhor do que eu havia me tornado. Ela iria me dizer que o rato morto não era um presságio, e eu acreditaria.

Levantou-se, foi até um guarda e pediu para ser acompanhada ao banheiro. Era um sinal, queria que eu a seguisse, já tinha acontecido antes. Ou será que ela quis me dizer o contrário? Não me confesse nunca, não me torne sua cúmplice.

A saia cobria suas pernas até a metade da panturrilha, os músculos se comprimiam e se relaxavam no alternar da ponta dos pés e calcanhares. Sua marcha reta e altiva me encantava. Desde o início, Elfriede tinha me dado esse efeito: se meu olhar a interceptava, ele continuava enganchado ali. Deve ser por isso que me vi correndo atrás da trilha traçada por seus passos, alcançando o guarda e dizendo:

— Eu também preciso.

No banheiro, Elfriede foi se fechar em uma porta, mas eu a parei.

— Você não está apertada? — perguntou.

— Não, eu posso esperar. Tenho que falar com você.

— Mas eu não posso esperar.

— Elfriede...

— Escuta, berlinense, temos pouco tempo. Sabe guardar um segredo?

Meus órgãos pularam um sobre os outros.

Elfriede colocou uma das mãos no bolso, muito delicadamente, e pegou um cigarro e uma caixa de fósforo.

— Venho aqui fumar escondida. Segredo revelado.

Agachou-se no canto de uma das cabines, acendeu o cigarro e aspirou. Sorrindo, jogou fumaça na minha cara. Eu estava encostada no batente, e aquela lentidão que às vezes Elfriede demonstrava, em vez de dissuadir-me, tinha aumentado a minha pressa de falar. Ela iria me entender, iria me acalmar.

De fora, veio uma voz feminina. Elfriede me puxou para si, fechou rapidamente a porta. Deu uma última tragada, apagou o cigarro no azulejo e com um dedo sobre o lábio fez "Shhh", enquanto uma mulher entrava e se fechava e uma das cabines livres.

Estávamos tão perto como da primeira vez, mas agora Elfriede não queria me intimidar, ela me olhava com dois olhos espertos que eu nunca tinha visto nela, o cigarro entre os dedos e a mão esquerda balançando no ar para dispersar o cheiro de fumaça. O clima de transgressão a divertia, o nariz dela grunhiu e ela o cobriu, colocando o pescoço nos ombros. Estávamos tão perto, uma de frente para a outra, e eu também tive vontade de rir por reflexo.

Por um momento, esqueci onde a havia conhecido, o que me conduzira a ela, por um momento a sensação de plenitude que me dava estar no mesmo espaço que ela provocou uma euforia de ensino médio em mim. Éramos duas meninas, Elfriede e eu, escondidas naquela cabine, compartilhando um segredo inofensivo, um que não valeria a pena acrescentar ao inventário.

Assim que a mulher saiu do banheiro, Elfriede aproximou o seu rosto do meu, sua testa roçou na minha.

— Eu acendo de novo — ela disse baixinho — ou você acha que é muito perigoso?

— Provavelmente o guarda está se perguntando que fim que nós demos — respondi. — Daqui a pouco virá nos procurar.

— Certo. — Os olhos espertos brilhavam.

Ela pegou a caixa de fósforos.

— Mas se você quiser acender, eu espero aqui com você até você terminar.

— Mesmo?

— Pelo menos duas tragadas.

O fósforo acendeu, a chama queimou o papel.

— Agora dê uma tragada você — ela disse, colocando o cigarro na minha boca.

Puxei o fumo desajeitada, em vez de aspirá-lo, engoli, me deu uma leve náusea.

— Nem uma tossida, muito bem — sorriu Elfriede, pegando o cigarro de volta.

Inalou demoradamente, fechando um pouco as pálpebras. Estava serena, assim parecia.

— E se por acaso nos descobrem, berlinense, o que você vai fazer?

— Permaneço ao seu lado — respondi, colocando teatralmente uma mão sobre o peito.

— Mas se nos descobrem — ela disse —, vão me punir. O que você tem a ver com isso?

Naquele momento o guarda decidiu bater:

— Vão sair?

Elfriede jogou o cigarro no vaso, puxou a descarga, abriu a porta da cabine em que estávamos escondidas, depois a do banheiro e saiu.

Voltamos em silêncio. Elfriede de repente se concentrou em algo que não fui capaz de supor; os olhos não brilhavam mais, ela não ria, a intimidade de antes se evaporou. Eu provava um sentimento símile à vergonha.

Nós duas não éramos estudantes do ensino médio brincando, e eu não entendia aquela mulher.

No refeitório se lembrou:

— Ah, berlinense. O que você queria me falar?

Se eu não a entendia, por que ela iria me entender?

— Nada de importante.

— Ah não, por favor. Não queria te interromper, me desculpe.

Era muito perigoso contar sobre Ziegler a qualquer um, que absurdo eu pensar que poderia fazer isso.

— Não era nada, de verdade.

— Como você preferir.

Parecia decepcionada. Dirigiu-se ao pátio, e, quase como para segurá-la, para tê-la um pouco mais comigo, eu disse:

— Quando eu era criança, enquanto meu irmão dormia, me aproximei de seu berço e mordi forte sua mão.

Elfriede não respondeu, esperou que eu terminasse.

— Às vezes acho que é por isso que ele não me escreve mais.

32

Eu sabia que Albert tinha esposa e filhos, mas, quando ele me disse que voltaria para casa na Baviera na segunda semana de julho, era como se eu nunca tivesse sabido. Nos meses em que estávamos nos vendo, ele nunca saíra de licença: sua família era um conceito abstrato. Não era mais real do que um marido desaparecido, ou morto, ou apenas determinado a não voltar para mim.

Eu me recolhi de lado, me isolando no escuro. Albert me tocou, minhas costas tentaram afastá-lo, ele não desistiu. O que eu achava, que ele deixaria de ir até eles, só para não me deixar sozinha, a imaginá-lo puxando os cobertores dos filhos e depois indo para a cama com ela?

No começo, era fácil pensar em me afastar dele, na verdade era uma necessidade. Eu o imaginava com outras mulheres. Via Ulla se balançando em cima ele, Albert apertando seus quadris até imprimir em sua pele o sulco das unhas e esticando o pescoço para sugar os seios pontudos. Via Leni chateada porque ele estava com os dedos entre suas pernas, um massacre de capilares no rosto enquanto ele a deflorava. Eu fantasiava que tinha sido Albert quem tinha engravidado Heike. E não sentia dor, mas alívio. Uma espécie de exuberância: eu poderia perder aquele homem.

Mas a noite em que ele me avisou sobre a licença foi como receber uma porta na cara. Albert batia no meu nariz e trancava-se no quarto com sua esposa, com a sua vida separada de mim, e não se preocupava que eu ficasse lá esperando por ele.

— E o que eu devo fazer? — perguntou, com a mão ainda nas minhas costas.

— O que você quiser — respondi sem me virar. — Eu depois da guerra vou embora para Berlim. Então, se você preferir, pode me esquecer desde já.

— Mas eu não posso.

Tive vontade de rir. Não era mais o riso bobo dos amantes. O declínio havia começado, e eu estava rindo de raiva.

— Por que está fazendo isso?

— Porque você é ridículo. Estamos presos aqui e não vemos a hora de ir embora. E você também é um SS e leva para a cama alguém que não tem escolha.

Ele tirou a mão das minhas costas. A perda daquele contato me fez sentir em perigo. Ele não respondeu, nem se vestiu, nem dormiu, permaneceu imóvel, exausto. Eu esperava que ele me tocasse novamente, me abraçasse. Não queria dormir nem ver o amanhecer.

Voltei a pensar que não tínhamos o direito de falar de amor. Vivíamos em uma época amputada, que derrubava cada certeza, destruía famílias e acabava com qualquer instinto de sobrevivência.

Depois do que eu lhe disse, ele poderia ter se convencido de que eu o deixara entrar no celeiro por medo, e não por causa da intimidade entre nós, que parecia antiga.

Entre nossos corpos havia uma espécie de irmandade, como se tivéssemos brincado juntos quando crianças. Como se aos oito anos de idade tivéssemos mordido o pulso um do outro para deixar um "relógio" gravado, a marca da arcada dentária que brilhava com a saliva. Como se tivéssemos dormido no mesmo berço, o que bastava para acreditar que o hálito quente do outro era o próprio cheiro do mundo.

No entanto, essa intimidade nunca foi habitual, era um ponto de catástrofe. Passava um dedo no centro do seu peito e minha história pessoal era destruída, o tempo se contorcia, uma duração sem progresso. Apoiava minha mão em sua barriga e Albert revirava os olhos, arqueando a coluna.

Eu nunca pensei que pudesse confiar no que ele falava, porque falava pouco ou não dizia tudo. Vazava uma sensação de exclusão de seus discursos. Ele não estava na linha de frente, um sopro no coração o havia isentado, mas o rigor e a devoção com que havia servido a Alemanha o fizeram escalar muitos graus da Waffen-SS. Então, um dia, ele pediu para ser designado para diferentes funções. "Diferente do quê?", perguntei-lhe uma vez. Ele não respondeu.

Naquela noite, no entanto, depois que eu o recusei, enquanto eu estava lhe dando as costas, no silêncio, ele disse:

— Eles se suicidavam. Nós estávamos na Crimeia.

Virei-me em sua direção.

— Quem se suicidava?

— Os oficiais da SS, os oficiais da Wehrmacht, todos. Tinha os deprimidos, os bêbados, os inválidos. — Um sorriso tornou seu rosto estranho para mim. — E tinha aqueles que se matavam.

— O que vocês faziam ali?

— Algumas mulheres eram lindas, estavam em pé, todas nuas. Elas precisavam se despir: as roupas eram lavadas e colocadas nas malas, eram reutilizadas. Eles as fotografavam.

— Quem? Que mulheres?

Estava imóvel, seu rosto estava voltado para as vigas, como se não estivesse falando comigo.

— As pessoas vinham matar a curiosidade, traziam até crianças e tiravam fotos. Algumas eram lindas, parar de olhá-las era impossível. Um dos meus homens não resistiu. Certa manhã, eu o vi cair no chão, sobre o rifle. Estava desmaiado. Outro me confessou que não dormia... Temos de cumprir nosso dever com alegria — ele levantou a voz.

Tapei-lhe a boca.

— Isso é o que se espera de nós — continuou ele, com a boca contra a minha mão, ele não a tirou, fui eu quem a afastou. — O que mais eu poderia dizer a ele? Eu sabia que eles as fodiam. Eles fodiam todas, mesmo que fosse proibido, mas elas nunca poderiam falar. Dupla ração alimentar: livrar-se de cinquenta pessoas por dia é um trabalho árduo até para nós.

Albert franziu o rosto. Cinquenta pessoas por dia – tive medo.

— Então, uma manhã, um enlouqueceu. Em vez de apontar-lhes, ele apontou a arma para nós e atirou. Nós atiramos de volta.

Naquele momento, eu poderia saber das valas comuns, dos judeus deitados de bruços, presos um ao outro, esperando o golpe na nuca, da terra jogada em suas costas, as cinzas e o hipoclorito de cálcio, para não deixar fedor, da nova camada de judeus que se deitavam nos cadáveres e ofereciam a nuca também. Poderia saber das crianças levantadas pelos cabelos e fuziladas, das longas filas de um quilômetro de judeus ou russos – *são asiáticos, não são como nós* – prontos para cair em covas ou entrar em caminhões para serem gaseados com monóxido de carbono. Eu poderia ter aprendido isso tudo antes do final da guerra. Eu poderia ter perguntado. Mas eu estava com medo, não conseguia falar e não queria saber.

O que sabíamos naquela época?

Em março de 1933, a abertura do campo de concentração de Dachau, com suas cinco mil vagas, foi anunciada no jornal. As pessoas diziam que era um campo de trabalho. Não que se falasse sobre isso de bom grado. Um homem que voltou dali, contava-se, disse que os detentos tinham de cantar o "Horst Wessel Lied" enquanto eram açoitados. "Ah, é por isso que eles chamam de *campo de concerto*", brincou o varredor de rua, e continuou varrendo. Poderia se jogar com a carta de propaganda inimiga – se todos jogassem, para encurtar a conversa –, mas não ela seria oportuna o suficiente. Depois, aqueles que retornavam de lá diziam apenas: "Por favor, não me pergunte, não posso contar", e naquele momento as pessoas ficavam preocupadas.

O dono da mercearia garantia: um local para criminosos, principalmente se houvesse clientes ouvindo. Um lugar para dissidentes, para comunistas, para aqueles que não calam a boca. *Bom Deus, não me faça falar, porque não quero ir para Dachau*: tornou-se uma oração. Lá eles os fazem calçar botas novas destinadas à Wehrmacht, as pessoas diziam, e andar um pouco nelas para amolecê-las, assim, os soldados que vão usá-las não correm o risco de ter bolhas nos pés. Pelo menos isso não tem risco. Um instituto de reeducação, explicava o ferreiro, você vai até lá e eles fazem uma lavagem cerebral em você: quando você sai, o desejo de criticar certamente passou. Como dizia a canção? "Dez pequenas críticas": as crianças também sabiam. Se você não se comportar bem, mando você para Dachau, prometiam os pais. Dachau, o lugar do bicho-papão; Dachau, *o* lugar do bicho-papão.

Eu vivia com medo de que levassem meu pai, ele que não conseguia ficar quieto. A Gestapo está de olho em você, alertou um colega, e minha mãe gritava: "Difamação contra o Estado Nacional Socialista, isso lhe diz alguma coisa?". Meu pai não lhe respondia, batia a porta. O que ele sabia, o ferroviário? Ele tinha visto os trens lotados de pessoas? Homens, mulheres e crianças amontoados em vagões de gado. Ele também acreditava que o plano era apenas reinstalar os judeus no Oriente, como se dizia? E Ziegler, sabia de tudo? Dos campos de extermínio. Da solução final.

Com a mão, procurei a camisola, porque estava nua, e me sentia ameaçada; eu tinha medo de que ele percebesse e ficasse com raiva. Ele se virou para mim.

— Eles disseram que não era um problema, que poderíamos ser designados para outras funções. E eu estava entre os que partiram. A quantidade de pessoas disponíveis era abundante, então fui transferido. De qualquer forma, nada mudou. Eu podia não comandar meus homens, mas outros o fariam por mim.

Afastei-me sorrateiramente, devagar, como se não tivesse permissão para me mover.

— Está amanhecendo — eu disse, levantando-me.

Ele assentiu com o queixo, como sempre.

— Tudo bem — disse — Vá para a cama.

— Boa viagem.

— Nos vemos daqui a vinte dias.

Não respondi. Ele tinha feito um pedido de ajuda, mas eu não tinha entendido, e havia negado.

Eu podia fazer amor com Ziegler ignorando quem ele era: no celeiro, estavam só os nossos corpos, nossas piadas e aquele menino com quem eu havia feito uma aliança, nada mais. Ninguém mais. Eu podia fazer amor com Ziegler mesmo tendo perdido um marido na frente, que matara, por sua vez, soldados e civis, e talvez ele também tivesse ficado sem dormir, ou inválido, ou tivesse fodido as russas — *elas são asiáticas, não são como nós* —, porque ele aprendeu a fazer guerra, e sabia que a guerra se faz assim.

Anos mais tarde, imaginei Ziegler sentado na cama, na Crimeia, os cotovelos nos joelhos, a testa pesando nos dedos entrelaçados. Não sabe o que fazer. Quer ir embora, pedir transferência. Teme que isso possa comprometer sua carreira. Se você sair de Einsatzgruppen, provavelmente não receberá mais nenhuma promoção. Não é uma questão moral. Ele nunca se importou com os russos, judeus, ciganos. Ele não os odeia, mas também não ama a humanidade, e certamente não acredita no valor da vida.

Como se faz para dar valor a algo que pode acabar a qualquer momento, algo tão frágil? Valorizamos o que tem força, e a vida não tem;

o que é indestrutível, e a vida não é. Tanto é assim que alguém pode vir e pedir que você sacrifique a sua vida por algo que tem mais força. A pátria, por exemplo. Gregor decidiu fazê-lo, alistando-se.

Não se trata de fé: Ziegler viu com os próprios olhos o milagre da Alemanha. Muitas vezes, ele ouviu seus homens dizerem: "Se Hitler morrer, eu também quero morrer". Afinal, a vida importa tão pouco, entregá-la a alguém enche-a de significado. Mesmo depois de Stalingrado, os homens continuaram confiando no Führer, e as mulheres, enviando em seu aniversário almofadas nas quais bordavam águias e suásticas. Hitler disse que sua vida não terminará com a morte: é aí que ela vai começar. Ziegler sabe que ele está certo.

Ele tem orgulho de estar do lado daqueles que estão certos. Ninguém ama os perdedores. E ninguém ama todo o gênero humano. Não se pode chorar pelas existências interrompidas de bilhões de indivíduos de seis milhões de anos atrás. Não era esse o pacto original, que toda existência na Terra deveria ser interrompida, mais cedo ou mais tarde? Ouvir com os próprios ouvidos o relincho consternado de um cavalo tortura mais do que o pensamento de um homem desconhecido, morto porque de morte é feita a História.

Não existe piedade universal, apenas piedade diante do destino de um único ser humano. O rabino idoso que ora com as mãos no peito, porque entendeu que vai morrer. A mulher judia tão bonita, prestes a ser desfigurada. A russa que colocou as pernas em volta da sua pélvis e fez você se sentir protegido por um momento.

Ou Adam Wortmann, o professor de matemática, que havia sido preso diante dos meus olhos. A vítima que então encarnou para mim todas as outras, todas as vítimas do Reich, do planeta, do pecado de Deus.

Ziegler tem medo de não se acostumar com o horror e passar todas as noites sentado na cama sem dormir. Tem medo de se acostumar com o horror e, assim, deixar de sentir piedade por alguém, até por seus filhos. Tem medo de enlouquecer, precisa pedir transferência.

Seu Hauptsturmführer ficará desapontado: justo Ziegler, que nunca recuou, que seguiu em frente apesar dos problemas de saúde. O que ele vai dizer a Himmler agora? Você tinha causado uma ótima impressão nele, ele não aceitará que estava errado.

Ziegler tem o sangue que sibila em vez de fluir em silêncio, sem incomodar ninguém: ele parece ouvi-lo quando está na cama e não consegue dormir. E então ele pede para ser transferido e desiste de tudo, mas seu coração não para de sibilar. Está com defeito, não dá para consertar, não há remédio para as coisas que nascem erradas. A vida, por exemplo, não há remédio, tem a morte como objetivo; por que os homens não tiram vantagem disso?

Quando chega a Krausendorf, o Obersturmführer Albert Ziegler sabe que continuará Obersturmführer para sempre, sem subir nenhum grau. Ele tem a sede de vingança do fracassado e impõe o mesmo rigor que o levou ao topo, ainda que se sinta desmoronando. Então, uma noite, ele vem à minha janela e começa a me olhar.

Por anos acreditei que eram os seus segredos – os segredos que não podia confessar, que eu não queria ouvir – que me impediram de amá-lo de verdade. Era uma estupidez. Eu não sabia muito mais do meu marido. Tínhamos vivido por apenas um ano debaixo do mesmo teto, e depois ele foi para a guerra: não que não o conhecesse. Aliás, o amor acontece entre desconhecidos, entre estranhos impacientes em forçar a fronteira. Acontece entre as pessoas que se dão medo. Não foi aos segredos, mas à queda do Terceiro Reich que o amor não sobreviveu.

33

No verão, o cheiro dos pântanos era tão forte que tudo ao meu redor parecia estar sujeito a um processo de decomposição: me perguntava se logo eu estaria apodrecendo também. Não foi Gross-Partsch que me estragou, eu estava corrompida desde o início.

Em julho de 1944, os dias de calor nos atingiram – a umidade grudou as roupas à pele –, e também os pelotões de pulgas: elas nos cercavam, nos atacavam.

Eu não tivera notícias de Albert desde que ele partira. Todos desapareciam sem me escrever mais.

Uma quinta-feira, logo após o trabalho, Ulla, Leni e eu fomos ver um filme com Heiner e Ernst. O calor estava insuportável: fechados na tenda, nem mesmo uma janela para filtrar o ar, nos sufocaríamos. Mas Ulla insistia, a ideia de ir ao cinema depois do almoço lhe entusiasmava, e Leni queria estar com Ernst, ela repetia: "Vai, por favor, vai".

O filme tinha quase dez anos e tinha alcançado um sucesso incrível. Uma mulher que o tinha dirigido, uma mulher que sempre fazia o que queria, pelo menos era o que dizia Ulla, que entendia sobre pessoas do show business. Talvez ela tivesse lido isso nas revistas que pegava para folhear até no quartel, ou talvez fosse ideia sua, mas estava convencida de que havia algo de terno entre a diretora e o Führer. Além do mais, ela era muito bonita.

— Vocês têm o mesmo nome — disse Ernst a Leni, abrindo a cortina para deixá-la passar. — Leni Riefenstahl. — Leni sorriu e olhou dentro da sala para encontrar um lugar. Ela nunca tinha visto aquele filme, diferente de mim.

Os bancos de madeira estavam quase todos ocupados, os soldados haviam colocado suas botas enlameadas nos assentos da frente. Ao nos ver entrar, alguns se recompuseram e bateram com as costas da mão na madeira para limpá-la, outros permaneceram esparramados, um ombro contra a parede, as costas largadas, braços cruzados, não tinham intenção nenhuma de dissipar a dormência que causava um bocejo depois outro. Estavam lá também Sabine e Gertrude, eu as reconheci pelas tranças em espiral nas laterais da cabeça; elas se viraram e, embora nos notassem, não nos cumprimentaram.

Sentamo-nos nos lugares que nossos acompanhantes haviam encontrado para nós. Ernst e Leni na fila da direita; Heiner, Ulla e eu à esquerda.

Entusiasmado com todo o tipo de inovação tecnológica, Heiner dizia que *O triunfo da vontade* era um filme de vanguarda. As filmagens de cima o entusiasmavam, o avião que dividia as nuvens, penetrando na massa branca e fuliginosa sem medo de ficar preso.

Eu lia os escritos que passavam nas imagens – "vinte anos após o início da guerra mundial", "dezesseis anos desde o início do sofrimento alemão", "dezenove meses após o renascimento da Alemanha" –, e as nuvens pareciam cair sobre mim. Lá de cima, com as altas torres de sino, Nuremberg era linda, a sombra do avião projetando-se em suas ruas, casas, pessoas, era uma bênção, não um perigo.

Olhei para Leni: os lábios abertos, a língua entre os dentes, ela tentava entender tudo o que havia para entender. Talvez, antes que o filme terminasse, Ernst pegasse em sua cintura. Talvez o queixo estendido de Leni fosse o sinal de uma espera, uma oferta.

Eu me abanava com as mãos e, quando Heiner anunciou: "Olha, agora vai pousar", para que eu e Ulla prestássemos atenção, eu bufei.

Na tela, o pescoço do Führer estava nu demais, tão infeliz quanto qualquer pescoço descoberto, a alegria de Wagner ao fundo não podia resgatá-lo. O Führer correspondeu à saudação simultânea dos milhares de braços levantados, mas manteve o cotovelo dobrado e a mão pendurada no pulso – como se quisesse pedir desculpas, "eu não tenho nada a ver com isso".

Eu não sabia, só depois vim a saber que, naquele momento, não muito longe da tenda que os soldados usavam como cinema, uma outra mão estava mexendo em uma bolsa. Embora sem dois dedos, a mão agarrou freneticamente uma pinça e quebrou uma cápsula de vidro para liberar o ácido que corroeria o fio: um fio fino de metal, dez minutos e estaria consumado.

O coronel cerrou os dentes e arregalou as narinas. Ele teve de embrulhar tudo na camisa e colocar de volta na bolsa, bem escondido entre os documentos, e, para isso, tinha apenas uma mão, ou melhor, três dedos. Sua testa estava pingando suor, não por causa do calor.

Não havia mais tempo. A reunião fora adiantada para o meio-dia e meia por causa da visita iminente de Mussolini, e o marechal de campo Keitel, que estava esperando do lado de fora de seu alojamento em Wolfsschanze, aonde o coronel havia retornado com uma desculpa, gritou para que ele se apressasse. Ele havia perdido a paciência: mesmo antes ele tomara a liberdade de apressá-lo, mas com o respeito reservado a um homem de guerra mutilado como Claus Schenk Graf von Stauffenberg. O fascinante coronel de que Maria tanto gostava.

Stauffenberg saiu segurando a bolsa. Keitel olhou para ela. Nada mais normal do que ir a uma reunião com uma bolsa cheia de papéis, mas talvez Stauffenberg a estivesse segurando com muita força, e esse era o elemento incongruente para Keitel.

— Estão todos aqui — disse o coronel. — Os documentos sobre as novas divisões do Volksgrenadier, sobre os quais irei reportar ao Führer.

O marechal de campo fez que sim com a cabeça e se afastou. Qualquer elemento inconsistente passava despercebido em razão da urgência de ir à reunião em Lagebaracke.

Eu suava naquela maldita tenda aonde tinha ido apenas para contentar Leni, que estava conversando firmemente com Ernst e rindo, suas bochechas salpicadas de vermelho, e as orelhas e o pescoço, como se a rosácea tivesse invadido cada centímetro de pele.

Ulla os espiava em vez de assistir ao filme, e Heiner começou a bater os dedos no banco. Os discursos dos hierarcas o aborreciam, não pelo que diziam: pela repetitividade dos ângulos. Batia o indicador na madeira como se quisesse pressionar os oradores, mas no Congresso do Partido Nacional Socialista de cinco de setembro de 1934 todos queriam dar a sua opinião. Rudolph Hess, que naquele dia ainda não tinha sido declarado louco por Hitler, gritava na tela:

— O senhor nos deu a vitória, o senhor nos dará a paz.

Quem sabe se o general Heusinger teria concordado com essa previsão. Eu não podia saber, só depois vim saber que, quando Stauffenberg entrou na sala de conferências, o vice-chefe de Estado maior Heusinger, à direita de Hitler, estava lendo um relatório assustador. A partir do relatório, ficou claro que, após o último avanço da frente central russa, a posição dos exércitos alemães se tornou muito arriscada. Keitel olhou para Stauffenberg: a reunião já havia começado. *Meio-dia e trinta e seis*, pensou o coronel, seis minutos e o ácido vai corroer o fio.

Hitler, de costas para a porta, sentado a uma mesa grossa de carvalho, brincava com a lupa de aumento que usava para estudar os mapas dispostos à sua frente. Keitel sentou-se à sua esquerda, Stauffenberg, por sua vez, sentou-se ao lado de Heinz Brandt. Enquanto em nossa tenda a voz gravada de Dietrich exigia que a imprensa estrangeira dissesse a verdade sobre a Alemanha, o coronel Stauffenberg arregalou as narinas novamente, inalando. Qualquer um que o olhasse nos olhos entenderia. Mas ele usava um curativo à esquerda, e inclinou a cabeça.

Tremendo levemente, ele empurrou a bolsa debaixo da mesa com o pé, deslizou-a no chão para que ficasse o mais próximo possível das pernas do Führer, engoliu uma gota de suor que caíra em seus lábios e, lentamente, um passo depois do outro, saiu. Ninguém notou, eles estavam concentrados nos mapas que Heusinger apontava sombriamente. Quatro minutos, contou Stauffenberg, e o fio estaria completamente terminado.

No cinema rudimentar improvisado pelos soldados da Wehrmacht, Ernst pegou a mão de Leni e ela não se retraiu, mas apoiou a cabeça em seu ombro. Ulla desviou o olhar, mordeu a unha, e Heiner me cutucou, não para comentar sobre o idílio.

— A segunda parte é incrível, você sabe quando a águia preenche todo o quadro, sem som? — ele me perguntou, como se a qualidade do filme fosse uma questão de honra para ele. Na tela, a voz de Streichen alertou:

— Um povo que não se importa com a pureza de sua raça encontrará sua ruína.

Dentro da bolsa de Stauffenberg, o fio metálico estava encolhendo. O coronel avançava impassível para deixar o prédio, uma ligeira rigidez do busto. Ele certamente não podia correr, mas seu coração batia como se estivesse correndo.

Em Lagebaracke, Heinz Brandt inclinou-se sobre o mapa para ver melhor – as letras eram minúsculas e ele não tinha uma lupa –, tropeçando com a bota naquela bolsa abandonada. Ele a afastou para que não incomodasse, um gesto automático, estava muito absorto com Heusinger. Ao meio-dia e quarenta Stauffenberg não parou, rígido em seu tronco, continuou a andar. Faltavam dois minutos.

— Tornando os compatriotas alemães francos, orgulhosos e com direitos iguais — a voz de Ley ecoou na tenda e, naquele momento, Ernst já havia segurado Leni perto de si, parecia estar decidido a beijá-la, até Heiner notou. Ulla começou a se levantar para sair, e ele sussurrou em seu ouvido:

— Você viu os periquitos? — bloqueando-a.

Lembrei-me de meu pai quando dizia que o nazismo havia anulado a luta de classes pela luta entre raças.

De pé na tela, o próprio Adolf Hitler cumprimentou o exército de cinquenta e dois mil trabalhadores presentes no apelo, todos em fila e alinhados.

— Pás para cima — gritou.

As pás estalaram como rifles, e um estrondo ensurdecedor soou na tenda, jogando-nos para fora dos bancos. Senti minha cabeça bater no chão, e depois nada, nenhuma dor.

Enquanto morria, pensei que Hitler estivesse morrendo também.

34

Depois de algumas horas da explosão, eu não conseguia escutar nada por um dos ouvidos.

Um apito agudo perfurava meu tímpano, monótono, obsessivo como os alarmes em Berlim: qualquer que fosse a nota, ressoava em meu crânio, me abafando do mundo exterior, da agitação criada.

A bomba explodiu dentro de Wolfsschanze.

— Hitler está morto — disseram os soldados, correndo de um lado para o outro. O projetor, inclinado pelo impacto, reproduzia apenas escuridão, um zumbido constante, e Leni tremia com o mesmo desespero que no primeiro dia no refeitório. Ela não se importava mais com Ernst, que, no meio da agitação, perguntava a Heiner:

— O que faremos?

Heiner não respondia.

— Está morto — disse Ulla, e estava surpresa, porque ninguém jamais acreditaria na morte de Hitler. Ela se levantou antes de todo mundo, olhou em volta como se estivesse sonolenta e disse:

— Acabou — um murmúrio suave.

Com a cara no chão, eu tinha visto o rosto de minha mãe novamente, a camisola por baixo do casaco, ela tinha morrido vestida de maneira ridícula, eu a abracei e senti seu perfume, eu tinha visto novamente minha mãe morta sob as bombas, e uma nota que não eu conseguia reconhecer ecoava em meu tímpano: pensava que fosse um castigo criado especialmente para mim.

Mas não, o Führer também sofria o mesmo castigo que eu, e não apenas isso. Para sair dos escombros de Lagebaracke, ele passou por um Keitel ileso e, com o rosto de chaminé, a cabeça fumegante, o braço de marionete e as calças em tiras como uma saia havaiana, ele estava muito mais ridículo do que minha mãe.

Com a diferença de que ele estava vivo. E disposto a se vingar.

Ele anunciou no rádio por volta de uma da manhã. Herta, Joseph e eu escutamos sentados à mesa da cozinha, exaustos mas acordados. Não tínhamos feito nada além de ficarmos grudados no rádio, esquecendo até mesmo de jantar. Naquele dia, não teve o turno da tarde em Krausendorf, o micro-ônibus não veio me buscar, mas, de qualquer forma, não teria me encontrado. Consegui voltar somente muitas horas depois, a pé e sem palavras, deixando Leni e Ulla, que não paravam de especular: o que aconteceria agora que Hitler estava morto?

Mas Hitler estava vivo e, pelos microfones de Deutschlandsender, ele o comunicou à nação e a toda a Europa: ter escapado da morte era o sinal de que ele executaria a tarefa que lhe fora confiada pela Providência.

Mussolini havia dito isso também. Chegando às quatro da tarde devido a um atraso no trem – embora a reunião tivesse sido antecipada para recebê-lo –, ele vagou pelas ruínas com seu amigo ferido, que no ano anterior havia enviado um comando nazista ao Gran Sasso para libertá-lo da prisão em que havia sido confinado. Até seu genro, Galeazzo Ciano, votara contra ele em julho passado: certamente não se podia dizer que julho era um bom mês para os ditadores. Mas Mussolini – otimista incurável – ousara ter esperança na confiança do rei, o mesmo rei que o chamara de Gauleiter de Hitler na Itália.

Os italianos são assim, covardes, um pouco preguiçosos, certamente não são os melhores soldados em circulação; no entanto, eles são otimistas. E Mussolini era um bom amigo. Mais cedo ou mais tarde, Hitler teria que lhe mostrar como ele era bom em imitar o riso de Vittorio Emanuele. De todos os estadistas que Hitler gostava de imitar, o pequeno com uma gargalhada estridente era seu cavalo de batalha, fazia qualquer um rir. Mas não era hora de brincar, ele havia queimado as panturrilhas e tivera um braço paralisado, e tinha escoltado Mussolini entre as ruínas apenas porque, se ele tivesse ido para a cama como o médico lhe aconselhou, o mundo teria contado muitas mentiras sobre ele.

Diante do perigo que o amigo correu, o Duce havia mostrado o otimismo esperado: era impossível para os dois perder depois daquele milagre. E tinha sido ele mesmo quem tinha ajudado nisso, embora Hitler não estivesse ciente. A mudança no horário colocou em dificuldade os bombistas, que tiveram tempo de acionar apenas uma das duas bombas planejadas, e uma não foi suficiente. Mussolini havia salvado sua vida.

No rádio, o Führer gritou que havia sido uma gangue de criminosos, pessoas que nada tinham a ver com o espírito da Wehrmacht, nem com o espírito do povo alemão. E que seria aniquilada sem piedade.

Joseph mordeu o cachimbo, o maxilar estalou. Ele também correu o risco de me perder, além de um filho que nunca havia enterrado, e a postura inflexível com a qual se sentava, o punho na toalha da mesa, mantinha distante até Zart, que foi se agachar embaixo da mesa.

O apito na minha cabeça continuou a me torturar, então Hitler pronunciou o nome de Stauffenberg: uma facada no ouvido, eu o cobri com a mão. O contraste entre a cartilagem quente e minha palma fria me socorreu por um momento.

Stauffenberg era o responsável pelo Putsch, disse o Führer, e eu pensei em Maria. Eu não sabia que o coronel já havia sido fuzilado, nem o que esperava por minha amiga.

A janela estava aberta naquela noite de julho. Não havia ninguém na estrada, o celeiro estava fechado. Os sapos coaxavam imperturbáveis, sem saber do risco que seu senhor havia corrido algumas horas antes, sem nem saber que tinham um senhor.

— Vamos acertar as contas do jeito que os nacional-socialistas estão acostumados — gritou Hitler, e o cachimbo de Joseph quebrou sob seus dentes.

35

Maria foi presa no dia seguinte com o marido, levada para Berlim e mantida em cárcere. Na cidade, soube-se imediatamente: a notícia corria na fila do leite ou do poço, nos campos ao amanhecer e até no lago Moy, onde as crianças nadavam, inclusive os filhos de Heike, que haviam aprendido a nadar. Todos imaginavam o grande castelo vazio agora que os barões não estavam lá e que os criados tiveram que trancar as portas. Imaginaram entrar forçando a porta, talvez a de serviço, e sendo cercados por um luxo, uma magnificência que nunca haviam testemunhado, depois saindo pela entrada principal como após uma recepção, talvez escondendo dinheiro debaixo da camisa ou nas calças. Mas o castelo era vigiado dia e noite, ninguém podia acessá-lo.

Joseph também ficou sem emprego.

— Melhor assim — disse Herta —, você está velho, não percebeu?

Ela parecia zangada com ele porque, durante anos, estivera envolvido com a baronesa, e estava preocupada que viessem interrogá-lo e capturá-lo.

Ele também temia por mim e me interrogava: o que eu tinha compartilhado com aquela mulher, eu realmente sabia quem ela era, tinha conhecido alguém estranho em sua casa? De repente, Maria era perigosa, uma pessoa da qual seria melhor se afastar. Minha amiga mimada e atenciosa: eles a fecharam em uma cela sem partituras, tiraram seu vestido que ela mandou costurar quase idêntico ao meu.

Hitler havia decidido agilizar, tribunal popular em vez de militar, julgamentos sumários e execuções imediatas por enforcamento, um laço apertado no pescoço com uma corda de piano pendurada em um gancho de matadouro. Não apenas os suspeitos de terem qualquer participação no atentado, mas também seus parentes e amigos foram presos e deportados, e qualquer um que oferecesse asilo aos procurados era executado. Clemens von Mildernhagen e sua esposa Maria eram amigos de longa data do coronel Stauffenberg; eles o haviam hospedado várias vezes no castelo. Segundo a acusação, Stauffenberg havia conspirado lá com outros conspiradores: os barões de Gross-Partsch eram pessoas ambíguas.

Mas o que a acusação sabia sobre o entusiasmo ecumênico de Maria, seus pensamentos suaves, sem picos e desfiladeiros? Ela conhecia as flores, as músicas e pouco mais, apenas o que precisava. Talvez o coronel tivesse agido por trás deles, usando escondido o castelo como sede para seus encontros, talvez o barão fosse cúmplice e tivesse mantido sua esposa no escuro sobre tudo: eu não tinha ideia, afinal, eu não havia tido nenhum contato com ele. Mas eu sabia que Maria amava Stauffenberg e Hitler, e ambos a haviam traído.

Na mesa de cabeceira, ao lado da lâmpada de óleo, estava o último livro que ela me dera e que eu nunca devolveria, os poemas de Stefan George. Claus lhe havia dado o livro de presente, havia uma dedicatória na página de rosto. Devia ser muito precioso para ela, e mesmo assim ela me emprestou. Eu achava que Maria se importava comigo, embora desse seu modo rarefeito, mais do que eu me importava com ela, que sobretudo me divertia com a vaporosidade com que ela estava no mundo.

Rasguei as páginas do livro uma a uma, amassei-as e acendi uma pequena fogueira no quintal de trás. Vendo as chamas tremerem, cada vez mais altas e torcidas, Zart correu para dentro da casa. Eu estava queimando um livro, eu, sem banda ou carroças, sem nem mesmo o cacarejo das galinhas para comemorar. Fiquei aterrorizada pela hipótese de os nazistas, ao virem me procurar, encontrarem a assinatura de Stauffenberg nos poemas de George e me prenderem. Eu estava queimando um livro para renegar Maria. Mas aquela fogueira, que apagava tudo o que me restava dela, também foi o ritual desajeitado com o qual me despedi dela.

Joseph foi interrogado, mas logo liberado, e ninguém se lembrou de mim. Não sei o que aconteceu com os filhos de Maria. Eles eram apenas crianças, e os alemães, todo mundo sabe, amam crianças.

As novas diretrizes em defesa do Führer também nos envolveram, as provadoras. Forçadas a fazer uma mala, fomos levadas de nossas casas. Herta me viu desaparecer, o nariz colado na janela atrás da curva de Gross-Partsch, e a angústia que a consumia como no primeiro dia.

No pátio, além de nos revistar, os guardas conferiram as malas; somente depois pudemos entrar. Krausendorf tornou-se almoço, jantar e dormitório, tornou-se nossa prisão. Era permitido que dormíssemos em casa somente às sextas e aos sábados, o resto da semana era dedicado ao Führer, que havia comprado toda a nossa vida, e pelo mesmo preço, não nos sendo permitido negociar. Segregadas no quartel, éramos soldados sem armas, escravos de alta posição, éramos algo que não existe, e, de fato, ninguém fora de Rastenburg jamais soube de nossa existência.

Ziegler voltou no dia seguinte ao atentado, veio ao refeitório e anunciou que, a partir daquele momento, eles nos vigiariam sem descanso, os eventos recentes provaram que não se podia confiar, muito menos em nós, mulherzinhas do campo que estavam acostumadas a estar com os animais, o que nós entendíamos de honra ou lealdade, provavelmente ouvíamos falar pelos microfones da rádio alemã – "pratique sempre a lealdade e a honestidade", dizia a canção –, mas nos entrava por um ouvido e nos saía por outro, nós, traidoras em potencial, que venderíamos nossos filhos por um pedaço de pão e abriríamos as coxas para qualquer um, de acordo com a oportunidade do momento; mas ele nos trancaria como animais enjaulados: as coisas estavam mudando agora que ele estava de volta.

Os SS estavam de cabeça baixa, pareciam envergonhados com aquele discurso desconexo que não tinha nada a ver com o Putsch, parecia um desabafo pessoal. Talvez o Obersturmführer tivesse pegado sua esposa na cama com outro, pensaram, talvez em casa ele tivesse de obedecer – algumas mulheres comandam você com uma varinha – e agora tinha de se refazer, estufava o peito e levantava a voz: ele precisava de dez mulheres em suas mãos para se sentir homem, precisava da tarefa de comandar um quartel incomum para sentir que tinha poder e que estava autorizado a abusar dele.

Era eu quem estava pensando nisso.

A respiração de Elfriede ficou presa em suas narinas, e Augustine lançava maldições em voz baixa, correndo o risco de que Ziegler percebesse. Eu olhava para ele esperando que nossos olhos se cruzassem. Mas ele me evitou: foi isso que me convenceu de que ele estava falando comigo. Ou ele apenas recorria a uma lista de lugares-comuns para criar um discurso eficaz, subjugando no ponto certo, como qualquer monólogo ao qual nenhuma réplica é esperada. Talvez ele tivesse algo a esconder, ele que conversava com Stauffenberg e o barão, naquela noite de maio no castelo: eu me perguntava se seus colegas o haviam pressionado, se alguém tinha duvidado dele. Ou se ele se tornou tão marginal que ninguém o notou com o conspirador e seus supostos cúmplices. Ziegler estava frustrado, com raiva: justo quando acontecia algo marcante, ele não estava lá.

Mas depois eu dizia a mim mesma que era plausível que ele tivesse ido de propósito à Baviera, que eu nunca havia entendido nada, nem dele nem de Maria, todos mentiram para mim. Eu nunca soube a verdade, nunca perguntei.

As camas foram colocadas nas salas de aula no primeiro andar, uma área do quartel onde nunca tínhamos estado. Três provadoras por quarto, exceto no maior, onde quatro ficaram alojadas. Eles nos permitiram escolher as camas e as nossas colegas de quarto. Eu escolhi a encostada na parede, ao lado de Elfriede, e depois tinha Leni. Olhei pela janela, vi duas sentinelas. Movimentavam-se pelo perímetro da escola, a ronda durava a noite toda. Uma delas me notou e ordenou que eu fosse para a cama. O Lobo na Toca vigiava alerta, ferido e chamuscado, vicioso e sem saída. E Ziegler dormia no anel externo de Wolfsschanze, o coração do quartel estava interditado para ele.

— Sinto sua falta — ele disse, algumas manhãs depois, encontrando-me no corredor. Eu fiquei para trás, tinha torcido um tornozelo, meu sapato havia escapado. O SS estava me observando de longe, enquanto ordenava a fila para o refeitório. — Sinto sua falta — e levantei a cabeça, meu pé ainda nu, o tornozelo dolorido. O SS se aproximou para mostrar sua solicitude, e eu calcei o sapato, ajudando com um dedo coloquei o calcanhar, equilibrando em uma perna só. Eu tive o instinto de me apoiar em Albert, ele teve o instinto de me segurar, estendeu a mão. Eu conhecia o seu corpo e não podia tocá-lo. Eu não podia acreditar que era o seu corpo, agora que eu não o tocava mais.

Não há razão para que um amor possa ser interrompido, um amor como aquele, sem passado, sem promessas, deveres. Extingue-se pela indolência, o corpo se torna preguiçoso, prefere a inércia à tensão do desejo. Teria sido suficiente tocá-lo novamente, o tórax, a barriga, nada mais do que minha mão no tecido do uniforme teria sido suficiente para sentir o tempo pulverizar, escancarar o penhasco dessa intimidade. Mas Albert parou e eu me recompus. Reta, continuei a caminhar novamente sem responder-lhe, o SS já estava me alcançando, bateu os calcanhares e cumprimentou-o estendendo o braço, e o Obersturmführer Ziegler deixou cair o seu.

36

Aos sábados e domingos, no tempo livre, eu ficava com Herta e Joseph. Colhíamos os legumes na horta, passeávamos no bosque, ficávamos no quintal de trás conversando ou em silêncio, gratos pelos três poderem estar no mesmo lugar, eu órfã dos meus pais, eles, de um filho: nessa perda comum, na própria experiência da perda, tínhamos fundado nosso vínculo.

Eu ainda me perguntava se eles suspeitavam das minhas noites com Ziegler. Tê-los enganado me fez sentir indigna de seu afeto, mesmo que isso não tornasse o meu menos autêntico. Que fosse possível omitir partes da própria existência, que fosse tão fácil, sempre me assustou; mas é apenas não sabendo da vida dos outros enquanto ela passa, é apenas graças a essa falta fisiológica de informação que é possível não enlouquecer.

O meu senso de culpa se espalhou para Herta e Joseph, porque Herta e Joseph estavam presentes, em carne e osso, enquanto Gregor era um nome, um pensamento ao acordar, uma foto na moldura do espelho ou dentro do álbum, um punhado de recordações, um choro noturno que explodia sem aviso prévio, um sentimento de raiva, derrota e vergonha, Gregor era uma ideia, ele não era mais meu marido.

Se eu não estava com meus sogros, no meu tempo livre me dedicava a Leni, que queria encontrar Ernst quando ele saía, mas tinha medo de ir sozinha. Então ela carregava Ulla e eu junto, ou Beate e Heike com seus respectivos filhos; alguns dias Elfriede vinha também, ainda que os dois soldados de Wehrmacht não a suportassem e não fizessem nada para escondê-lo.

— E então, sou ou não sou uma grande vidente? — disse Beate num domingo no início da tarde, sentada à mesinha de um bar em frente ao lago Moy.

— Você está falando de Hitler? — provocou Elfriede. — Você tinha previsto que as coisas para ele iam acabar mal. E como podemos ver, você não acertou.

— O que você tinha previsto? — perguntou Ernst.

— É uma bruxinha — disse Ulla. — Ela fez o horóscopo dele.

— Bem, ele correu o risco de morrer — comentou Heiner. — Você não errou tanto, Beate. Mas ninguém derruba o nosso Führer.

Elfriede olhou para ele, Heiner não percebeu, deu um gole de cerveja e limpou os lábios com as costas da mão.

— Nós também corremos o risco de morrer — esclareceu ela. — Quase nos envenenaram e nós nem ficamos sabendo com o quê.

— Não era veneno — eu disse. — Era mel, mel tóxico.

— E como você sabe? — perguntou-me.

As pernas ficaram bambas na hora, como se estivesse à beira de um barranco.

— Eu não sei — gaguejei. — Eu deduzi. Quem passou mal tinha comido mel.

— E onde tinha esse mel?

— No doce, Elfriede.

— De fato, é verdade — disse Heike. — Beate e eu não vomitamos, só vocês duas tiveram sobremesa.

— Sim, mas na sobremesa também tinha iogurte, e Theodora e Gertrude também passaram mal, e não comeram a sobremesa, ingeriram laticínios — Elfriede ficou alterada. — Por que você disse que foi o mel, Rosa?

— Já falei que não sei: eu fiz uma hipótese.

— Não, você falou com segurança. Krümel te contou?

— Mas se Krümel não fala mais com ela! — disse Ulla. Depois se dirigiu aos dois soldados e, para inteirá-los, explicou: — A nossa Rosa fez uma daquelas. — Eles ficaram calados, não estavam entendendo nada.

— Foi culpa de Augustine. E de todas vocês. — Me virei para Heike e Beate.

— Não muda de assunto — insistiu Elfriede. — Como você sabe? Me fala.

— Ela também é vidente! — brincou Beate.

— O que é uma vidente? — disse a pequena Ursula.

As pernas sem um grama de força.

— Por que você está brava, Elfriede? Já disse que não sei. Falei sobre isso com meu sogro, pensamos nisso juntos.

— Se você reparar, faz um tempo que não nos servem mais mel — raciocinou Ulla. — Que pena, o bolo que você me deu escondido para experimentar estava divino, Rosa.

— Exatamente, entendeu? — Eu peguei a deixa. — Talvez eu tenha deduzido porque eles nunca mais nos deram mel. Enfim, o que isso importa agora?

— O que é uma vidente? — repetiu Ursula.

— É uma maga que sabe adivinhar as coisas — disse-lhe Beate.

— A mamãe sabe — se gabou um dos seus gêmeos.

— Importa sempre, Rosa. — Elfriede não parava de me encarar, eu não conseguia sustentar o olhar.

— Se vocês me deixarem continuar! — Beate levantou a voz. — Eu não estava me referindo ao Führer. Não sou tão boa com o horóscopo como sou com as cartas, e Ziegler as roubou de mim. — O susto usual de quando ele era nomeado. — Eu estava falando de Leni.

Leni despertou do encantamento em que mergulhava toda vez que estava perto de Ernst.

Ele a puxou para si e beijou sua testa. — Você previu o futuro de Leni?

— Ela viu um homem — falei em voz baixa, como se não quisesse que Elfriede me ouvisse para fazê-la esquecer de que eu estava lá.

— E alguém acha que ele chegou — disse ela. Só eu senti o sarcasmo, ou talvez a culpa por ter mentido para ela tenha distorcido minha percepção.

Ernst aproximou a boca ao ouvido já corado de Leni: — Sou eu? — E riu. Heiner também riu, Leni também. Eu me forcei a rir também.

Ríamos. Não tínhamos aprendido nada. Ainda acreditávamos que fosse permitido rir, acreditávamos que podíamos confiar. Na vida. No futuro. Elfriede, não.

Ela olhava para o fundo da xícara de café sem que a ideia de o ler passasse por sua cabeça. Ela já estava envolvida em uma batalha até a morte com o futuro, e nenhum de nós havia notado.

Na mesma noite em que o encanto de Leni se quebrou, o sequestro voltou. Enquanto ela silenciosamente empurrava os lençóis para o lado e saía descalça do quarto, Elfriede respirava forte: não era ronco, era uma espécie de guincho. Eu estava toda suada, mas ninguém estava me abraçando.

Eu dormia profundamente, sonhava, e no começo do sonho eu não estava lá. Havia um piloto, e ele estava com calor. Bebia um pouco de água, afrouxava o colarinho e se preparava para fazer uma curva perfeita com o avião. Pela janela, viu uma mancha vermelha no escuro, uma lua em chamas ou a estrela de Belém – dessa vez, porém, os magos não a seguiriam, não havia nenhum rei recém-nascido para homenagear.

E em Berlim, uma jovem mulher com o rosto cremoso e os cabelos ruivos, uma mulher como Maria, acabara de entrar em trabalho de parto, e, na escuridão de um porão que lembrava o de Budengasse, uma mãe cujo filho estava na frente disse "empurre, eu te ajudo", e logo depois o estrondo de uma bomba a jogou para trás. As crianças que estavam dormindo acordaram chorando, as que estavam acordadas começaram a gritar, o porão se tornava a vala comum onde seus corpos seriam amontoados, uma vez que a falta de oxigênio as apagaria. Pauline não estava lá.

Quando o batimento cardíaco de Maria parou, o feto perdeu a única chance de vir ao mundo, ficou de molho na placenta, ignorando que seu destino era sair – é tão estranho um morto que contém outro.

Lá fora, no entanto, havia oxigênio. Alimentava as chamas, que subiram dezenas de metros e iluminavam os edifícios descobertos. Na explosão, os telhados saíram voando como a casa de Dorothy em *O mágico de Oz*, árvores e painéis publicitários rodavam no ar, e as fendas abertas nas casas teriam traído os vícios e as virtudes de seus habitantes se alguém espiasse dentro: um cinzeiro ainda sujo de bitucas de cigarro ou um vaso cheio de flores que permaneceu em pé apesar de as paredes terem desabado.

No entanto, nem os homens nem os animais estavam em condições de espiar, estavam agachados no chão ou já estavam carbonizados, estátuas negras capturadas no gesto de beber, rezar, de acariciar a esposa para fazer as pazes depois de uma briga estúpida. Os operários do turno da noite se dissolveram na água fervente das caldeiras que explodiram, os presos foram enterrados vivos nos escombros antes de cumprirem a sentença e, no zoológico, os leões e tigres, imóveis, pareciam embalsamados.

Dez mil pés mais alto, o piloto do bombardeiro ainda podia ver através da janela aquela luz incandescente, beber outro gole de água e abrir um botão, ele podia contar a si mesmo que aquela luz era apenas um aglomerado de estrelas: por isso continuavam brilhando ainda que estivessem mortas.

Então, de repente, o piloto do bombardeiro era eu. Era eu quem mexia nos controles e, no exato momento em que eu entendia, lembrava de que não sabia manejá-los: eu iria cair. O caça começou a se precipitar, as bolsas de ar batiam no meu peito, e a cidade ficava cada vez mais perto, era Berlim, ou talvez Nuremberg, e a frente afiada do avião estava apontando, pronta para se esmagar contra a primeira parede, espetar-se no chão; as minhas cordas vocais, anestesiadas, não conseguiam chamar Franz porque o sequestro me arrebatara, não conseguia pedir ajuda.

— Me ajuda!

Eu acordei, uma película de suor frio embalava meus membros.

— Me ajuda, Rosa.

Era Leni, e estava chorando. Elfriede também acordou. Acendeu a lanterna: tinha uma debaixo do travesseiro. Os SS não tinham pensado em mobiliar as salas de aula com mesas de cabeceira e abajures, mas ela foi visionária. Viu aquela criatura tão pequena ajoelhada na minha cama e disse:

— O que aconteceu?.

Levantei-me para abraçar Leni, mas ela me impediu, tocando as próprias pernas.

— Me diz o que aconteceu! — insistiu Elfriede.

Leni abriu a mão: a palma estava clara, as linhas, serrilhadas e profundas, desenhavam uma grade de arame farpado, quem sabe o que Beate tinha lido ali. As pontas dos dedos estavam manchadas de sangue.

— Me machucou — disse, agachando-se até o chão; ela se enrolou, ficando tão pequena que eu pensei que poderia desaparecer.

Elfriede correu descalça no corredor – os calcanhares: surdos e ferozes – e parou em frente à única janela aberta, reconheceu as tábuas de uma escada colocada próxima à parede e, no ponto de fuga onde as linhas retas se encontravam, a sombra de Ernst, que tinha acabado de colocar os pés no chão.

— Eu vou fazer você pagar por isso — prometeu-lhe inclinando-se, os dedos agarrando o peitoril da janela. Os guardas poderiam tê-la ouvido: ela não se importava. Onde eles estavam enquanto um soldado do exército entrava no quartel? Estavam distraídos, fecharam um olho, se deram uma cotovelada? "Vá em frente, bonitão, mas amanhã é a minha vez."

Ernst levantou a cabeça, não lhe respondeu e escapou.

Quando ele marcou o encontro à meia-noite, na terceira janela do corredor da esquerda, Leni aceitou. Você é adulta, ela disse a si mesma, não pode recuar. Especialmente porque Ernst gostava de Leni assim, desprovida de frases, parca de ações, eterna principiante. Parecia que a diversão era ter de desentocá-la continuamente, lá de onde ela tinha se escondido, a leve pressão de um dedo em seu ombro para trazê-la de volta a si sem assustá-la.

Leni não podia decepcioná-lo, arriscar perdê-lo, é por isso que ela disse "sim, eu estarei lá", e à meia-noite em ponto, apesar do escuro, apesar dos guardas, ela apareceu na janela, deixada entreaberta antes do jantar para poder abri-la sem fazer barulho enquanto Ernst subia a escada. Assim que ele pulou e entrou, abraçaram-se exultantes, unidos pelo segredo, conspirando romanticamente, excitados pela necessidade de contornar os vigias, e procuraram uma sala de aula para se esconder e ficar juntos. Infelizmente, estavam todas ocupadas, porque na única sem camas os SS estavam jogando baralho para matar o tédio da vigilância noturna.

— Vamos para a cozinha — Ernst propôs —, os guardas certamente não fazem a ronda por lá.

— Mas tem que descer as escadas: eles vão nos descobrir — disse Leni.

— Você confia em mim? — Ernst a apertou e, sem perceber, Leni já estava nas escadas, e ninguém os ouvia, ninguém os impedia.

Segurando a mão do sargento, Leni o guiou até a cozinha. Que decepção descobrir que Krümel a havia fechado com um cadeado: além disso, havia reservas de alimentos pertencentes ao Führer lá dentro, era preciso esperar. Quem não respeita o cozinheiro não merece um bolo inteiro, dizia Krümel. Leni não queria desrespeitá-lo e se mortificou. Ernst talvez tenha notado seu descontentamento e acariciou suas bochechas, orelhas, pescoço, nuca, costas, quadris, coxas, em um momento, ele colou o próprio corpo ao dela, grudados como nunca antes, as saliências daquele corpo se pressionavam contra o seu, ele deu um beijo demorado nela e, caminhando para trás, devagar, sem se soltar, levou-a à primeira sala que encontrou aberta.

Era o refeitório, mas foi só quando ele bateu em uma cadeira, à tênue luz filtrada pelas janelas, que Leni percebeu. No fundo, o que ela esperava de melhor? Aquele espaço lhe era familiar, a mesa grossa de madeira, as cadeiras sem adornos, as paredes nuas: por quase um ano ela passou várias horas diárias naquele refeitório, era uma segunda casa, ela não precisava ter medo, não tinha mais, ela ia conseguir, "acalma a respiração, Leni, ou melhor, respira fundo, agora você é grande, não pode recuar".

Ernst, quando menino, jogava aviões de papel pela janela de sua classe em Lübeck e sonhava em voar, enquanto você aprendia a ler passando o dedo sob cada letra impressa, movia-o mecanicamente na folha, soletrando uma sílaba após a outra, até pronunciar a palavra inteira, e você sonhava em ser muito boa um dia, melhor do que seus colegas que não precisavam usar o dedo, eles já estavam lendo tão rápido que se cansavam de esperar por você. E você não sabia que se encontrariam, anos e anos depois, você e aquele menino que queria ser piloto – isso que nos deixa atordoados no amor, todos os anos em que nenhum dos dois sabia da existência um do outro, e moravam longe, centenas de quilômetros de distância, e cresceram e ficaram altos, ele mais do que você, e você enchia de carne os quadris e ele já se barbeava e vocês ficavam com febre e se curavam e a escola acabava e era Natal e você aprendia a cozinhar e ele tinha de se alistar, e tudo aconteceu sem que vocês se conhecessem, vocês poderiam nunca ter se conhecido, qual risco teriam disso acontecer, seu coração aperta só de pensar: um nada teria sido suficiente, uma diferença mínima, um passo mais lento, o relógio errado, uma mulher mais bonita encontrada um momento antes de te conhecer, apenas um momento antes, Leni, ou apenas se Hitler não tivesse invadido a Polônia.

Ernst afasta lentamente as cadeiras, segura Leni e a coloca sobre a mesa, a mesma mesa sobre a qual nós provadoras comemos, a mesma mesa da qual Leni saiu para vomitar no primeiro dia, e por causa dessa sua fraqueza descarada eu a escolhi como amiga, ou ela que me escolheu. Quando se encontra deitada na madeira – a camisola muito fina para não sentir as vértebras esmagando-se contra a superfície dura –, Leni não se opõe, desta vez ela não pede para sair.

Ernst se estica sobre ela: no começo é a sombra dele que a submerge, depois, são seus músculos de jovem soldado rejeitado pela Luftwaffe que pesam cada vez mais nos quadris, nos joelhos que Leni não sabe abrir.

Ela tem de aprender, todos fazem isso, ela também tem que fazer; acostuma-se a qualquer coisa, a comer sob um comando, a engolir tudo, a frear o vômito, a desafiar o veneno, a morte, o veneno, a sopa de aveia, Heike, você tem que prová-la, senão Ziegler fica bravo, não precisamos de mulheres que não obedecem, aqui se faz o que eu quero, que é o que o Führer quer, que é o que Deus quer:

— Ernst! — escapa-lhe em determinado momento, estrangulado.

— Tesouro — ele sussurra.

— Ernst, preciso sair. Não posso fazer aqui dentro, não posso estar aqui, não quero.

Foi então, enquanto eu dormia e o sequestro voltava, enquanto Elfriede dormia e respirava forte com o nariz em nosso quarto no andar de cima, três camas, uma vazia, enquanto as outras mulheres tentavam cochilar, apesar do pensamento em seus filhos, que elas foram forçadas a confiar aos avós, a uma irmã, a uma amiga, certamente não podiam levá-los com elas ao quartel, não podiam escapar pulando pela janela: sabendo que havia uma escada – foi então que Ernst tentou convencer Leni por bem, e, como não conseguiu, como ela se agitava e fazia barulho, ele tapou sua boca e fez o que queria. Afinal, ela tinha ido ao encontro. Sabia que isso iria acontecer. Não havia outra razão para ele estar lá naquela noite.

37

Elfriede levantou-se da mesa e se dirigiu ao Varapau. Leni viu seu passo agressivo e entendeu, ela que era tão pouco intuitiva.

— Espere! — Elfriede não esperou. — Não é da sua conta — disse Leni, levantando-se por sua vez. — Isso não tem nada a ver com você.

— Você acha que não tem nenhum direito?

A pergunta desorientou Leni, que já estava com o rosto vermelho.

— Um direito é uma responsabilidade — prosseguiu Elfriede.

— E daí?

— Se você não sabe assumi-la, alguém tem de fazer isso no seu lugar.

— Por que você está com raiva de mim? — a voz de Leni, cortada.

— Eu com raiva de você? Eu? — Elfriede fungou, tomou ar. — Você gosta de ser vítima?

— Não é um problema seu.

— É um problema de qualquer um, entendeu? — gritou Elfriede.

O Varapau gritou mais alto: saiu do canto, intimando-as a ficarem quietas e sentarem-se.

— Preciso falar com você — disse Elfriede.

— O que você quer? — ele disse.

Leni fez uma última tentativa:

— Por favor.

Elfriede se afastou com um empurrão e eu corri para ajudá-la. Não pretendia tomar partido seu, apenas: Leni era a mais fraca, sempre foi assim.

— Preciso informar o tenente Ziegler de um fato ocorrido no quartel — explicou Elfriede —, um fato que ofendeu o próprio quartel.

A careta do Varapau podia ser de surpresa. Ninguém nunca havia pedido para falar com Ziegler, nem mesmo as Possuídas. Provavelmente ele não sabia se podíamos fazer esse tipo de pedido, mas as palavras de Elfriede o confundiram. Essa briga entre duas provadoras podia ser alguma coisa.

— Todas no pátio — ordenou com uma certa satisfação pela própria operatividade imediata.

Arrastei Leni comigo.

— É uma coisa minha — ela murmurava —, por que ela tem que torná-la pública? Por que tem que me humilhar?

As outras se encaminharam separadamente.

— Você fica aqui — apontou o Varapau, e Elfriede se encostou na parede.

— Você tem certeza? — perguntei baixinho para que o guarda que estava saindo não me ouvisse.

Elfriede respondeu com um aceno assertivo de queixo, depois fechou os olhos.

Leni se jogou no chão: não acho que ela tenha decidido isso, mas estava sentada exatamente no centro da amarelinha desbotada, o perímetro mágico que não a havia protegido de nada. Agachei-me ao seu lado; as outras estavam em cima dela, enchiam-na de perguntas, principalmente Augustine.

— Chega — eu disse —, vocês não veem que ela está fora de si?

Com o canto dos olhos, eu espiava o refeitório, não conseguia ver Elfriede. Assim que a multidão ao redor de Leni se dissipou, fui até a porta. Foi o barulho das solas no chão que me fez recuar. — Vamos lá.

Era a voz do Varapau. Os passos duplicaram; somente quando o som de seus passos dessincronizados se distanciou eu apareci. Elfriede percorria o corredor com o guarda.

Contra todas as expectativas, o tenente concordou em recebê-la. Deve ter sido o tédio das semanas após Putsch, que ele havia perdido: procurava uma diversão. Ou era o endurecimento das novas disposições. Não podia acontecer nada sem que ele soubesse. Eu me senti em perigo, como se, entrando em sua sala, Elfriede pudesse ver em Albert o que eu tinha visto, pudesse me ver, por trás de suas pupilas, e descobrir tudo.

Elfriede se apresentou na frente de Ziegler para denunciar Ernst Koch, suboficial da Heer. Ela disse que na noite anterior, embora o acesso fosse proibido, o sargento havia entrado no quartel, onde dormiam as provadoras, mulheres alemãs trabalhadoras do Führer, e, ainda que fosse um representante do Reich, um homem do exército com o dever de nos defender do inimigo, havia estuprado uma das garotas, uma alemã como ele.

Ziegler perguntou quem foi sentinela naquela noite e chamou cada um para depor, incluindo Ernst e Leni. Ele não via a hora de aplicar uma punição, devia ser isso.

Às perguntas do Obersturmführer, na penumbra da diretoria, no início Leni – ela me contou – reagiu silenciosamente, depois murmurou que a culpa era sua, o sargento Koch tinha entendido mal, ela não tinha sido clara, havia marcado um encontro no quartel com ele, mas se arrependeu imediatamente. Houve relação, sim ou não? Leni não desmentiu o relatório de Elfriede. Ziegler perguntou se foi consentido. Leni balançou a cabeça rapidamente, gaguejando que não, não foi.

Apesar de suas declarações evasivas, Ziegler não encerrou o assunto, ele convocou Ernst Koch a uma reunião em Wehrmacht, que, após uma série de interrogatórios e averiguações, determinou que o jovem deveria ser enviado a um tribunal militar.

Leni procurou Heiner para saber notícias de Ernst, ele foi gentil, mas frio, como se receasse que encontrar a vítima, ou melhor, a acusadora, fosse uma imprudência. Ele não justificava o amigo, mas não o acusava. Eu arruinei a vida dele, dizia Leni.

Não conversei com Elfriede sobre isso porque tinha medo de me trair, como tinha acontecido com o mel. Desculpa, ela me disse naquela na tarde de domingo, enquanto estávamos voltando para o quartel, é que me deixa nervosa lembrar do dia em que nos envenenaram – aliás, intoxicaram com o mel, como você diz. Não se preocupe, eu respondi, quem sabe se foi o mel mesmo.

Eu era covarde. Por isso, não entendia o que a levara a se encarregar de um caso que não lhe dizia respeito e, além disso, sem o apoio da parte interessada direta. Aquela atitude de paladino era absurda. Todo heroísmo me pareceu absurdo por anos. Qualquer ímpeto, qualquer fé, me envergonhava, especialmente se era algo referente à justiça; um resíduo de idealismo romântico, um sentimento ingênuo, postiço, fora da realidade.

A notícia se espalhou entre as provadoras. As Possuídas não se abstiveram de comentários: "Primeiro, deixa-o entrar escondido no quartel e depois diz que a culpa é dele? Ah não, querida, assim não vale".

Augustine tentou confortar Leni, dizendo-lhe do gesto admirável que Elfriede tinha tido, que ela deveria estar agradecida. Leni não se deixava convencer. Alguém a chamou para depor no tribunal? Ela nunca tinha sido capaz de dizer uma palavra, nem na lousa, por que uma amiga lhe infringia uma tortura dessas?

Tomei coragem e fui falar com Elfriede, que não foi amigável comigo também.

Irritada, eu disse a ela:

— Proteger quem não quer ser protegido é um ato agressivo.

— Ah, é? — Ela puxou o cigarro apagado dos lábios. — Você pensaria assim de uma criança?

— Ela não é uma criança.

— Não sabe se defender — replicou —, como uma criança.

— Quem de nós pode se defender aqui? Seja objetiva! Nós aceitamos todo tipo de abuso. Nem sempre é uma questão de escolha.

— Tem razão. — Pressionou o cigarro na parede, como se tivesse que apagá-lo, até que o tabaco saiu pelo papel amassado. Depois afastou-se, a conversa tinha terminado.

— Aonde você vai?

— Não se pode escapar do próprio destino — disse ela sem se virar —, é esse o ponto.

Ela tinha mesmo pronunciado uma frase tão retórica?

Eu poderia tê-la seguido, mas não o fiz: ela não ouvia ninguém mesmo. *Se vira*, pensei.

Se Elfriede fizera bem em denunciar Ernst contra a vontade de Leni eu não sabia dizer. Mas havia algo nessa história que me deixava desconfortável, algo que despertou uma sensação sombria de mal-estar.

38

Avistei Ziegler no corredor e torci o tornozelo de propósito. O pé saiu do sapato, o joelho cedeu e caí no chão. Ele veio ao meu encontro e me estendeu a mão, eu a agarrei, me ajudou a levantar. O guarda também se aproximou:

— Tudo certo, tenente?

— Ela torceu o tornozelo — disse Ziegler.

Eu não tinha dito uma palavra.

— Vou levá-la ao banheiro para que ela jogue água fria nele.

— Mas não, não se preocupe, tenente, alguém pode acompanhá-la.

— Não tem problema. — Ziegler se encaminhou. Eu o segui.

Quando estávamos na diretoria, ele trancou a porta, pegou meu rosto em suas mãos com tanta fúria que comprimiu minhas bochechas, e me beijou. Pensei que nunca iria acabar, que bastaria tocá-lo no peito com um dedo para cair sobre ele.

— Obrigada por ter feito aquilo.

Ele preferiu proteger uma de nós a encobrir um suboficial. Pareceu-me que ele estava do nosso lado, ao menos do meu lado.

— Senti sua falta — disse, puxando minha saia para descobrir as coxas.

Eu nunca o havia tocado à luz do dia, nunca tinha visto tão nitidamente as rugas que o desejo cravara em sua testa, o olhar de quem teme que tudo se dissolva a qualquer momento, um desejo de adolescente. Nós nunca fizemos amor em um lugar que não fosse meu, aliás: da família de Gregor. Eu tinha violado o celeiro e agora estávamos violando o quartel. Aquele lugar era de Hitler, era nosso.

Bateram à porta. Ziegler rapidamente fechou as calças, eu desci da mesa tentando ajeitar a saia com as palmas das mãos, tentando arrumar o cabelo. Fiquei em pé enquanto ele falava com o SS, que espiava em minha direção. Abaixei a cabeça, depois me virei um pouco, alisei o cabelo novamente, olhei para a papelada na mesa para escapar de seu interesse. Foi então que eu vi o dossiê.

Na primeira página estava escrito "Elfriede Kuhn / Edna Kopfstein".

Congelei.

— Onde paramos? — Ziegler sussurrou, me abraçando por trás.

O SS havia sido dispensado e eu não havia notado. Ele me virou, me puxou para perto, beijou meus lábios, os dentes, a gengiva, os cantos da boca e disse:

— O que foi?

— Quem é Edna Kopfstein?

Ele se afastou e, depois de preguiçosamente dar a volta na mesa, sentou-se. Pegou o dossiê.

— Deixa para lá. — E o guardou na gaveta.

— Diga-me do que se trata, por favor. O que ela tem a ver com Elfriede, por que você tem um documento sobre Elfriede? Você tem um sobre mim também?

— Não são informações que eu posso compartilhar.

Não, ele não estava do nosso lado. Ele havia denunciado um suboficial só porque estava em seu poder, e ele queria exercer esse poder.

— E o que você pode compartilhar comigo? Até um minuto atrás você estava me abraçando.

— Por favor, volte ao refeitório.

— Agora me trata como uma subalterna. Eu não respondo às suas ordens, Albert.

— Mas deveria.

— Porque estamos no seu quartel idiota?

— Pare de fazer birra, Rosa. Finge que não viu, é melhor para todos.

Debruçada na mesa e praguejando, peguei a gola de seu uniforme.

— Não vou fingir coisa nenhuma. Elfriede Kuhn é minha amiga!

Ziegler acariciou minhas costas, meus dedos.

— Você tem certeza? Porque não existe nenhuma Elfriede Kuhn. Ou pelo menos: se existe, não é aquela que você conhece.

Ele me arrancou bruscamente da sua gola. Recuei cambaleando, me agarrando pelos antebraços.

— Edna Kopfstein é uma U-Boot.

— O que é isso?

— A sua amiga Elfriede é uma clandestina, Rosa. Uma judia.

Eu não podia acreditar. Entre as provadoras de Hitler tinha uma judia.

— Deixe-me ver o dossiê, Albert.

Ele levantou-se e veio ao meu encontro.

— Não ouse contar isso para ninguém.

Entre nós havia uma judia, e era Elfriede, justo ela.

— O que vai acontecer com ela?

— Rosa, você está me ouvindo?

— Preciso contar para ela, ela precisa fugir.

— Como você é engraçada. — Escapou-lhe aquele sorriso que eu já tinha visto no celeiro uma vez. — Você está planejando a fuga dela e ainda me conta?

— Vai mandá-la embora? E pra onde?

— Esse é o meu trabalho. Ninguém pode ficar no meu caminho, nem você.

— Albert, se você puder, ajude-a.

— Por que eu iria ajudar uma judia clandestina que nos está fazendo de idiotas? Escondeu-se por todo esse tempo, mudou de identidade, comeu a nossa comida, dormiu nas nossas camas, pensou que podia nos enganar! Mas não, ela se enganou.

— Por favor. Faça esse dossiê sumir, quem te deu?

— Não posso fazer um dossiê sumir.

— Não pode? Está admitindo que não manda nada aqui dentro?

— Agora chega!

Ele tapou minha boca. Mordi sua mão, fui contra a parede e bati a cabeça. Apertei as pálpebras esperando que a dor se espalhasse e chegasse ao seu ápice para depois diminuir. No momento em que se afastou, cuspi na sua cara.

Eu me vi com o cano da arma pressionado na testa, Ziegler não tremia.

— Você faz o que eu digo.

Ele havia falado assim comigo na primeira vez no pátio, quando seus olhos pequenos, tão próximos que pareciam vesgos, não foram capazes de me assustar. As mesmas íris castanhas me olhavam agora que o metal marcava um círculo frio na minha pele. O nervo sob a bochecha estava puxando, eu não conseguia engolir, a garganta fechada, duas lágrimas presas nos olhos, eu não estava chorando, só não conseguia respirar.

— Está certo — sussurrei.

E de repente Ziegler afastou a arma, colocou-a de qualquer jeito no coldre, sem parar de me olhar. Então me apertou com força, seu nariz minúsculo no meu pescoço, me pediu desculpas, tocou minhas clavículas, coxas e costelas, como se verificasse se eu estava inteira, era patético.

— Me desculpe, por favor — ele disse —, mas você me obrigou — se justificou. — E logo repetiu: — Desculpa.

Eu não conseguia falar. Eu era patética, éramos patéticos.

— Se ela fugir, é pior — ele disse, com o rosto entre meus cabelos.

Fiquei em silêncio e ele continuou:

— Não fale nada para ela, vou fazer o que posso. Te prometo.

— Por favor.

— Te prometo.

Quando voltei ao refeitório, as meninas perguntaram onde eu estava.

— Está com uma cara — disse Ulla.

— É verdade — confirmou Leni —, está pálida.

— Estava no banheiro.

— Por todo esse tempo? — perguntou Beate.

— Meu Deus, não me diga que temos mais uma — disse Augustine olhando para Heike.

Ela abaixou a cabeça, seguida por Beate, que fingia não ter ouvido.

— Você como sempre deselegante, Augustine — tentei desviar a atenção de mim.

Heike me olhou, depois olhou Elfriede, então abaixou novamente a cabeça.

Também olhei para Elfriede durante todo o tempo do almoço. Sempre que me surpreendia, sentia meu coração apertar como um fole.

Enquanto eu subia no micro-ônibus, alguém agarrou meu braço. Virei-me.

— Berlinense, o que foi? Ainda com medo de ver sangue?

Elfriede estava sorrindo. Eu não havia me espetado com um alfinete nem tirado uma amostra, mas essa piada, compreensível apenas para nós duas, revelava a origem de nossa amizade.

Eu precisava contar a ela; mesmo que confiasse em Ziegler, não poderia confiar em um tenente da SS: Elfriede precisava saber o que estava acontecendo. Mas o que ela poderia fazer? Fugir? Como eu poderia ajudá-la? Só Ziegler podia, não havia outra escolha. Ele havia me prometido. Se ela fugir, é pior, havia dito. Eu tinha de acreditar nele. Nós éramos peões nas mãos dele. Eu tinha de ficar calada, era a única maneira de salvar Elfriede.

— Nunca me habituei ao sangue — respondi.

Depois me sentei ao lado de Leni.

No dia seguinte, as meninas insistiram que eu estava estranha, por acaso recebeu notícias de Gregor, uma outra carta do escritório central para famílias de militares? Não. Melhor, sabe, estávamos preocupadas. Então o que você tem?

Eu queria confidenciar a Herta e Joseph, mas eles me perguntariam como eu sabia o que sabia, e não podia confessar. Na tarde em que Ulla colocou os bobes em mim, e Elfriede e Leni tomaram chá, depois que saíram, Herta havia dito que não tinha sido capaz de entender Elfriede. Há algo nela, Joseph confirmou, esmagando o tabaco com a prensa dentro do cachimbo, algo dolorido.

Passei a semana aterrorizada que viessem prender Elfriede com a mesma inevitabilidade com a qual o professor Wortmann havia sido preso. Não olhei pela janela nenhuma vez, nem para os pássaros nem para as plantas, nada poderia me distrair, tinha de permanecer alerta, vigiar Elfriede. Ela estava lá, sentada do outro lado da mesa comendo batatas assadas com óleo de linhaça.

Chegou sexta-feira. Não veio ninguém para prendê-la.

39

Ziegler entrou quando terminávamos de provar o café da manhã. Não nos trancamos mais na diretoria, não houve mais nenhum contato entre nós.

Comíamos um bolo com maçãs, nozes, cacau e passas, que Krümel havia batizado de Bolo do Führer. Não sei se foi o Führer quem inventou a receita, ou se foi o cozinheiro que misturou tudo de que seu chefe gostava em um único bolo para homenageá-lo. Eu não comi mais passas desde aquele dia.

De pé na entrada, pernas abertas, mãos nos quadris, queixo alto, Ziegler disse:

— Edna Kopfstein.

Eu levantei a cabeça, sem respirar. Ele me evitou.

As outras olharam em volta, confusas: quem era aquela Edna, nenhuma de nós se chamava assim, o que isso significava? Kopfstein, disse o tenente. Era o nome de uma judia. Elas colocaram os talheres na toalha de mesa ou na borda do prato e uniram os dedos sobre a barriga. Elfriede também havia abandonado o garfo, apesar do pedaço de bolo espetado pelas pontas, mas, depois de uma breve hesitação, ela o segurou novamente e enfiou na boca, devagar, começou a comer de novo. Fiquei impressionada com sua ousadia: ela sempre fazia isso, era sempre aquela que não tinha medo, que não permitia que ninguém, nem mesmo um SS, prejudicasse seu amor próprio.

Ziegler deixou que ela terminasse. Que jogo era esse?

Quando o prato de Elfriede esvaziou, repetiu:

— Edna Kopfstein.

Levantei-me com tanta agressividade que a cadeira tombou.

— Não me roube a cena, berlinense — disse Elfriede, e foi de encontro ao tenente.

— Vamos — disse ele, e ela o seguiu sem olhar para trás.

Era sábado. De noite voltávamos para casa.

O micro-ônibus partiu sem que Elfriede subisse.

— Onde ela está? — perguntou-me Leni. — Não estava nem no almoço nem no jantar.

— Amanhã ela vai nos contar tudo.

— Quem é Edna Kopfstein? O que ela tem a ver com Elfriede?

— Não sei, Leni, como posso saber?

— Você acha que eles ainda vão discutir sobre Ernst?

— Acho que não.

— Por que você se levantou daquele jeito, Rosa?

Virei-me para o outro lado, Leni desistiu. Estávamos todas chateadas. De vez em quando, Augustine me procurava de sua fileira. Ela fazia não com a cabeça, como se dissesse "não é possível, não acredito, uma judia, Rosa, mas você sabia?", Como se dissesse "o que fazemos agora que eles descobriram, você sabe o que fazer?".

No dia seguinte, no ponto da estrada onde Elfriede normalmente esperava o micro-ônibus, não havia sequer uma bituca para sinalizar sua passagem.

No refeitório, fomos informadas de que o Führer partiria na segunda-feira e não voltaria antes de dez dias, por dez dias nada de quartel. Nem naquela noite nem nas seguintes Ziegler apareceu na minha janela. De Elfriede, nenhuma notícia.

Falando com um grupo de soldados que não havia parado de encontrar – não sei se Heiner também estava entre eles, mas a história agora era conhecida por todos – Ulla descobriu que foi Ernst quem disse: "Vocês acreditam na palavra dela? Vocês sabem o que ela fez? Ela levou uma provadora para abortar com um homem que vive escondido na floresta, e ninguém sabe quem é esse homem, porque ele está se escondendo, talvez ele seja um desertor ou inimigo do Reich".

Foi Leni quem lhe contou aquela história. Talvez assim ela lhe parecesse uma aventureira – uma tentativa de sedução. Confiava em Ernst.

Ziegler foi à casa de Heike e a interrogou por horas. Quando ele começou a ameaçar seus filhos, ela disse:

— Na floresta de Goerlitz, perto do lago Tauchel.

O homem estava sem documentos, mas não foi difícil para o SD descobrir que ele era um médico judeu, um dos que foram proibidos de praticar a profissão; ele havia conseguido sobreviver por todo aquele tempo. Elfriede o conhecia desde sempre: era seu pai.

A mãe, puro-sangue alemão, pediu o divórcio. Elfriede, meio judia, optou por não o abandonar, embora não morasse com ele. Anos antes, quando ela ainda morava em Danzigue, uma amiga da família havia lhe dado sua carteira de identidade. Com o descolorante, apagaram juntas a tinta para mudar a data de nascimento, retiraram a foto e substituíram-na por outra, traçaram com um pincel os quatro selos, terminando as asas da águia e o círculo em torno da suástica, e Edna Kopfstein se tornara Elfriede Kuhn.

Ela conseguiu enganar os SS por um ano. Eles tinham uma inimiga em casa, serviam-lhe comida suculenta todos os dias, convencidos de que ela era uma deles.

Elfriede deve ter vivido em constante estado de alerta, a cada mordida o medo de ser desmascarada, a cada viagem de van a culpa em relação àqueles que partiram de trem e nunca mais voltariam, àqueles que não foram espertos o suficiente, bons o suficiente para mentir: nem todos têm esse talento.

Talvez depois da guerra ela recuperasse seu nome e seus documentos, lembrando-se do período de clandestinidade com o comportamento digno daqueles que foram salvos, mesmo que esses anos ressurgissem todas as noites em pesadelos. Para exorcizá-los, contaria aos netos durante o almoço de Hannukkah – ou não, teria ficado em silêncio sobre esse tempo, assim como eu.

Se ela nunca tivesse sido chamada para ser provadora, talvez tivesse conseguido sobreviver. Em vez disso, Elfriede foi deportada junto do pai.

Herta me disse que tinha ouvido no poço, enquanto as mulheres contavam na fila para a água, que a história da judia que havia feito os nazistas de tolos percorria o país. Em Gross-Partsch, Rastenburg, Krausendorf eles sempre souberam de nós e do nosso trabalho?

— Deportada — confirmou Herta, e não enfiou o lábio superior entre os dentes, não parecia uma tartaruga: apenas uma mãe. Havia apenas uma grande dor em sua vida, a perda de Gregor, ela não poderia sofrer por mais ninguém.

Saí de casa batendo a porta. Era noite, e Joseph me perguntou:

— Aonde você vai?

Mas eu não o ouvia mais. Andava sem rumo, com um frenesi nas pernas que apenas um esforço muscular poderia afrouxar, ou agravar.

Ninhos nos postes e nada de cegonhas. Elas nunca voltariam para cá, na Prússia Oriental, não é um lugar saudável, nada além de pântanos e fedor podre; elas mudaram de rumo, esquecendo essa planície para sempre.

Eu andava sem parar, pensava: *por que você fez isso? Você podia ter ficado quieta. Que necessidade você tinha de vingar Leni, que nem queria ser vingada?*

Foi um suicídio: a culpa do sobrevivente, Elfriede não a suportava mais. Ou talvez tivesse sido um passo em falso, uma forma momentânea de inconsciência, que fora fatal para ela. O mesmo impulso que ela não conseguiu reprimir comigo, quando me empurrou contra a parede, com seus rejuntes escuros. Só agora eu entendi que ela se sentia sob controle, que vivia na ansiedade de ser descoberta. Ela estava me testando naquele dia no banheiro? Ou o animal enjaulado, ansioso para sair, estava procurando por uma razão qualquer para que se abrissem os portões, mesmo com o custo de que não o abrissem para libertá-la? Talvez fosse apenas a única maneira como ela, prisioneira e orgulhosa, fora capaz de estabelecer uma proximidade comigo.

Nós não tivemos o mesmo destino. Eu fui salva. Confiei em Ziegler e ele me traiu. Era o seu trabalho, ele diria. Além disso, todo trabalho envolve compromissos. Todo trabalho é uma escravidão: a necessidade de ter um papel no mundo, de ser encaminhado em uma direção precisa, para evitar descarrilamentos, a marginalidade.

Eu havia trabalhado para Hitler. Também Elfriede, que acabara na toca do lobo e esperava escapar impune. Não entendi se ela se acostumara tanto à clandestinidade que se sentia segura, tão segura a ponto de pisar em falso, ou se havia se entregado a um destino que não podia mais aguentar sem se sentir indigna.

Todas nós acabamos na toca do lobo, sem que tivéssemos decidido por isso. O Lobo nunca tinha nos visto. Ele havia digerido a comida que nós tínhamos mastigado, expelido os resíduos daquela mesma comida e nunca soubera nada sobre nós. Estaria agachado em sua toca, a Wolfsschanze, a origem de todas as coisas. Eu queria penetrá-la, ser definitivamente sugada por ela. Talvez Elfriede estivesse lá, trancada em um *bunker*, esperando que eles decidissem o que fazer com ela.

Andei pela estrada de ferro, na grama alta que pinicava minhas pernas, atravessei a passagem de nível, um tronco delgado no qual dois machados pintados de branco e vermelho foram pregados em x, e continuei sem nunca voltar atrás. Os trilhos corriam intactos, enredados em um emaranhado de flores roxas: não era o trevo dos prados, não havia beleza capaz de me acordar.

Avançava como um sonâmbulo, com a determinação de um sonâmbulo seguia meu curso, até a fronteira extrema, queria atravessá-la, afundar no coração pulsante da floresta, para fazer parte dela de uma vez por todas, como o concreto armado dos *bunkers*, as algas e as aparas do gesso camuflado, as árvores nos telhados. Eu queria ser engolida por isso: talvez, em milhares de anos, Wolfsschanze me expulsaria, e eu não seria nada além de adubo.

Um tiro rasgou minha narcose; caí para trás.

— Quem está aí? — gritaram.

Lembrei-me das minas de que Ziegler havia falado; onde estavam as minas, por que eu não tinha saltado no ar?

— Mãos ao alto!

Eu havia feito um outro caminho, um caminho não minado? Onde estava Ziegler?

— Não se mexa!

Um disparo para o céu, nada mais que um aviso, estavam sendo indulgentes.

Os SS vieram ao meu encontro com as armas apontadas, levantei os braços, ajoelhei-me, falei meu nome:

— Rosa Sauer, trabalho para o Führer, estava passeando na floresta, não me machuque, sou uma provadora de Hitler.

Eles me agarraram, o rifle no centro das costas, gritavam, não me lembro o quê, apenas a colisão de vozes raivosas nos ouvidos, a fenda de suas bocas escancaradas, a invasão de suas mãos, a fúria com a qual me arrastaram. Talvez me levassem para Wolfsschanze e me trancassem em um *bunker* também.

Onde estava Joseph, estava me procurando? Herta estaria me esperando sentada na cozinha com os dedos entrelaçados, seus dedos deformados. Esperava por mim ou apenas por Gregor a vida toda. Mas a noite já havia caído, seu filho não voltaria cheio de apetite e eu não tinha mais fome.

Levaram-me ao quartel de Krausendorf. Que ingenuidade pensar que eles me deixariam entrar em um lugar reservado para os eleitos do Führer. Fizeram-me sentar na mesa do refeitório. Nunca tinha ficado ali sozinha. Naquela mesa, Leni havia perdido a virgindade. "O que há de errado?", Ernst teria pensado. "Leni parecia consentir, eu juro." Todos parecíamos consentir na Alemanha. Fecharam a porta, eu fiquei contando os lugares vazios, um guarda em pé na frente da saída para o pátio.

Depois de mais de cinquenta minutos, Krümel abriu a porta:

— O que você está fazendo aqui?

Meus olhos se encheram de lágrimas.

— O que você está fazendo aqui, Migalha? Não estamos de férias?

Eu procurava compaixão.

— Você não acerta uma.

Eu sorri para ele, meu queixo vibrava.

— Quer alguma coisa para comer? — ele disse, apesar da presença do guarda.

Não tive tempo de responder: Ziegler chegou. Eles o haviam chamado para resolver a situação lamentável, uma de suas provadoras havia tentado invadir ilegalmente o primeiro anel da cidade-*bunker*.

Krümel respeitosamente reverenciou o tenente, despediu-se de mim com um aceno de cabeça, não piscou como quando, meses e meses antes, em sua cozinha, fofocava comigo. Ziegler dispensou também o guarda e fechou a porta.

Sem se sentar, ele disse que me levariam para casa, mas da próxima vez eu não sairia ilesa.

— O que você queria fazer, pode me explicar?

Aproximou-se da mesa.

— Amanhã terei de responder pessoalmente pelo que aconteceu, terei problemas por sua causa. Vou ter de explicar que você só estava passeando, que foi um erro, e não será fácil, entende? Depois do que aconteceu em julho, qualquer um pode ser um traidor, um espião, um infiltrado...

— Como Elfriede?

Ziegler calou-se. Depois perguntou:

— Era ela que você estava procurando?

— Onde ela está?

— Está longe daqui.

— Onde ela está?

— Onde você imagina.

Entregou-me um pedaço de papel.

— Pode escrever para ela — ele disse. — Fiz o que pude, acredite em mim. Ela está viva.

Olhei para a mão que segurava o papel. Não o peguei.

Ziegler amassou, jogou sobre a mesa e começou a sair. Talvez ele acreditasse que era a minha última explosão de arrogância, que se eu estivesse sozinha, teria colocado o endereço no bolso. Eu não tinha bolsos, nem minha bolsa de couro.

— Não quero mais escrever para alguém que não vai me responder.

Ziegler parou, olhou para mim com compaixão. Era isso que eu estava procurando, mas não me confortou.

— Estão te esperando lá fora.

Levantei-me devagar, muito cansada. Quando passei por ele, ele disse:

— Eu não poderia ter feito de outra maneira.

— Você recebeu uma promoção? Ou eles ainda consideram você o pobre inútil que você é?

— Vá embora. — Ele apertou a maçaneta.

No corredor, parecia que eu estava caminhando na água. Ziegler percebeu, mais uma vez teve o instinto de me apoiar: mas me afastei, preferia cair. Meu tornozelo não torceu, continuei andando.

— Não é minha culpa — ouvi-o dizer enquanto me aproximava do SS que me esperava na entrada do quartel.

— É, sim — respondi sem me virar. — A culpa é nossa.

40

O desaparecimento de Elfriede me deixou catatônica. Eu não conseguia odiar Leni, tampouco perdoá-la. A meu ver, a sua mortificação era a consciência pesada de um garoto que fez uma travessura, não era o suficiente para mim. Você tinha de pensar nisso antes, eu queria lhe dizer, mas fiquei em silêncio, não falava com ninguém. No refeitório, as vozes diminuíram; embora abafado, aquele burburinho era insuportável para mim. Elfriede merecia um pouco de respeito. E eu precisava de silêncio.

Minhas amigas comiam de cabeça baixa e não ousavam perguntar o que eu sabia e por que no sábado me levantei daquele jeito da cadeira. Sentia olhos atentos em cima de mim, não apenas os das Possuídas, que não poupavam sentenças; certa manhã, se Augustine não houvesse me impedido, teria jogado no chão Theodora, que havia comido durante todos esses meses ao lado de Elfriede, mas não ficou perturbada com o que lhe aconteceu. As Possuídas também se encontravam com Elfriede diariamente, arriscavam morrer com ela e com ela haviam escapado da morte, mas isso não era o suficiente para sentir piedade dela. Como era possível? Há anos me pergunto, décadas, e ainda não entendo.

Heike ficou doente, desta vez de verdade. Ela apresentou um atestado médico com a palavra "indisposição" e se ausentou por semanas. Eu não sei se eles lhe pagaram a mesma quantia naqueles dias, o pudor dissuadiu Beate de repetir a história dos filhos para criar. Eu esperava que Heike demorasse para se curar, o tempo da minha raiva diminuir – talvez nunca diminuísse. Eu queria bater nela, puni-la.

Como eu me permitia? Eu não era melhor do que ela.

Não veio nenhuma menina nova substituir Elfriede; seu lugar ao lado de Leni permaneceu vazio, assim como sua cama ao lado da minha. Talvez tenham feito isso de propósito para nos lembrar do que acontecia com aqueles que não estavam alinhados. Ou o Führer tinha muito mais em que pensar, estavam-lhe dizimando o exército, até parece que ia se preocupar com uma provadora a menos.

Uma tarde em que eu estava livre, porque o Führer havia partido novamente, enquanto eu pendurava as roupas, Herta se aproximou. O cheiro de sabão era uma blasfêmia, o sol estava alto, a frescura das roupas molhadas nos meus dedos.

O rádio estava ligado em casa, pelas janelas abertas, era possível ouvir as vozes e a música das celebrações do dia da mãe alemã. É aí que o Führer tinha ido, a condecorar as mães prolíficas com cruzes de honra. Já era doze de agosto, pensei, arrumando uma toalha de mesa, tinha perdido a conta dos dias. Doze de agosto teria sido o aniversário de Klara, se Klara não tivesse morrido trinta e sete anos antes, quando Adolf ainda não era um homem feito e acabado, era apenas um filho um pouco inquieto que havia perdido a mãe.

Herta permaneceu parada em vez de me ajudar, parecia estar prestes a dizer alguma coisa, não dizia nada, ouvia o rádio. O Führer ia entregar uma Ehrenkreuz de ouro às melhores, às que tinham conseguido produzir até oito filhos saudáveis, paciência se algum logo em seguida morresse de fome ou de tifo muito antes de sua barba crescer, muito antes de usar um sutiã, e paciência se outro morresse na guerra: o importante era que tivesse novas levas para enviar à frente, novas fêmeas para engravidar. Augustine dizia que os russos, agora próximos, engravidariam todas nós. Ulla respondia: "É melhor um soldado Ivan na barriga do que um americano na cabeça".

Olhei para o céu, não passava nenhum avião, nem americano nem soviético; estava encoberto por nuvens, entre as quais o sol se filtrava intermitentemente. Herta já havia me explicado que fugiríamos pela floresta se os bombardeios começassem, que levaríamos comidas, bebidas e cobertas para a noite. Não havia abrigos em Gross-Partsch, nenhum *bunker* fora construído para abrigar as pessoas que moravam ali, não havia túneis para se proteger, e ela teria dormido mais tranquila com a bochecha apoiada nas raízes de uma árvore do que no nosso sótão, que só de pensar faltava-lhe ar. Eu disse que tudo bem, vamos fazer o que você quiser, eu dizia isso toda vez que ela tocava no assunto, mesmo que planejasse ficar em casa, no meio da confusão, como meu pai, para apertar o travesseiro e me virar para o outro lado.

O rádio, por outro lado, desmentia qualquer preocupação: por que justo hoje esses pensamentos ruins vêm à sua mente? É um dia de festa, as crianças do Reich estão sendo celebradas. Você sabe, os alemães amam crianças, e você? Havia mulheres que se empenharam, mas não tinham aptidão suficiente; com seis filhos, receberam apenas uma cruz de prata. Melhor assim, a medalha as incentivaria ainda mais, e talvez no ano seguinte subissem a classificação; nunca devemos desistir, é isso que o Führer nos ensina.

As demais teriam ficado satisfeitas com uma cruz de bronze, tinham conseguido apenas quatro vezes, não podiam esperar mais. Minha sogra, por assim dizer, mesmo que quisesse, não teria ganhado nada, três gestações e só, dois filhos morreram quando crianças, e o outro ela perdeu. Os alemães amam crianças, mesmo as enterradas, até as desaparecidas – e eu que não tinha feito nenhuma.

— Há quanto tempo não desce para você?

Deixei cair na bacia um pano molhado e apertei o prendedor de roupa.

— Não sei. — Pensei, mas não me lembrava. Eu tinha perdido a conta dos dias, de todos os dias que caíram sobre mim. Peguei novamente o pano, pendurei-o no arame, apenas para poder me apoiar. — Por quê?

— Eu notei que faz tempo que você não lava as toalhinhas, nunca mais vi você estendendo-as.

— Eu nem tinha percebido.

Herta colocou a mão na minha barriga, sentiu-a.

— O que está fazendo? — Eu me afastei. Separada do fio, eu estava caindo agora.

— Você. Você que está fazendo. Você que fez.

Meus lábios e narinas tremiam. Herta estava na minha frente, com os braços estendidos, como se fosse conter uma barriga que não estava lá, que talvez fosse crescer.

— Eu não fiz nada.

Eu estava grávida de Ziegler?

— Por que recuou, então?

Eu deveria me livrar do bebê? Como Heike. Mas Elfriede não estava lá.

— Eu não fiz nada, Herta.

Minha sogra não respondeu. Eu sempre quis um filho, a culpa era de Gregor se tivesse acontecido assim. Herta estendeu a mão novamente. E se eu quisesse ter aquele filho?

Eu gritei:

— O que você está me perguntando?

Um segundo depois, Joseph estava na janela.

— O que está acontecendo?

Ele desligou o rádio.

Esperei que sua esposa respondesse, mas ela fez um gesto para que ele deixasse para lá, desde que Elfriede se foi, eu estava deprimida, sofria mudanças de humor, não sabia? Corri para o meu quarto, fiquei lá até de manhã. Passei a noite acordada.

Nos meses em que Ziegler esteve lá, observei meu corpo como uma novidade. Sentada no vaso, inspecionava a dobra da virilha, a carne da parte interna da coxa, a pele dos quadris, e não as reconhecia, não me pertenciam, me intrigavam como se fosse o corpo de outra pessoa; lavando-me na banheira, verificava o peso dos seios, a estrutura dos ossos, a aderência dos pés no chão, e sentia meu cheiro porque era o cheiro que Ziegler sentia – ele não sabia que se parecia tanto assim com o de minha mãe.

Nós nos enlaçávamos em vez de dormir, salvos de nossas histórias pessoais. Negávamos qualquer realidade, acreditávamos que poderíamos suspendê-la, éramos obtusos. Eu nunca pensei que ele iria me engravidar. Eu queria um filho de Gregor: Gregor estava desaparecido, e com ele também a possibilidade de me tornar mãe.

Meus seios estavam grossos, doloridos. No escuro eu não podia estudar as aréolas para descobrir se haviam mudado de forma ou de cor, mas eu podia sentir as glândulas, que eram cachos duros, nós de cordas. Até o dia anterior, os rins não doíam, agora senti a parte inferior das costas quente.

Enquanto o mundo inteiro jogava bombas e Hitler construía uma máquina de extermínio cada vez mais eficiente, no celeiro Albert e eu nos apertávamos como se estivéssemos dormindo, era como dormir, um lugar longe dali, paralelo, havíamos acontecido sem razão, nunca há uma razão para amar um ao outro. Não há razão para abraçar um nazista, nem mesmo para dar à luz.

Então o verão de 1944 começou a enfraquecer, e percebi que eu existia menos desde que ele não me tocava mais. Meu corpo havia revelado sua miséria, sua corrida incontrolável em direção à decomposição. Fora projetado com esse objetivo, todos os corpos são projetados com esse objetivo: como é possível desejá-los, desejar algo que está destinado a apodrecer? É como amar os vermes que virão.

Mas agora esse mesmo corpo começava a existir novamente, e era sempre por causa de Ziegler, embora ele não estivesse mais aqui, embora eu não sentisse falta dele. Eu tinha um filho, por que não podia tê-lo? E se Gregor voltar? Então, talvez – Deus me perdoe – é melhor ele não voltar, então prefiro trocar a vida de Gregor – o que você está dizendo? – com a vida do meu filho. Você percebeu o que acabou de dizer? Mas tenho o direito de querer esse filho, de salvá-lo.

Quando saí para ir ao quartel, Herta estava recolhendo a roupa: ela tinha acabado de pendurá-la e já estava seca. Não dissemos nada uma para a outra, nem naquele momento nem à tarde depois do trabalho. Então o micro-ônibus veio me buscar e o domingo terminou; naquela noite, eu ficaria em Krausendorf e só voltaria na sexta-feira seguinte.

Deitada na cama ao lado da parede, estiquei um braço até tocar o colchão de Elfriede. Estava vazio e senti uma mexida na barriga. Leni estava dormindo enquanto eu procurava soluções: procurei-as durante a semana inteira. Diga a Ziegler, aceite sua ajuda. Ele encontraria um médico para parar a gravidez, talvez um do quartel. Ele o pagaria para ficar quieto, e o médico faria o que precisasse no banheiro do quartel – e se eu gritar de dor, se sujar os azulejos de sangue? Não era o lugar certo. Ziegler me colocaria no carro e me levaria para a Wolfsschanze, embrulhada em várias camadas de cobertores militares e escondida no porta-malas.

Os SS teriam captado meu cheiro através das cobertas, eram cães de guarda perfeitamente adestrados, eu não iria passar ilesa. Seria melhor que o tenente guiasse o médico pela floresta, eu os esperaria lá, com as mãos na barriga, não que esteja inchada, mas aconteceu. Como Heike, eu iria expulsar meu filho segurando em uma árvore, mas eu estaria sozinha: o médico ficaria impaciente para ir embora e Ziegler o acompanharia. Eu cavaria um buraco no pé de uma bétula, cobriria com terra, esculpiria uma cruz na casca, sem iniciais, meu filho não tem nome, que sentido tem chamá-lo se ele não vai nascer?

Ou, contra todas as probabilidades, Ziegler iria querer tê-lo. Comprei uma casa, ele anunciaria, uma casa para nós aqui em Gross-Partsch. Não quero ficar em Gross-Partsch, quero morar em Berlim. Aqui estão as chaves, ele diria, fechando-as na minha mão, hoje à noite vamos dormir juntos. Hoje à noite vou dormir no quartel, como ontem, anteontem e amanhã. Mais cedo ou mais tarde a guerra vai terminar, ele responderia, e me pareceria tão ingênuo, com essa sua esperança. Talvez fosse tudo um engano: ele me forçaria a dar à luz o bebê e depois o levaria a Munique, o tiraria de mim, forçando sua esposa a cuidar dele. Não, ele nunca admitiria para a família e para a SS que era o pai de um bastardo. Ele se livraria de mim: anda, depressa, quem me garante que é meu?

Eu estava sozinha. Não pude confessar a Herta, a Joseph, às meninas, e, de qualquer forma, ninguém poderia ter feito nada. É por isso que até sonhava em aliar-me com Ziegler. Eu estava louca, me sentia enlouquecendo. Se pelo menos Gregor estivesse aqui, eu precisava falar tanto com ele. Não é nada, ele diria me abraçando, você estava apenas sonhando.

O castigo finalmente chegou: não foi o veneno, não foi a morte. Era a vida. Deus é tão sádico, papai, que me puniu com a vida. Ele realizou o meu sonho e, lá do alto dos Céus, está rindo de mim agora.

Na sexta-feira, cheguei em casa, e Herta e Joseph já haviam jantado: estavam indo para a cama. Ela usava um cardigã nos ombros, o ar estava fresco; mal me cumprimentou. Ele foi atencioso como sempre e não perguntou nada sobre a frieza da esposa.

Na cama, me contorci com cãibras. Meus rins estavam queimando e uma agulha espetava-se repetidamente no mamilo esquerdo, como se alguém tivesse decidido costurá-lo, fechá-lo. Você não amamentará seu filho: roube o leite de Krümel, se você realmente quer dar à luz. A cabeça, comprimida pelas pinças de um fórceps, latejava. De manhã acordei cansada.

Esfregando os olhos, notei uma mancha escura no lençol. Até a camisola estava suja... Uma hemorragia, estava perdendo o bebê! Caí de joelhos e afundei o rosto no colchão. Eu havia perdido o filho de Ziegler. Abracei minha barriga para segurá-lo – não vá, não faça como os outros, fique comigo. Toquei meus seios, estavam moles, nada me doía. Apenas um incômodo imperceptível, baixo, na surdina: eu já havia sentido isso muitas vezes.

Nunca estive grávida de Ziegler.

Pode acontecer, Elfriede diria. Fico impressionada com você, berlinense, você não sabia? Basta um aborrecimento muito grande, ou o organismo debilitado pela fadiga, e o ciclo pula. Basta a fome, mas você não tem fome, ao contrário de mim. Eu também perdi o ciclo aqui. Estamos sincronizadas, como Leni disse.

Com a bochecha pressionada contra o colchão, chorei por Elfriede, em soluços, até o lençol se encharcar, até ouvir a buzina. Coloquei uma toalhinha e prendi-a com um alfinete, me vesti rapidamente, deixei descoberta a poça vermelha sobre o algodão para que Herta pudesse vê-la.

No micro-ônibus, encostei meu rosto no vidro e continuei chorando. Pelo filho que nunca teria.

41

Beate estava certa. As coisas deram errado para o Führer. Não apenas fora traído em julho, correndo o risco de morrer, mas, pouco mais de um mês depois, perdera meio milhão de homens na frente ocidental e ficara sem guarnições e canhões, enquanto Paris era libertada. Na frente oposta, Stalin jogava com uma clara vantagem: conquistara a Romênia, fizera a Finlândia se render, a Bulgária se retirar oficialmente da guerra e aprisionara cinquenta divisões alemãs nas regiões bálticas. Ele estava chegando cada vez mais perto, os generais continuavam repetindo, e os chefes do Estado-Maior estavam sofrendo fortes repreensões por tentar convencê-lo, mesmo que Hitler não quisesse saber: seus exércitos continuariam combatendo até que os adversários se rendessem à exaustão, como dizia Frederico, o Grande.

Eles iriam exauri-los, mantendo a honra incólume, não haveria outro 1918, não enquanto ele estivesse vivo – e para jurar, ele batia no peito com a mão direita, enquanto a esquerda, escondida atrás das costas, estava tomada de um tremor agora usual, para o qual Morell ainda não havia dado um diagnóstico preciso. Chega com essa bobagem de que o soldado Ivan está na porta, gritava o Führer, é uma armadilha.

Nós não sabíamos de tudo isso, não claramente. Era proibido ouvir a rádio do inimigo, e se às vezes Joseph conseguia sintonizar a rádio inglesa ou francesa, entendíamos pouco ou nada. Mas era claro para nós que Hitler estava mentindo, que ele havia perdido o controle, que estava falhando e arrastava todos nós consigo em vez de admiti-lo. Muitos começaram a detestá-lo desde então. Meu pai o detestava desde o começo. Nós nunca fomos nazistas. Nenhum nazista na minha família, exceto eu.

Em novembro, fui convocada para ir à antiga diretoria, desta vez sem nenhum truque. O guarda me acompanhou com tanta discrição que as outras pensaram que eu estava indo ao banheiro. Eu me perguntava o que Ziegler queria agora – fazia meses que não conversávamos – e cerrei os punhos de raiva.

É claro que eu o tinha visto de novo, depois da noite em que me recusara a pegar o pedaço de papel: tinha-o visto nos corredores ou no refeitório. No entanto, naquele dia, ele parecia diferente. Ligeiramente calvo. A pele do rosto, rígida, brilhava oleosa nas laterais do nariz e no queixo.

Agarrei-me à maçaneta, estava pronta para sair.

— Você precisa se salvar.

De quem eu precisava me salvar, se nem dele me salvara.

Levantou-se de sua mesa, parou a dois metros de mim, quase por precaução. Cruzou os braços. Disse que os soviéticos estavam chegando, que iriam saquear, destruir casas, que eu tinha de ir embora de lá. Até o último momento, o Führer se opusera, não queria se distanciar muito da frente oriental, sua presença lá, dizia ele, era uma luz para os soldados, mas os aviões continuavam a sobrevoar Wolfsschanze, permanecer ali seria loucura. Em alguns dias, Hitler partiria para Berlim com as secretárias, os cozinheiros e alguns colaboradores, e lentamente todos os outros evacuariam, não antes de explodirem *bunkers* e cabanas.

— E então o que você recomenda? Pergunto a Hitler se ele me dá uma carona?

— Rosa, pare com isso, por favor. Você não quer entender que é o desastre total?

O fim havia chegado. Tinha perdido um pai, uma mãe, um irmão, um marido, Maria, Elfriede e até o professor Wortmann, se quiser contar todos. Só eu ainda estava ilesa, mas agora o fim estava chegando.

— Hitler parte no dia vinte com o comando supremo da Wehrmacht. Mas todos os outros, os civis que trabalham no quartel-general, antes de partir terão que lidar com questões logísticas: documentos, suprimentos militares... Eles embarcarão em um trem alguns dias depois. Você irá com eles.

— E por que eles iriam me acolher?

— Vou encontrar uma forma de te esconder.

— Quem te disse que estou disposta a me esconder? O que vão fazer comigo se me descobrirem?

— É a única solução. As pessoas vão começar a ir embora quando entenderem que não há mais o que fazer. Você tem a opção de ir embora agora. E com um trem.

— Eu não entro em nenhum trem, para onde você quer me enviar?

— Berlim, já te disse.

— Por que eu deveria confiar em você? E por que preciso me salvar enquanto as outras ficam aqui? Só porque eu fui para a cama com você?

— Porque é você.

— Não é justo.

— Nem tudo é justo na vida. Mas pelo menos isso não fui eu quem estabeleceu.

Nem tudo é justo, nem mesmo o amor. Alguém amou Hitler, amou-o sem reservas, uma mãe, uma irmã, Geli, Eva Braun. Ele lhe dizia: foi você, Eva, quem me ensinou a beijar.

Respirei fundo, senti meus lábios se separarem.

Ziegler se aproximou, tocou minha mão. Retirei-a violentamente.

— E os meus sogros?

— Não posso esconder todo mundo, raciocine.

— Não parto sem eles.

— Pare de ser teimosa. Me ouça ao menos uma vez.

— Eu já te ouvi, e não terminou bem.

— Eu só quero te ajudar.

— Não aguento mais sobreviver, Albert. Mais cedo ou mais tarde eu quero viver.

— Então, vá.

Suspirei e disse:

— Você também vai?

— Sim.

Alguém o esperava na Baviera. Ninguém me esperava em Berlim. Eu ficaria sozinha, sem cama, no meio das bombas. A inutilidade dessa existência me ofendia: por que tanto esforço para preservá-la? Como se fosse um dever – mas para quem eu ainda tinha deveres?

É um instinto biológico, ninguém pode escapar, Gregor teria objetado com seu bom senso de sempre. "Não pense que você é diferente do resto da espécie."

Eu não sabia se o resto da espécie preferia viver uma vida miserável em vez de morrer; se preferia viver em privação, na solidão a se afundar no lago Moy com uma pedra no pescoço. Se considerava a guerra um instinto natural. É uma espécie calibrada, a humana: seus instintos não devem ser satisfeitos.

Joseph e Herta não me perguntaram quem era a pessoa capaz de me levar secretamente em um trem nazista. Talvez eles sempre tenham sabido. Eu gostaria que eles tivessem me impedido de partir, "fique aqui, é hora de se redimir". Em vez disso, Herta acariciou minha bochecha e disse:

— Cuidado, minha filha.

— Venham também! — Eu convenceria Ziegler, ele encontraria uma maneira de escondê-los também.

— Estou velha demais — respondeu Herta.

— Se vocês não vierem, vou ficar aqui, não vou deixá-los sozinhos — eu disse, e pensei em Franz. Em quando eu acordava triste depois do sequestro, pegava suas mãos e aquele calor me acalmava. Eu ia para sua cama e grudava em suas costas. — Não, não vou deixá-los sozinhos. — A casa de Herta e Joseph era tão quente quanto meu irmão.

— Você vai embora daqui o mais rápido possível — decretou Joseph, um tom autoritário que eu nunca ouvira. — Você tem o dever de se salvar. — Ele falava como seu filho.

— Quando Gregor voltar — disse Herta —, vai precisar de você.

— Ele nunca vai voltar. — Eu dei de ombros.

Herta modificou completamente o semblante. Afastou-se de mim, abandonando-se em uma cadeira. Joseph apertou a mandíbula e saiu para os fundos, sem se importar com a temperatura.

Não fui atrás dele, não me levantei para ajudar Herta, senti que estávamos separados uns dos outros, que já estávamos sozinhos, cada um à sua maneira.

Mas depois, quando ele reapareceu na porta, pedi desculpas. Herta não levantou o olhar.

— Desculpem-me — repeti. — Há um ano que moro com vocês e vocês são a única família que me resta. Tenho medo de perder vocês. Sem vocês, tenho medo.

Joseph jogou um tronco na lareira para alimentar a chama, sentou-se também.

Nós três ainda estávamos juntos, rostos aquecidos pelo fogo, como quando fantasiávamos com a chegada de Gregor, organizando a ceia de Natal.

— Vocês vão voltar para nos ver, você e meu filho — disse Herta. — Promete.

Eu só podia fazer sim com a cabeça.

Zart pulou em mim, curvou as costas e esticou as pernas. Então, enrolado nas minhas coxas, começou uma longa sessão de ronronar, quase um adeus.

Três manhãs depois, o micro-ônibus não apareceu. Hitler havia partido. Minhas colegas não sabiam que ele não voltaria. Eu não disse adeus nem a Leni nem às outras, eu não poderia. Na última semana em Gross-Partsch, com a desculpa do frio, quase não saí.

Uma noite, um barulho de unhas no vidro me acordou. Acendi a lâmpada a óleo e fui para a janela. Ziegler estava lá, em pé, muito perto. Por um efeito da luz, vi meu rosto sobreposto ao dele refletido no vidro. Coloquei o casaco e saí. Ele me explicou a que horas e onde eu deveria encontrar um certo Dr. Schweighofer no dia seguinte: ele sabia de tudo e era um homem de confiança. Ziegler se certificou de que estava tudo claro para mim e me deu um rápido boa-noite, encolhendo os ombros como fazia antes.

— Então, até amanhã — eu disse. — Na estação.

Ele balançou a cabeça.

Na tarde seguinte, na porta da casa, Herta me apertou com força, enquanto Joseph se aproximava timidamente, colocou as mãos em nossos ombros, nos cercou com os braços. Quando nos soltamos, meus sogros me viram desaparecer pela última vez atrás da curva Gross-Partsch, a pé.

Era fim de novembro e eu estava partindo para Berlim no trem de Goebbels. Goebbels não estava lá, e Albert Ziegler não viria.

42

Eu imaginava o trem de Goebbels como o Amerika, ou melhor, como o Brandenburg, sobre o qual Krümel havia me contado; ele também partiria naquela noite, eu o encontraria na plataforma? Não, com certeza já havia partido com Hitler: caso contrário, quem iria preparar a sêmola para ele? O Führer está com dor de estômago, é sempre assim, viajar o deixa nervoso, ainda mais agora que está perdendo a guerra – mas a sêmola é um santo remédio, você verá, o Migalha pensa em você.

Apareci para o encontro secreto com o Dr. Schweighofer em um bar anônimo de Gross-Partsch às dezoito em ponto, como Ziegler havia recomendado. Não havia ninguém no bar, o proprietário empurrava os grãos de açúcar espalhados no balcão com uma das mãos para recolhê-los com a outra. Só quando terminou me serviu uma xícara de chá, que eu nem toquei.

Ziegler havia me dito que eu reconheceria o médico pelo bigode, ele tinha um igual ao de Hitler. Uma vez, no celeiro, ele me disse que muitas vezes aconselhavam o Führer a raspá-lo: ele argumentava que não podia, seu nariz era muito grosso. O nariz de Schweighofer, por outro lado, era fino e o bigode era claro, quase amarelado, talvez devido à fumaça do cigarro. Ao entrar, ele examinou rapidamente as mesas vazias e me viu. Juntou-se a mim, pronunciou meu nome, eu pronunciei o seu, estendi-lhe a mão, ele apertou-a apressadamente, fomos embora.

No trajeto de carro, ele me disse que naquele momento, na entrada, uma pessoa de confiança estava de guarda: ele iria me deixar acessar a estação de Wolfsschanze sem me pedir nenhum documento.

— Uma vez lá dentro, você me segue, não olhe em volta. Caminhe em um ritmo bom, mas sem ansiedade.

— E se alguém nos parar?

— Vai estar escuro e muita confusão. Com um pouco de sorte, não vão nos notar. Mas, se isso acontecer, vou fingir que você é uma das minhas enfermeiras.

Então era por isso que Albert não me escoltara pessoalmente. Eu havia confundido aquilo com outro sinal de sua maldade: apesar do poder que seu cargo lhe conferia, ele era covarde demais para acompanhar a própria amante para pegar o trem de Goebbels, para impor que ela também partisse com os funcionários diretos de Wolfsschanze, embora ela não residisse nem trabalhasse lá. Conversando com o médico, entendi que Ziegler me havia confiado a ele porque tinha um plano: eu fingiria fazer parte da equipe médica. Podia funcionar.

A sentinela, com muito frio na cabine, deixou-nos passar depois de um breve olhar. Eu me vi no meio de um vaivém de homens que carregavam caixas de madeira de vários tamanhos nos vagões, enquanto os SS e os soldados os observavam rosnando diretrizes e fazendo guarda às mercadorias. O trem estava pronto na plataforma, sua frente já estava endereçada a outro lugar, a parte de trás, ao que tinha sido o quartel general. As suásticas nas laterais eram um adorno ridículo, como sempre são os vestígios dos perdedores. Ansiava por partir, assim me pareceu: Goebbels não estava lá, e o trem não respondia mais a ele, apenas a seu instinto de preservação.

Schweighofer caminhava com firmeza e não verificava se alguém estava atrás dele.

— Aonde estamos indo agora? — perguntei.

— Tem pelo menos um cobertor nessa bolsa?

Na minha mala, eu havia colocado alguns suéteres (dentro de alguns meses eu voltaria para pegar o resto, pensava, e convenceria meus sogros a virem comigo para Berlim) e um cobertor, segundo Albert havia sugerido. Herta me preparara sanduíches, a viagem duraria muitas horas.

— Sim, eu tenho. Escute, eu gostaria de saber: sem documentos, ainda posso dizer que sou sua enfermeira? E se eles me pedirem?

Não respondeu. Caminhava rapidamente, eu tentava acompanhá-lo.

— Aonde estamos indo, doutor? Os vagões acabaram.

— Os vagões dos civis.

Eu não entendi, até que ele me levou para um vagão de carga, na parte de trás do trem, longe da multidão que se agitava na plataforma. Ele pressionou as palmas das mãos nas minhas costas para que eu entrasse. Ele também subiu; indiferente ao meu espanto, empurrou algumas caixas, escolheu meu assento e apontou para ele: um nicho atrás de uma pilha de baús.

— Vão protegê-la do frio.

— O que isso significa?

Mais que um bom plano: horas, dias de viagem em um vagão de carga, trancada no escuro e com o risco de me congelar. Continuaria sendo o peão de Ziegler.

— Doutor, não posso ficar aqui.

— Faça o que você acha que deve fazer. Eu cumpri meu dever, o acordo com o tenente era deixá-la aqui a salvo, e é isso o que eu posso oferecer. Sinto muito. Não posso colocá-la na lista dos civis, mesmo porque os vagões já estão lotados, as pessoas irão viajar em pé ou sentadas no chão. Não podemos carregar a cidade toda conosco.

Ele saltou do vagão, bateu as mãos na calça e estendeu-as para me ajudar a sair, mas uma voz masculina o chamou.

— Esconda-se, rápido — disse-me, depois voltou-se para quem o tinha chamado.

— Boa noite, Sturmführer. Eu estava aqui verificando se meu precioso equipamento foi colocado corretamente. Se nada foi quebrado.

— Está verificando como? As caixas não estão fechadas hermeticamente? — a voz tornava-se cada vez mais nítida.

— Sim, estão, de fato foi uma ideia besta. Mas não pude deixar de vir — respondeu Schweighofer. — Saber que está aqui seguro me conforta — e tentou rir.

O Sturmführer deu uma risada forçada. Continuei escondida atrás dos baús enquanto ele se aproximava. O que ele faria comigo se me descobrisse? Fosse o que fosse, eu não tinha mais nada a perder. Foi Ziegler quem insistiu, eu não queria ir embora, estava cansada de tentar me salvar. No entanto, a submissão a que os SS me induziam era idêntica ao primeiro dia.

O chão do vagão tremeu embaixo de mim quando o Sturmführer pulou sobre ele, e os baús ecoaram com seus tapas. Prendi a respiração.

— Parece-me que eles fizeram um bom trabalho, doutor. Não é lisonjeiro que o senhor tivesse dúvidas.

— Mas o que é isso, era só preocupação.

— Não se preocupe, os médicos são conhecidos por serem pessoas excêntricas. — Outra risada. — Vá e descanse agora: a viagem será longa. Partiremos dentro de algumas horas.

O chão tremeu de novo e as solas do SS pousaram na plataforma. Eu estava com a cabeça entre os joelhos, apertei-os com os braços.

Depois, um estrondo metálico escureceu o vagão, e fiquei na completa escuridão. Pulei de pé, procurei a saída, uma rachadura que deixasse penetrar algum resíduo de luz, me movia desorganizadamente, sem me apoiar em nada, sem produzir som nenhum, como se tivesse sido abduzida, tropecei nos baús, caí.

Eu poderia ter me levantado, batido nas mercadorias embaladas até encontrar a porta, bater com força, socar, bater e gritar, mais cedo ou mais tarde me ouviriam, abririam, o que eles teriam feito comigo não me importava, eu queria morrer, fazia meses que queria morrer. Em vez disso, fiquei ali, no chão – era submissão, medo ou apenas instinto de sobrevivência, que não acabava nunca. Eu nunca me cansava de viver.

Coloquei as mãos na barriga, a barriga esquentou, e isso foi suficiente, mais uma vez, para desistir, para me resignar.

43

A confusão me acordou, alguém estava abrindo a porta do vagão de carga. Engatinhando, eu me arrastei para o meu nicho atrás dos caixotes e recolhi as pernas ao peito. Uma luz fraca entrou e, uma após a outra, algumas pessoas, eu não saberia dizer quantas, subiram no vagão, agradeceram quem as havia conduzido até ali e se ajeitaram entre os caixotes murmurando algo que eu não conseguia decifrar. Perguntei-me se elas haviam notado minha presença e, para ter coragem, agarrei as alças da mala. O barulho do fechamento da porta silenciou a todos. Quem sabe que horas eram e quando o trem recomeçaria a andar.

Eu estava com fome e sentia uma exaustão que colava meus olhos. Cercada pela escuridão, eu havia perdido a noção do tempo e do espaço; o frio mordia a base do pescoço e a região lombar, a bexiga estava cheia. Eu podia ouvir as outras pessoas sussurrando, mas não podia vê-las, flutuando em um sonho sem cores, um coma reversível, um isolamento entorpecido. Não era solidão, era como se ninguém no mundo tivesse jamais existido, nem eu.

Relaxei a bexiga e fiz xixi em mim mesma. O fio quente me consolou. Talvez a urina fosse escorrer pelo chão até tocar os pés dos outros passageiros; não, os caixotes teriam bloqueado seu caminho. Talvez o cheiro chegasse aos meus companheiros de viagem, que pensariam no conteúdo dos baús, quem sabe o que tem lá dentro – poderia ser cheiro de desinfetante.

Com as coxas molhadas, peguei no sono novamente.

O choro era desesperador. Abri os olhos na escuridão. Era o choro de um menino. Misturava-se com o barulho do trem em movimento, os soluços sufocados no peito de sua mãe, que provavelmente o apertava contra si, eu não conseguia ver, enquanto o pai murmurava "o que foi, agora chega, chega de choro, está com fome?". Aparentemente, a mãe havia tentado amamentá-lo, mas não havia como. No barulho, sacudida pelo balanço do trem, puxei a coberta e joguei-a nos ombros.

Onde estávamos, quantas horas eu tinha dormido, se estava em jejum, com fome e sem vontade de comer: meu corpo se protegia disso tudo dormindo, um torpor viciante. A angústia do menino o arranhava sem rachar, era apenas um eco indecifrável, uma alucinação. Assim, quando comecei a cantar, não reconheci minha voz, era como adormecer ou fazer xixi ou sentir fome sem o desejo de comer, um estado antes da vida, não tinha começo nem fim.

Cantei a canção que havia cantado para Ursula na casa de Heike, depois para Albert no celeiro, meu pai que me havia ensinado. No escuro, em meio ao barulho do menino e aos rangidos do comboio, dirigi-me à raposa que havia roubado o ganso, avisei-lhe que o caçador a faria pagar por isso e não pensei nos rostos atônitos dos outros passageiros, quem diabos é, terá dito o pai, mas eu não o ouvi, a mãe apertava o rosto do filho no seio e acariciava sua cabecinha, querida minha pequena raposa, você não precisa de ganso assado, cantei, contente-se com o rato, e o menino parou de chorar e eu repetia a canção desde o início, cante comigo, Ursula, a essa altura você já aprendeu, repetia debaixo do cobertor, e a criança cochilou, ou estava acordada sem se desesperar mais – seu choro tinha sido um ato vital, como qualquer rebelião. Então ele também desistiu, renunciou.

Fiquei em silêncio, remexi na minha mala em busca de um sanduíche.

— Quem está aí? — perguntou a mulher.

Um brilho desbotado projetou uma sombra no chão, segui-a, deslizando lentamente para fora do nicho, olhei por trás da barricada de caixas.

O menino estava envolto em cobertores, o pai tinha acendido um fósforo e, na reverberação da chama minúscula, o rosto da mãe tremia.

Christa e Rudolph me agradeceram por ter acalmado o filho, "como você fez isso?". O nome dele era Thomas, ele tinha apenas seis meses e não queria leite, estava muito atordoado.

— Alguém está esperando por vocês em Berlim? — foi a primeira pergunta que me veio à cabeça.

— Não, nunca fomos para lá. Mas essa era a única maneira de ir embora — disse Rudolph. — Chegando lá pensaremos em algo.

Eu também não tinha ninguém me esperando em Berlim. Eu poderia ter deixado ele pensar em algo para mim também. Perguntei aos meus colegas se eles queriam comer. Christa colocou o menino em uma cama de cobertores dobrados, finalmente descansava, Rudolph acendeu outro fósforo porque o primeiro havia apagado e pegamos o que havíamos trazido. Colocamos em dois panos e comemos o que tínhamos, juntos, como se sempre fosse possível preparar uma refeição, entre seres humanos, até mesmo entre seres humanos amontoados em um espaço destinado a mercadorias, segregados em um vagão de carga. Torna-se amigo assim, na segregação.

Não me lembro muito dessa viagem. As paradas do trem: não havia nenhum buraco para espiar as cidades, bosques ou campos; nunca sabíamos onde estávamos ou se era dia ou noite. Um silêncio de neve veio, e talvez a neve houvesse realmente caído, mas não podíamos vê-la. Nos aconchegávamos uns nos outros para nos aquecer, suspirávamos de tédio, apenas às vezes de ansiedade, eu ouvia a respiração leve do menino adormecido e pensava em Pauline, quem sabe onde estava, quanto havia crescido, quem sabe se a encontraria em Berlim; tremíamos debaixo das cobertas, tínhamos sede, a água estava ficando mais escassa, tocávamos a borda da garrafa com nossos lábios para umedecê-los, nos contentávamos com isso, contávamos os fósforos, quantos restam, Rudolph os acendia apenas para que Christa trocasse o menino, a fralda de algodão com as fezes enrolada em um canto, nos acostumamos ao fedor, conversávamos ao abrigo da escuridão.

Também havia tempo para brincar com Thomas e ouvi-lo rir das cócegas, para cuidar dele no lugar de Christa, exasperada em lágrimas, e niná-lo passando a cabeça em seu pescoço ou massageando a barriga. Daquela viagem, lembro-me dos sanduíches mastigados no escuro, as mordidas suculentas, a jarra de lata de Christa, onde a urina, ao cair, soava como um colar de pedras desfeito entre os dedos, o aroma pungente que me lembrava o refúgio de Budengasse, a dignidade com a qual cada um segurava qualquer outra necessidade corporal até seu destino. A merda é a prova de que Deus não existe, diria Gregor; mas eu pensava em quanta compaixão sentia pelos corpos de meus colegas, por sua baixeza inevitável e sem culpa, e essa baixeza me pareceu, então, a única razão real para amá-los.

Quando o trem fez sua enésima parada, não sabíamos que seria a última, que estávamos em Berlim, que finalmente havíamos chegado.

TERCEIRA PARTE

44

A estação está barulhenta e lotada, as pessoas andam tão rápido que temo que me levem, as que vêm atrás de mim me ultrapassam, quem vem na minha direção desvia só bem perto, esquivando-se de mim com um movimento dos quadris – eu já estou parada: um gato na estrada deslumbrado com os faróis. O peso da mala inclina meu andar para a direita, mas apertar a alça me dá uma espécie de segurança, é sempre algo em que eu possa me segurar.

Procuro um banheiro: não queria fazer no trem, então agora não consigo mais segurar. Como a fila não está longa, me apresso. Então me olho no espelho. As íris flutuam no oco escuro das olheiras, é como se meu rosto tivesse sofrido um deslizamento de terra e os olhos tivessem vacilado por um longo tempo antes de se estabelecerem ali onde estão, afundados. Ajusto uma presilha, penteio o cabelo com os dedos, passo até batom, pelo menos um pouco de luz nesse rosto pálido. Você sempre foi vaidosa, dizia Herta. Mas hoje é um dia importante, vale a pena.

A multidão me desorienta. Fazia muito tempo que não pegava trem e a viagem me dava medo, mas eu precisava ir, talvez fosse a última chance.

Estou com sede, aqui também tem fila: mesmo assim eu entro. Uma mulher diz:

— Por favor, senhora, passe na frente.

Ela tem menos de trinta anos e sardas por toda parte, no rosto, no peito, nos braços. As pessoas ao redor se viram.

— Sim, senhora — diz um homem —, passe na minha frente também.

— Vamos dar lugar à senhora? — pergunta em voz alta a mulher com as sardas.

Eu me agarro à mala.

— Não é necessário — eu digo. Mas ela me pressiona nas costas e me acompanha. Tenho o rosto pálido e os braços secos: é isso o que se vê em mim.

Depois de beber e agradecer, encontro a saída. O sol está muito forte, reverbera na janela com tanta violência que apaga os contornos da cidade que começa fora da estação. Coloco uma das mãos na frente dos olhos para cruzar o limiar, pisco repetidamente antes de ver a praça claramente. Onde será que se pegam os táxis? Os relógios pendurados nos cantos da fachada, nos nichos ao lado da fileira de arcos, marcam uma e quarenta.

A estação de Hannover é bonita.

Dou o endereço ao taxista, abaixo o vidro, descanso a nuca no banco, olho a cidade passar, enquanto o jornal do rádio lembra que hoje é o dia em que Schengen assina a convenção para a abertura das fronteiras entre a Alemanha Ocidental, a França, a Bélgica, Luxemburgo e os Países Baixos.

— Onde é Schengen?

— Acredito que seja em Luxemburgo — responde o taxista. Não diz mais nada, ele também não está com vontade de conversar.

Olho-me no espelho do retrovisor. A linha do batom está irregular por causa dos lábios rachados, tento apagar a mancha com uma unha: quero estar em ordem para quando o encontrar. A rádio comenta a Copa do Mundo da Itália em 1990; em Milão, à tarde, a Alemanha Ocidental jogará contra a Colômbia. Eu podia falar sobre isso, sobre futebol. Ele nunca gostou de futebol, e eu não sei nada sobre, mas com a Copa do Mundo é diferente, todo mundo assiste. Além disso, devemos começar com algum assunto.

O táxi estaciona, o motorista sai para pegar minha mala e me entrega. Antes de entrar, vejo meu rosto no reflexo da porta de vidro; o vermelho se destaca na palidez, a linha do batom não consegue decidir os limites dos lábios. Tiro um lenço do bolso e me limpo até que a cor seja completamente removida.

Assim que as portas do elevador se abrem, reconheço o perfil de Agnes. Está esperando uma bebida quente sair da máquina. Ela é dez anos mais nova que eu e está muito bem, apesar da curva da barriga, que estica o tecido da calça azul até alargar um pouco. Mas Agnes ainda tem um rosto suave, um rosto que não desistiu. Segura o copo, assopra, girando o palito de plástico para misturar o açúcar, depois me vê.

— Rosa!

Eu estava de pé com a mala na mão, um gato surpreendido pelos faróis de um carro.

— Olá, Agnes.

— Que bom ter você aqui. Fez boa viagem? — Me abraça com cuidado para não me queimar com o copinho quente. — Quanto tempo se passou?

— Não sei — respondo, me afastando. — Muito.

— Quer me dar... — E estende a mão livre.

— Não, eu seguro, não está pesada. Obrigada.

Agnes não me abre caminho, fica ali.

— Como você está? — pergunto.

— Como se fica nesses casos. — Abaixa por um segundo o olhar. — E você?

Fica com o copinho na mão, não bebe.

Quando percebe que eu o observo, me oferece:

— Você aceita? — E logo se arrepende, se volta para a máquina — Quer dizer, quer alguma coisa? Está com sede, fome?

Balanço a cabeça.

— Estou bem, obrigada. Margot e Wiebke?

— Uma foi buscar o filho na escola, vem mais tarde. A outra trabalha hoje, não vai conseguir vir.

Agnes não bebe, eu não tenho sede nem fome.

— E ele, como está? — pergunto um pouco depois.

Ela encolhe os ombros, sorri, abaixa os olhos em direção à bebida. Espero em silêncio que termine de beber. Depois de jogar tudo na lixeira, distraidamente limpa as mãos nas calças.

— Você vem? — ela diz.

E eu a sigo.

Ele está no soro, e dois pequenos tubos entram pelo seu nariz. Raspou a cabeça, ou talvez tenha perdido todo o cabelo; as pálpebras abaixadas, está descansando. A luz de junho que entra pela janela pulveriza suas feições, mas eu o reconheço.

Agnes me faz acomodar a mala em um canto, depois se aproxima da cama, dobra as costas: o cinto corta sua barriga em duas, mas ainda tem mãos aveludadas, as mesmas mãos que acariciam o lençol.

— Amor, está dormindo?

Ela o chama de amor na minha frente. Não é a primeira vez, isso já aconteceu, mas faz muitos anos, não deu para me acostumar. Chama-o de amor e ele acorda. Os olhos dele são azuis. Úmidos, um pouco desbotados.

Agnes tem uma voz muito doce quando diz:

— Tem visita para você. — E se afasta para que ele possa me ver sem se levantar do travesseiro.

Os olhos azuis estão me olhando e não tenho mais nada a que me agarrar. Ele sorri para mim; engulo um pouco de saliva e digo:

— Olá, Gregor.

45

Agnes disse a ele que aproveitaria a minha presença para ir tomar um café. Ela tinha acabado de tomar um, era uma maneira de nos deixar a sós. Perguntei-me se ela fazia isso por mim, porque tinha receio de que eu estivesse sem graça, ou se ela ficava sem graça de ficar no mesmo quarto com a ex-esposa do seu marido e ele, agora que ele estava morrendo.

Antes de sair, deu-lhe de beber. Colocou uma das mãos atrás do seu pescoço para levantar a cabeça, e Gregor colocou os lábios na beirada do copo como uma criança que ainda não aprendeu a beber no copo; derramou uma gota de água, que molhou o pijama. Agnes limpou seu pescoço com um pedaço de papel toalha tirado de um rolo na mesa de cabeceira, arrumou os travesseiros, os lençóis, sussurrou algo em seu ouvido que jamais saberei, beijou sua testa, ajustou as persianas para que a luz não o incomodasse, despediu-se e fechou a porta.

É estranho ver outra mulher cuidando de Gregor, não tanto porque aquele homem tinha sido meu marido, mas porque eu mesma nutri, lavei e esquentei seu corpo quando ele voltou, um ano depois do fim da guerra.

No dia em que Gregor reapareceu, as batatas cozinhavam na cozinha de Anne. Eu morava com ela e Pauline, era verão, como agora. Pauline estava brincando de esconde-esconde nos escombros de Budengasse, enquanto Anne e eu, voltando do trabalho, íamos cozinhar alguma coisa. Meu apartamento ainda estava inutilizável, e Anne, também sem o marido, havia se oferecido para me hospedar. Nós três dormíamos na mesma cama.

Espetei com o garfo uma batata para verificar seu cozimento. Como sempre, meus pés doíam. De casa para o trabalho era uma hora e meia em um passo acelerado, felizmente depois do jantar eu faria o escalda-pés que Anne preparava todas as noites; mergulhávamos os pés cheios de bolhas em uma única bacia e suspirávamos. Pauline, por sua vez, nunca estava cansada, apesar de perseguir as outras crianças nos destroços durante todo o dia, enquanto carregávamos baldes, empurrávamos carrinhos de mão, empilhávamos tijolos por setenta Pfennige por hora e um cartão de racionamento especial.

As batatas estavam prontas, apaguei o fogo. Da rua, Pauline chamou:

— Rosa!

Olhei para fora:

— O que é?

Um homem magro se segurava nela, parecia coxo. Eu não o reconheci.

Então, com uma voz quase imperceptível, o homem disse:

— Sou eu.

E partiu meu coração.

Sento-me ao lado da cama. Uno os dedos sobre a barriga, coloco-os sob os joelhos, arrumo a saia por baixo das pernas, entrelaço as mãos novamente: é que não sei onde colocá-las. É que não ouso tocá-lo.

— Obrigado por ter vindo, Rosa.

Ele tem uma voz fraca e baixa, como a que ouvi da janela de Anne, uma noite de quarenta e quatro anos atrás. A pele retrocedeu, é por isso que o nariz parece mais largo, os ossos do rosto salientes.

Procuro com o indicador vestígios do batom, não quero que ele me veja desalinhada, é estúpido, mas é verdade. Eu tinha medo de que ele perguntasse a Agnes quem é essa mulher em pé no meu quarto de hospital, com olhos fundos e rugas no rosto. Mas não, ele soube imediatamente que era eu, sorriu para mim.

— Eu queria ver você — digo.

— Eu também, mas não esperava.

— Por quê?

Gregor não responde. Olho as minhas unhas, a ponta dos dedos, não estão sujas de batom.

— E como está em Berlim?

— Tudo bem.

Mesmo me esforçando, não me vem à mente nada que eu pudesse dizer sobre Berlim, sobre minha existência lá. Gregor também fica calado, depois pergunta:

— E Franz, como está?

— Atualmente está ocupado com as netas. Seu filho as levou de férias para a Alemanha, e ele fica com elas na barbearia enquanto faz a barba ou corta os cabelos dos clientes. Estes, mais por cortesia do que por interesse, dizem: qual é o seu nome, quantos anos você tem? E as meninas respondem em inglês. Os clientes não entendem e Franz se diverte muito. Enche-se de orgulho por suas netas falarem outro idioma. Depois que virou avô está besta.

— Não, seu irmão sempre foi estranho.

— O quê?

— Rosa, ele não lhes escreveu por anos!

— É, você sabe, ele diz que queria cortar os laços, que os alemães eram malvistos após 1918, que alguns até mudaram de sobrenome... Depois, quando os Estados Unidos entraram na guerra, ele vivia com medo de ser internado.

— Sim, sim, eu conheço a história. Qual foi o prato sob acusação? Espera...

— O prato sob acusação? Ah, o chucrute! — eu rio. — Eles mudaram seu nome, o chamavam de Liberty Cabbage. Pelo menos é o que Franz conta.

— Exato, o chucrute — ele também ri.

Ele tosse: uma tosse carregada, de peito, que o força a levantar a cabeça. Talvez eu devesse segurá-lo, ajudar.

— O que devo fazer?

Gregor limpa a garganta e, como se nada tivesse acontecido, continua:

— O telegrama que ele enviou, lembra?

Está acostumado com a tosse e quer conversar, não quer mais nada.

— Como não? — digo. — "Algum de vocês ainda está vivo?" Estava escrito só isso, além do número de telefone e do endereço.

— Isso mesmo. E você ligou principalmente para verificar se não era uma piada.

— Sim, tem razão! E assim que ouviu minha voz, Franz ficou mudo.

Gregor ri de novo, não achei que seria tão fácil.

— Quando as meninas forem para Pittsburg no final do mês, você vai ver: vai ficar louco. Além disso, foi ele quem decidiu voltar a Berlim. Há pessoas que em algum momento precisam voltar, quem sabe o porquê.

— Você também voltou para Berlim.

— Eu fui obrigada a deixar Gross-Partsch. O meu caso não conta.

Gregor fica calado, vira-se para a janela. Talvez pense em seus pais, que morreram sem que ele pudesse vê-los novamente. Eu também não os vi novamente.

— Eu também sinto muita falta deles — digo, mas Gregor não responde.

Ele está com um pijama de manga comprida e o lençol puxado até o meio do peito.

— Está com calor?

Não responde. Eu fico na cadeira, cruzo os dedos. Eu estava errada: não é fácil.

— Se você veio até aqui — diz ele depois de um tempo —, significa que eu estou para morrer.

Dessa vez fui eu que não respondi.

Gregor me ajuda:

— Imagina se eu morrer, agora que você voltou.

Eu sorrio, e meus olhos se enchem.

Imagina se você morrer, agora que voltou, eu lhe dizia toda vez que ficava deprimido. Agora não é mais possível morrer, desculpe, não vou permitir.

Ele pesava quinze quilos a menos do que quando partiu. No campo de prisioneiros em que esteve preso, passou fome e teve pneumonia: ficou com uma fraqueza crônica. Tinha uma perna claudicante, que não foi bem cuidada porque fugiu do hospital, delirando; como nas outras camas havia apenas pessoas amputadas, ele estava convencido de que o haviam amputado também. A dor o tornou lento e uma presa fácil. Não me parecia possível que ele tivesse tido um gesto tão descuidado, não era coisa de Gregor.

— E se eu voltasse para você mutilado? — perguntou-me uma vez.

— O importante era você voltar.

— Tínhamos de ter passado o Natal juntos, Rosa, não cumpri minha promessa.

— Shhh, agora dorme, dorme que amanhã você já vai estar bom.

Talvez por causa de uma infecção intestinal, ou apenas porque seu sistema digestivo havia sido comprometido por meses de fome, não conseguia ingerir nada. Eu preparava caldos de carne para ele, quando conseguia um pouco de carne, e aquelas quatro colheradas que ele tomava, rejeitava imediatamente. Suas fezes eram líquidas, esverdeadas e exalavam um odor que eu nunca pensei que pudesse vir de um organismo humano.

Nós o acomodamos no quarto de Pauline, à noite eu ficava em uma cadeira ao lado de sua cama. Às vezes a menina acordava e vinha me procurar. "Dorme comigo?" "Minha pequena, preciso ficar com Gregor." "Se não, ele morre?" "Enquanto eu estiver aqui, juro que ele não morre." Certas manhãs, eu acordava com a luz do sol nas pálpebras e a via dormindo enrolada em cima dele. Não era nossa filha, mas eu ainda podia contar sua respiração enquanto dormia.

O corpo exausto de Gregor não tinha nada a ver com meu marido, sua pele tinha outro cheiro – mas Pauline não poderia saber. Manter aquele homem vivo era minha única razão de viver. Dava-lhe comida, lavava seu rosto, os braços, o peito, o pênis e os testículos, as pernas, os pés, mergulhando um pano na bacia do escalda-pés, que Anne agora só preparava para si mesma à noite, desde que eu tinha parado de coletar escombros para não deixá-lo sozinho; cortava suas unhas, fazia-lhe a barba, cortava seus cabelos; acompanhava-o para fazer as necessidades, limpava-o; acontecia que sem querer vomitava, tossia, cuspia na minha mão. Nunca senti nojo, eu simplesmente o amava. Ele se tornou meu filho, Gregor.

Assim que ele acordava, Pauline também acordava. Em voz baixa, para que não a ouvisse, a menina dizia:

— Enquanto estivermos aqui, Rosa, juro que ele não vai morrer.

Gregor não morreu. Curou-se.

— Sabe, quando Agnes me disse que lhe telefonou e que você estava vindo, lembrei-me de um episódio que aconteceu na guerra. Talvez eu já tenha contado por carta.

— Acho que não, Gregor — digo com reprovação fingida —, você quase não me escreveu nada sobre a guerra.

Ele percebe a reprovação fingida e ri.

— Você está jogando na minha cara de novo, é incrível! — E depois de rir, tosse. As rugas na testa engrossam. As manchas escuras no rosto tremem.

— Quer água? — Na mesa de cabeceira há um copo cheio pela metade.

— Não sabíamos o que poderia ser escrito, era perigoso mostrar-se desanimado, e eu estava tão sem coragem...

— Sim, eu sei, fique tranquilo. Estava brincando. Que episódio foi?

— Eram duas mulheres. Vieram procurar seus maridos. Tinham andado não sei quantos quilômetros a pé, centenas de quilômetros, na neve, dormindo no gelo, para encontrá-los. Mas, quando chegaram, descobriram que os maridos não estavam lá. Você deveria ter visto a cara delas.

— E onde estavam?

— Não faço ideia. Em outro campo, provavelmente. Ou foram levados para a Alemanha, ou talvez estivessem mortos, quem sabe. Não estavam entre nossos prisioneiros. As esposas iriam fazer o caminho de volta com a mesma neve e o mesmo gelo, sem saber nada deles, entende?

Quando ele fala mais, tem ânsia. Talvez eu devesse fazer com que ficasse calado, ficar aqui com ele em silêncio, pegar sua mão – se eu ousasse tocá-lo.

— E por que você se lembrou disso? Eu não vim a pé na neve.

— É.

— E você não é mais o meu marido.

Que frase infeliz eu pronunciei! Não queria ser brusca.

Levanto-me, ando pelo quarto. Há um armário onde Agnes terá guardado as toalhas, os pijamas para troca, tudo que é necessário. Por que você não volta, Agnes?

— Aonde você vai? — pergunta Gregor.

— A lugar nenhum, estou aqui.

Tropeço em seus chinelos ao pé da cama antes de me sentar novamente.

— Mesmo que você não tenha andado na neve, fez pelo menos três horas e meia de viagem para vir me ver.

— Ah, sim.

— Por que você acha que as pessoas precisam se despedir?

— Como assim?

— Você veio a Hannover com um propósito: deveria saber por quê.

— Bem... Talvez as pessoas precisem que nada fique em aberto. Acho.

— Então você veio fechar o ciclo?

A pergunta me deixa confusa.

— Eu vim porque queria te ver, já disse.

— Rosa, faz quarenta anos que estamos em aberto, eu e você.

Nos separamos de comum acordo, e foi muito doloroso. Geralmente, as pessoas dizem que decidiram de comum acordo para dar a entender que não houve sofrimento, ou que houve pouco, mas não é verdade. É claro que é possível sofrer mais, se um dos dois não se conforma, se machuca o outro intencionalmente, no entanto, a separação é inevitavelmente uma experiência dolorosa. Sobretudo se as pessoas tiveram uma segunda chance contra qualquer estatística. Nós dois nos perdemos e, depois da guerra, nos encontramos.

Durou três anos, depois terminamos. Não entendo aqueles que dizem: "Tinha acabado faz tempo". Não é possível estabelecer com precisão o momento em que um casamento termina, porque o casamento termina quando os cônjuges decidem que acabou, ou pelo menos quando um dos dois decide. O casamento é um sistema flutuante, move-se em ondas, sempre pode terminar e sempre pode recomeçar, não tem um desenvolvimento linear nem faz caminhos lógicos; o ponto mais baixo de um casamento não necessariamente determina seu término: um dia antes vocês estavam no abismo e agora chegaram ao topo sem saber como. E não se lembram de um motivo, qualquer um, pelo qual vocês deveriam se separar. Também não é uma questão de prós e contras, de somas e subtrações. Em suma, todos os casamentos estão destinados a terminar e todos os casamentos têm o direito de sobreviver, o dever.

O nosso durou um pouco mais pela gratidão: recebemos um milagre, não podíamos estragá-lo. Fomos escolhidos, estávamos destinados. Mas depois, até o entusiasmo daqueles agraciados por um milagre se esvai. Nós nos lançamos de cabeça na reconstrução de nosso casamento, porque essa era a palavra de ordem: reconstruir. Deixe o passado para trás, esqueça. Mas eu nunca esqueci, nem Gregor. Se ao menos tivéssemos compartilhado nossas memórias, eu dizia comigo mesma algumas vezes. Não podíamos. Pareceria que iria estragar o milagre; em vez disso, tentamos protegê-lo, proteger um ao outro. Durante o resto dos anos, nos empenhamos tanto para nos proteger que no final não tínhamos nada além disto: barricadas.

— Oi, papai.

Uma garota de cabelos longos e lisos entrou, a linha no meio, um vestido de linho claro com alças, sandálias nos pés.

— Bom dia — cumprimenta-me ao me ver.

Levanto-me.

— Oi, Margot — diz Gregor.

Ela se aproxima e eu faço menção de me apresentar, mas naquele momento entra Agnes.

— Oh, querida, você está aqui? E o menino?

— Deixei na minha sogra. — A filha de Gregor está sem fôlego, tem uma camada de suor na testa.

— Ela é a Rosa — diz Agnes.

— Bem-vinda. — Margot me estende a mão, eu aperto. Tem os olhos de Gregor.

— Obrigada. Estou feliz em conhecê-la — sorrio. — Eu havia visto você por foto, você tinha acabado de nascer.

— E você mandou fotos minhas por aí sem pedir minha autorização? — brinca com o pai, dando-lhe um beijo.

Gregor me enviou as fotos de sua filha e não pensou que isso poderia me machucar, ele só queria sentir que eu ainda fazia parte de sua vida, era um gesto de carinho – não de proteção, mas sim de carinho. Ele não me protegia mais, tinha esquecido de como se fazia. Casou-se com Agnes, eu fui ao casamento, desejei-lhes felicidades e fui sincera. Não importa que, no trem para Berlim, fiquei triste. O fato de ele não estar mais sozinho não aumentou minha solidão.

Quando o trem parou em Wolfsburg, eu pulei. Wolfsburg, anunciaram ao microfone, estação de Wolfsburg. Como eu não percebi? Talvez estivesse dormindo. Eu havia passado pela cidade do lobo para me separar definitivamente do meu marido.

— Trouxe um presente para você, papai.

Margot pega uma folha quadriculada dobrada da bolsa e a entrega a Gregor.

— Espera — diz Agnes. — Eu abro para você.

É um desenho de giz de cera, tem um senhor careca deitado em uma cama sob um céu de nuvens cor de rosa. Entre as pernas da cama, brotam flores com pétalas de arco-íris.

— É do seu neto — explica Margot.

Eu estou ali do lado, não posso evitar ler. Está escrito: "Vovô, sinto sua falta, sara logo".

— Gostou? — pergunta Margot.

Gregor não responde.

— Será que pode pendurar, mãe? Vamos pendurar?

— Hum... Precisaria de um alfinete, um pedaço de fita adesiva...

— Papai, você não diz nada?

Ele está perceptivelmente comovido demais para responder. Eu me sinto deslocada nesse momento, com essa família que não é minha. Afasto-me, vou até a janela, olho para o pátio através das fendas da persiana. Há usuários de cadeiras de rodas e enfermeiras que os empurram. Há pessoas sentadas nos bancos: difícil dizer se estão doentes ou saudáveis.

A primeira vez que Gregor tentou fazer amor comigo novamente, depois de todo aquele tempo, eu recuei. Não disse não, não inventei uma desculpa, apenas enrijeci. Gregor me acariciou docemente, acreditando que fosse pudor: fazia muito tempo que não nos tocávamos. O contato com seu corpo era um hábito, lidei com ele com familiaridade, com praticidade. A guerra tinha me devolvido o corpo de um veterano, e eu era jovem e cheia de energia o suficiente para cuidar dele. Mas nunca mais nos tocamos com desejo, o desejo era um sentimento que eu tinha esquecido. Tínhamos de reaprender, lentamente, como um exercício progressivo, acreditava Gregor. Eu pensava que era o desejo que gerava intimidade de maneira imediata; mas talvez o oposto também fosse possível, partir da intimidade, apropriando-se dela novamente, até agarrar o desejo, como tentamos agarrar um sonho que já está desaparecendo ao acordar: você se lembra da atmosfera, mas não se lembra de uma imagem sequer. Teria sido possível, com certeza outras esposas conseguiram. Como elas fizeram, eu não sei. Talvez o nosso não fosse o método certo.

46

O médico não usa óculos. Quando ele entra, eu olho o relógio: já é fim de tarde. Agnes e Margot conversam com ele, falam sobre a Copa do Mundo e sobre o neto, o médico deve tê-lo conhecido nesse quarto. É muito afável, tem um físico atlético e um timbre de barítono. Eu não sou apresentada e ele não se importa comigo. Convida-nos a sair, deve examinar Gregor.

No corredor, Agnes pergunta:

— Você vai dormir em casa?

— Obrigada, eu reservei uma pensão.

— Não sei por que, Rosa, tem espaço. E depois, você me faria companhia.

Sim, poderíamos nos fazer companhia. Mas estou acostumada a viver sozinha, não quero compartilhar o espaço de ninguém.

— Prefiro não incomodar, de verdade. Já reservei, é uma pensão aqui perto, é confortável.

— Saiba que você pode mudar de ideia a qualquer momento: me liga e eu venho buscá-la.

— Se não quer ficar sozinha, mamãe, pode dormir com a gente.

Por que Margot diz isso? Para me fazer sentir culpada?

O médico se junta a nós, terminou. Agnes é atualizada sobre a condição de Gregor, Margot escuta atentamente e, por sua vez, pergunta. Não sou da família, volto para o quarto.

Gregor tenta desenrolar a manga de sua blusa. Seu braço direito estava nu, a manga puxada, para permitir que as agulhas intravenosas penetrassem em suas veias; o outro estava coberto de algodão azul – azul deve ser a cor favorita de Agnes. Talvez Gregor tenha levantado a manga para se coçar: tem a pele seca, riscada de linhas brancas traçadas pelas unhas.

— Não ficamos em aberto — digo-lhe sem me sentar. — Nós seguimos em frente.

Gregor insiste, mas ele não consegue desenrolar a manga. Não o ajudo, não ouso tocá-lo.

— Você voltou, eu cuidei de você, você se curou, reabrimos o escritório, reconstruímos a casa, seguimos em frente.

— Foi isso que você veio me dizer? — Ele desiste, abandona o pijama. — Veio me ver para isso? — Tem uma voz rouca e falhada.

— Você não concorda?

Suspira.

— Nunca mais fomos os mesmos de antes.

— Mas quem foi o mesmo de antes, Gregor, quem conseguiu?

— Alguns conseguiram.

— Você quer dizer que alguns foram melhores que nós, que eu? Eu sabia já.

— Nunca falei sobre ser melhor ou pior.

— E você errou.

— Você veio aqui dizer que eu errei?

— Eu não vim aqui dizer nada, Gregor!

— Então por que você está aqui?

— Se você não me queria aqui, podia ter falado! Sua esposa poderia ter dito no telefone. — Não posso ficar brava, uma velha que fica brava é patética.

Sua esposa chega com uma cara alarmada. Entra correndo.

— Rosa — diz, como se meu nome contivesse todas as perguntas.

Aproxima-se de Gregor, desenrola a manga do pijama:

— Tudo bem? — pergunta-lhe.

Depois dirige-se a mim: — Ouvi vocês gritando.

Sou a única que gritou, Gregor não conseguiria com aqueles pulmões. Fui eu quem Agnes ouviu.

— Não quero que você se canse — diz ao marido. Está falando comigo, eu que o estou cansando.

— Desculpem-me — digo, e saio.

Passo pelo médico e Margot, não me despeço, atravesso o corredor, não sei para onde estou indo. As luzes neon me dão dor de cabeça. Tenho a impressão de que vou cair pelas escadas, mas, em vez de me agarrar ao corrimão, pego a correntinha sob a gola da blusa, puxo-a para fora, seguro-a na mão. O metal é duro e frio. Somente quando as escadas terminam reabro a mão: na palma, a aliança pendurada na corrente gravou um círculo duplo.

Nunca tinha ido à sua casa. Bastou empurrar a porta para entrar em um quarto escuro – havia uma única janela estreita – com uma mesa e um pequeno sofá. As cadeiras estavam tombadas entre cacos de pratos e copos; as gavetas do aparador haviam sido desmontadas e deixadas no chão. Na penumbra, as cavidades em que se inseriam pareciam buracos de sepulturas à espera de serem ocupados.

Os SS haviam virado tudo de cabeça para baixo. Então a extirpação tinha acontecido assim. Restavam-me os objetos, a necessidade de tocar aquilo que tinha sido seu, agora que Elfriede se fora.

Respirei fundo e avancei, até ficar de frente para uma cortina; afastei-a hesitando, um sentimento de violação. No quarto, suas calcinhas e roupas estavam jogadas no chão de madeira. Os lençóis, arrancados do colchão, eram uma pilha de trapos sobre os quais pendia um travesseiro desarrumado.

O mundo estava partido ao meio após o desaparecimento de Elfriede. E eu fiquei naquele mundo sem sequer um corpo para chorar, de novo.

Ajoelhei-me sobre as roupas, acariciei-as. Eu nunca tinha tocado seu rosto de pedra, as maçãs do seu rosto, nem aqueles hematomas em suas pernas de que eu tinha sido a causa. Vou ficar ao seu lado, jurei para ela no banheiro do quartel. E naquele instante nossa euforia de ensino médio havia desaparecido.

Deitei-me no chão, reuni as roupas em volta de mim debaixo do pescoço, meu rosto achatado no piso. Não tinham cheiro, não o seu, ou eu já o tinha esquecido.

Quando você perde uma pessoa, a dor é só sua, a dor de não a ver mais, de não ouvir mais a sua voz, de acreditar que sem ela não resistirá. A dor é egoísta: foi isso que me deixou com raiva.

Mas enquanto eu estava deitada nessas roupas, a enormidade da tragédia se revelou por inteira. Foi algo tão grande e insuportável que a dor me atordoou, submergiu, expandiu, ocupou cada centímetro do universo, tornando evidente o que a humanidade era capaz de fazer.

Eu havia memorizado a cor escura do sangue de Elfriede para não ver o meu. "Mas o sangue dos outros você suporta?", ela tinha me perguntado.

De repente, fiquei com falta de ar. Levantei-me e, para me acalmar, comecei a recolher as roupas uma por uma; bati-as para desamassar, pendurei-as no lugar. Que absurdo, arrumar, como se fosse útil, como se ela pudesse voltar. Dobrei as calcinhas, guardei-a nas gavetas do armário, puxei os lençóis e os coloquei sobre o colchão, depois me dediquei ao travesseiro estripado.

Foi colocando meu braço na fronha para apertar a lã que eu a encontrei. Algo duro e frio. Puxei-o para fora das meadas ásperas e vi. Um anel de ouro: uma aliança.

Estremeci. Elfriede também era casada? Quem era o homem que ela amava? Por que nunca me contou?

Quantas coisas havíamos escondido. É possível amar um ao outro enganando?

Fiquei olhando o anel por um longo tempo, depois coloquei-o em uma caixa vazia apoiada na cômoda. Vi uma caixa de metal em uma gaveta aberta. Era uma cigarreira; abri: ainda havia um, o último cigarro que ela não havia fumado. Peguei-o.

Olhei-o entre meus dedos – o dedo anelar com a aliança que Gregor havia me dado cinco anos atrás – e me lembrei da mão de Elfriede aproximando o cigarro aos lábios, o indicador e o dedo médio que o soltavam por um momento, tensos, em formato de tesoura, para, em seguida, pegá-lo novamente, durante as horas no pátio, ou no dia em que me trancou no banheiro com ela. Lembrei-me de sua mão com os dedos nus.

A falta de ar tornou-se insuportável, eu precisava sair de lá. Por impulso, peguei a aliança de Elfriede, apertei-a na mão e fui embora.

47

Ao voltar, encontro Gregor sozinho novamente, com os olhos fechados. Sento-me ao seu lado, como de madrugada no quarto de Pauline. Sem abrir os olhos, ele diz:

— Perdoe-me, não queria te deixar brava.

Como ele sabia que era eu?

— Não se preocupe. Hoje estou um pouco emotiva.

— Você veio me visitar, queria um momento de paz entre nós, mas não é fácil saber que meu tempo está acabando.

— Eu sinto muito mesmo, Gregor.

Eu queria apenas tocá-lo. Colocar minha mão na sua. Ele sentiria o calor, e seria o suficiente.

Gregor abre os olhos, se vira. Está sério, ou perdido, ou desesperado, não consigo mais entendê-lo.

— Você estava inacessível, sabe? — Ele sorri com a doçura que pode. — É difícil viver com uma pessoa inacessível.

Finco as unhas nas palmas das mãos e aperto os dentes.

Uma vez, li em um romance que não há lugar em que se seja tão abissalmente silencioso quanto nas famílias alemãs. Após o fim da guerra, não poderia revelar que havia trabalhado para Hitler: teria pagado as consequências, talvez não tivesse sobrevivido. Não contei nem para Gregor, não porque não confiasse nele, é claro que confiava. Mas eu não poderia contar-lhe sobre o refeitório de Krausendorf sem contar sobre quem havia comido todos os dias comigo, uma garota com rosácea, uma mulher com ombros largos e língua comprida, uma que fez um aborto, outra que acreditava ser bruxa, uma garota obcecada por atrizes de cinema e uma judia.

Eu deveria ter lhe contado sobre Elfriede, a minha culpa. Aquela que supera todas as outras no inventário de culpas e segredos. Eu não poderia confessar-lhe que eu havia confiado em um tenente nazista, o mesmo que a tinha enviado a um campo de concentração, o mesmo que eu tinha amado. Eu nunca disse nada e não vou dizer. Tudo o que aprendi com a vida é sobreviver.

— Quanto mais eu dizia que você estava inacessível, mais você se fechava. Você está fazendo isso agora também. — Gregor tosse novamente.

— Beba, por favor.

Pego o copo, encosto em sua boca e me lembro de quando fazia isso no quarto de Pauline, me lembro de seu olhar assustado; Gregor encosta os lábios no vidro e se concentra na ação, como se isso lhe custasse muito esforço, enquanto eu seguro sua cabeça: nunca havia tocado sua cabeça sem os cabelos. Havia muitos anos que não tocava meu marido.

A água escorre pelo queixo e ele empurra o copo.

— Você não quer mais?

— Não estou com sede. — Enxuga-se com a mão.

Tiro o lenço do bolso, pressiono no queixo: primeiro ele tira, depois me deixa fazê-lo. O lenço está manchado de vermelho, e Gregor percebe. Olha para mim com uma ternura insustentável.

48

O carrinho com o jantar enche o corredor de ruídos e perfumes. Os enfermeiros entram, Agnes está atrás deles. Entregam-lhe a bandeja, ela a coloca na mesa de cabeceira e agradece. Quando eles se vão para a sala ao lado, ela me diz:

— Rosa, não encontramos mais você. Está tudo bem?

— Sim, só estou com um pouco de dor de cabeça.

— Margot queria se despedir, precisou ir embora. De qualquer forma, daqui a pouco mandam todos embora.

Ela pega um pedaço de papel toalha, coloca-o na gola do pijama azul, como um guardanapo, senta-se bem perto da cama e dá comida na boca de Gregor lentamente; de vez em quando pousa a colher para limpá-lo. Ele suga o caldo fazendo um ruído, às vezes afunda a nuca no travesseiro para descansar, até comer o deixa cansado. Agnes desfia o frango, eu me sento do outro lado, de frente para ela.

Gregor faz sinal de que está satisfeito, e Agnes avisa:

— Vou ao banheiro lavar as mãos.

— Tudo bem.

— Depois vou voltar para casa. Tem certeza de que não quer nada, pelo menos comer alguma coisa?

— Não estou com fome, obrigada.

— De qualquer forma, se você ficar com fome mais tarde, há o restaurante do hospital. Os médicos, os enfermeiros e os parentes dos doentes comem lá. É bom e barato.

— Talvez me mostre onde fica.

Fico sozinha com Gregor. Estou exausta.

Lá fora, o céu está se mexendo. O pôr do sol demora o tempo que precisa, finalmente acelera, colapsa.

— Se eu tivesse morrido na guerra — ele diz –, nosso amor teria sobrevivido.

Eu sei que não é verdade.

— Como se fosse o amor a questão.

— Então qual é, Rosa?

— Eu não sei, mas eu sei que você acabou de falar uma besteira. A velhice te fez mal.

Parece que vai tossir, mas ri. Me faz rir também.

— Nós tentamos tanto, mas não conseguimos.

— Passamos anos juntos: não é pouco; e depois, você teve a possibilidade de construir uma família. — Sorrio. — Você fez bem em ficar vivo.

— Mas você está sozinha. Há tanto tempo, Rosa.

Acaricio sua bochecha. Tem a pele de papel de seda; áspera, ou talvez sejam as pontas dos meus dedos. Nunca tinha acariciado meu marido como velha, não sabia como era.

Passo dois dedos em seus lábios, contorno-os delicadamente, depois paro no meio e pressiono devagar, muito devagar. Gregor abre a boca, deixa entreaberta. E os beija.

O buffet do hospital é bastante rico. Há legumes cozidos no vapor – cenoura, batata, espinafre e vagem – ou salteados, como abobrinha. Há ervilha com bacon e feijão. Há pernil e também peito de frango grelhado. Sopa e filetes de solha à milanesa, talvez com purê de batatas. Salada de frutas, iogurte e até um doce com passas, mas não como mais passas.

Peço só um prato de vagem, água natural e uma maçã, não estou com fome. Na caixa, com os talheres, me dão também duas fatias de pão integral e uma pequena manteiga embalada. Procuro um lugar livre, há muitos. Entre as mesas de fórmica de um turquesa desbotado, vazias, sujas de migalhas ou manchas gordurosas, passam homens e mulheres tranquilos de jaleco, arrastando os tamancos de borracha, as bandejas na mão. Quero ver onde vão se sentar antes de escolher um lugar. Acho uma mesa bem limpa e bem afastada.

Espio as pessoas sentadas, mesmo que não veja bem a essa distância. Quem sabe se mais alguém está comendo o mesmo que eu hoje à noite. Espreito o prato de todos e finalmente a encontro: uma garota morena, com os cabelos presos em um rabo, come com gosto sua porção de vagem. Dou uma garfada no meu prato, provo e sinto o batimento cardíaco diminuir. Garfadas moderadas, uma após a outra, até o estômago revirar. Uma leve náusea, não é nada. Ponho as mãos na barriga, me aqueço. Fico assim, sentada, não há quase ninguém, ouve-se apenas um leve zumbido.

Espero um pouco, talvez uma hora. Então, me levanto.

Notas e agradecimentos

Em setembro de 2014, li em um jornal italiano um pequeno artigo sobre Margot Wölk, a última provadora de Hitler ainda viva. Frau Wölk sempre se calou a respeito de sua experiência, mas aos noventa e seis anos de idade decidiu torná-la pública. O meu desejo de pesquisar sobre ela e sua história foi imediato. Quando, alguns meses depois, consegui encontrar seu endereço em Berlim com a intenção de enviar-lhe uma carta pedindo um encontro, fiquei sabendo que havia morrido há pouco. Nunca iria poder falar com ela, nem contar a sua história. Mas eu poderia tentar descobrir por que ela mexeu tanto comigo. Então, escrevi esse romance.

A anedota sobre Adolf Hitler na escola, contada no capítulo 26, é trecho do livro *He was my chief: The memoirs of Adolf Hitler's secretary*, de Christa Schroeder (Frontline Books, Barnsley, 2009). A frase original escrita no registro era "Hitler ist ein Boesewicht, er spiegelt mit dem Sonnenlicht" ("Hitler é um menino travesso, brinca com a luz do sol"), mas em vez de traduzi-la literalmente inventei uma análoga – "Hitler fa il bulletto giocando con lo specchietto"[1] – para manter a rima.

Agradeço a Tommaso Speccher pela supervisão histórica. Agradeço a Ilaria Santoriello, Mimmo Summa, Francesco D'Ammando e Benedetto Farina pelos pareceres científicos.

Sem o apoio de Vicki Satlow, este romance não existiria. Por isso, dedico-o a ela. E a Dorle Blunck e Simona Nasi, que me ajudaram desde o início. Por fim, dedico-o a Severino Cesari, que leu tudo o que eu escrevi, mas desta vez não o fez a tempo.

1. Traduzindo em português, seria "Hitler é um valentão brincando com o espelhinho". Para manter a rima, modifiquei um pouco a frase para "Hitler é um valentão, fica brincando com o espelho em vez de fazer lição" (N.T.).

Notas e agradecimentos

Leia também:

MARIE BENEDICT
A Única Mulher
Ela era linda, um ícone do cinema.
E uma cientista absolutamente genial.
O MUNDO NÃO ESTAVA PREPARADO PARA HEDY LAMARR
Planeta

IMOGEN KEALEY
LIBERTAÇÃO
HEROÍNA. COMBATENTE. ESPIÃ. LÍDER. ESPOSA.
SEU NOME É NANCY WAKE.
Planeta

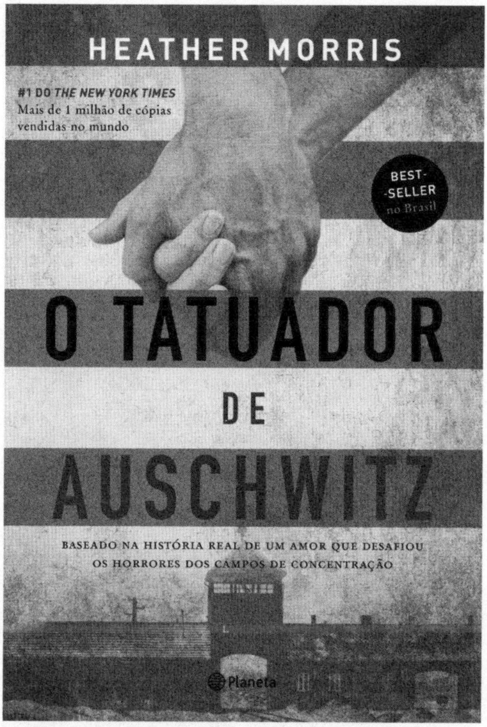
HEATHER MORRIS
#1 DO THE NEW YORK TIMES
Mais de 1 milhão de cópias vendidas no mundo
BEST-SELLER no Brasil
O TATUADOR DE AUSCHWITZ
BASEADO NA HISTÓRIA REAL DE UM AMOR QUE DESAFIOU OS HORRORES DOS CAMPOS DE CONCENTRAÇÃO
Planeta

HEATHER MORRIS
Baseado em uma história real de amor, coragem e esperança
A VIAGEM DE CILKA
A incrível sequência do best-seller #1 do The New York Times
O TATUADOR DE AUSCHWITZ
Planeta

Acreditamos
nos livros

Este livro foi composto em Dante MT Std
e impresso pela Gráfica Santa Marta para a
Editora Planeta do Brasil em janeiro de 2021